La Isla del Tesoro

Por

Robert Louis Stevenson

PARTE PRIMERA: EL VIEJO PIRATA

I. Y el viejo marino llegó a la posada del «Almirante Benbow»

El squire Trelawney, el doctor Livesey y algunos otros caballeros me han indicado que ponga por escrito todo lo referente a la Isla del Tesoro, sin omitir detalle, aunque sin mencionar la posición de la isla, ya que todavía en ella quedan riquezas enterradas; y por ello tomo mi pluma en este año de gracia de 17… y mi memoria se remonta al tiempo en que mi padre era dueño de la hostería «Almirante Benbow», y el viejo curtido navegante, con su rostro cruzado por un sablazo, buscó cobijo para nuestro techo.

Lo recuerdo como si fuera ayer, meciéndose como un navío llegó a la puerta de la posada, y tras él arrastraba, en una especie de angarillas, su cofre marino; era un viejo recio, macizo, alto, con el color de bronce viejo que los océanos dejan en la piel; su coleta embreada le caía sobre los hombros de una casaca que había sido azul; tenía las manos agrietadas y llenas de cicatrices, con uñas negras y rotas; y el sablazo que cruzaba su mejilla era como un costurón de siniestra blancura. Lo veo otra vez, mirando la ensenada y masticando un silbido; de pronto empezó a cantar aquella antigua canción marinera que después tan a menudo le escucharía:

«Quince hombres en el cofre del muerto…

¡Ja! ¡Ja! ¡Ja! ¡Y una botella de ron!».

con aquella voz cascada, que parecía afinada en las barras del cabrestante. Golpeó en la puerta con un palo, una especie de astil de bichero en que se apoyaba, y, cuando acudió mi padre, en un tono sin contemplaciones le pidió que le sirviera un vaso de ron. Cuando se lo trajeron, lo bebió despacio, como hacen los catadores, chascando la lengua, y sin dejar de mirar a su alrededor, hacia los acantilados, y fijándose en la muestra que se balanceaba sobre la puerta de nuestra posada.

—Es una buena rada —dijo entonces—, y una taberna muy bien situada. ¿Viene mucha gente por aquí, eh, compañero?

Mi padre le respondió que no; pocos clientes, por desgracia.

—Bueno; pues entonces aquí me acomodaré. ¡Eh, tú, compadre! —le gritó al hombre que arrastraba las angarillas—. Atraca aquí y echa una mano para subir el cofre. Voy a hospedarme unos días —continuó—. Soy hombre llano; ron; tocino y huevos es todo lo que quiero, y aquella roca de allá arriba, para ver pasar los barcos. ¿Que cuál es mi nombre? Llamadme capitán. Y, ¡ah!, se me olvidaba, perdona, camarada... —y arrojó tres o cuatro monedas de oro sobre el umbral—. Ya me avisaréis cuando me haya comido ese dinero —dijo con la misma voz con que podía mandar un barco.

Y en verdad, a pesar de su ropa deslucida y sus expresiones indignas, no tenía el aire de un simple marinero, sino la de un piloto o un patrón, acostumbrado a ser obedecido o a castigar. El hombre que había portado las angarillas nos dijo que aquella mañana lo vieron apearse de la diligencia delante del «Royal George» y que allí se había informado de las hosterías abiertas a lo largo de la costa, y supongo que le dieron buenas referencias de la nuestra, sobre todo lo solitario de su emplazamiento, y por eso la había preferido para instalarse. Fue lo que supimos de él.

Era un hombre reservado, taciturno. Durante el día vagabundeaba en torno a la ensenada o por los acantilados, con un catalejo de latón bajo el brazo; y la velada solía pasarla sentado en un rincón junto al fuego, bebiendo el ron más fuerte con un poco de agua. Casi nunca respondía cuando se le hablaba; sólo erguía la cabeza y resoplaba por la nariz como un cuerno de niebla; por lo que tanto nosotros como los clientes habituales pronto aprendimos a no meternos con él. Cada día, al volver de su caminata, preguntaba si había pasado por el camino algún hombre con aspecto de marino. Al principio pensamos que echaba de menos la compañía de gente de su condición, pero después caímos en la cuenta de que precisamente lo que trataba era de esquivarla. Cuando algún marinero entraba en la «Almirante Benbow» (como de tiempo en tiempo solían hacer los que se encaminaban a Bristol por la carretera de la costa), él espiaba, antes de pasar a la cocina, por entre las cortinas de la puerta; y siempre permaneció callado como un muerto en presencia de los forasteros. Yo era el único para quien su comportamiento era explicable, pues, en cierto modo, participaba de sus alarmas. Un día me había llevado aparte y me prometió cuatro peniques de plata cada primero de mes, si «tenía el ojo avizor para informarle de la llegada de un marino con una sola pierna». Muchas veces, al llegar el día convenido y exigirle yo lo pactado, me soltaba un tremendo bufido, mirándome con tal cólera, que llegaba a inspirarme temor; pero, antes de acabar la semana parecía pensarlo mejor y me daba mis cuatro peniques y me repetía la orden de estar alerta ante la llegada «del marino con una sola pierna».

No es necesario que diga cómo mis sueños se poblaron con las más terribles imágenes del mutilado. En noches de borrasca, cuando el viento sacudía hasta las raíces de la casa y la marejada rugía en la cala rompiendo contra los acantilados, se me aparecía con mil formas distintas y las más diabólicas expresiones. Unas veces con su pierna cercenada por la rodilla; otras, por la cadera; en ocasiones era un ser monstruoso de una única pierna que le nacía del centro del tronco. Yo le veía, en la peor de mis pesadillas, correr y perseguirme saltando estacadas y zanjas. Bien echadas las cuentas, qué caro pagué mis cuatro peniques con tan espantosas visiones.

Pero, aun aterrado por la imagen de aquel marino con una sola pierna, yo era, de cuantos trataban al capitán, quizá el que menos miedo le tuviera. En las noches en que bebía más ron de lo que su cabeza podía aguantar, cantaba sus viejas canciones marineras, impías y salvajes, ajeno a cuantos lo rodeábamos; en ocasiones pedía una ronda para todos los presentes y obligaba a la atemorizada clientela a escuchar, llenos de pánico, sus historias y a corear sus cantos. Cuántas noches sentí estremecerse la casa con su «¡Ja, ja, ja! ¡Y una botella de ron!», que todos los asistentes se apresuraban a acompañar a cuál más fuerte por temor a despertar su ira. Porque en esos arrebatos era el contertulio de peor trato que jamás se ha visto; daba puñetazos en la mesa para imponer silencio a todos y estallaba enfurecido tanto si alguien lo interrumpía como si no, pues sospechaba que el corro no seguía su relato con interés. Tampoco permitía que nadie abandonase la hostería hasta que él, empapado de ron, se levantaba soñoliento, y dando tumbos se encaminaba hacia su lecho.

Y aun con esto, lo que más asustaba a la gente eran las historias que contaba. Terroríficos relatos donde desfilaban ahorcados, condenados que «pasaban por la plancha», temporales de alta mar, leyendas de la Isla de la Tortuga y otros siniestros parajes de la América Española. Según él mismo contaba, había pasado su vida entre la gente más despiadada que Dios lanzó a los mares; y el vocabulario con que se refería a ellos en sus relatos escandalizaba a nuestros sencillos vecinos tanto como los crímenes que describía. Mi padre aseguraba que aquel hombre sería la ruina de nuestra posada, porque pronto la gente se cansaría de venir para sufrir humillaciones y luego terminar la noche sobrecogida de pavor; pero yo tengo para mí que su presencia nos fue de provecho. Porque los clientes, que al principio se sentían atemorizados, luego, en el fondo, encontraban deleite: era una fuente de emociones, que rompía la calmosa vida en aquella comarca; y había incluso algunos, de entre los mozos, que hablaban de él con admiración diciendo que era «un verdadero lobo de mar» y «un viejo tiburón» y otros apelativos por el estilo; y afirmaban que hombres como aquél habían ganado para Inglaterra su reputación en el mar.

Hay que decir que, a pesar de todo, hizo cuanto pudo por arruinarnos; porque semana tras semana, y después, mes tras mes, continuó bajo nuestro techo, aunque desde hacía mucho ya su dinero se había gastado; y, cuando mi padre reunía el valor preciso para conminarle a que nos diera más, el capitán soltaba un bufido que no parecía humano y clavaba los ojos en mi padre tan fieramente, que el pobre, aterrado, salía a escape de la estancia. Cuántas veces le he visto, después de una de estas desairadas escenas, retorcerse las manos de desesperación, y estoy convencido de que el enojo y el miedo en que vivió ese tiempo contribuyeron a acelerar su prematura y desdichada muerte.

En todo el tiempo que vivió con nosotros no mudó el capitán su indumentaria, salvo unas medias que compró a un buhonero. Un ala de su sombrero se desprendió un día, y así colgada quedó, a pesar de lo enojoso que debía resultar con el viento. Aún veo el deplorable estado de su vieja casaca, que él mismo zurcía arriba en su cuarto, y que al final ya no era sino puros remiendos. Nunca escribió carta alguna y tampoco recibía, ni jamás habló con otra persona que alguno de nuestros vecinos y aun con éstos sólo cuando estaba bastante borracho de ron. Nunca pudimos sorprender abierto su cofre de marino.

Tan sólo en una ocasión alguien se atrevió a hacerle frente, y ocurrió ya cerca de su final, y cuando el de mi padre estaba también cercano, consumiéndose en la postración que acabó con su vida. El doctor Livesey había llegado al atardecer para visitar a mi padre, y, después de tomar un refrigerio que le ofreció mi padre, pasó a la sala a fumar una pipa mientras aguardaba a que trajesen su caballo desde el caserío, pues en la vieja «Benbow» no teníamos establo. Entré con él, y recuerdo cuánto me chocó el contraste que hacía el pulcro y aseado doctor con su peluca empolvada y sus brillantes ojos negros y exquisitos modales, con nuestros rústicos vecinos; pero sobre todo el que hacía con aquella especie de inmundo y legañoso espantapájaros, que era lo que realmente parecía nuestro desvalijador, tirado sobre la mesa y abotargado por el ron. Pero súbitamente el capitán levantó los ojos y rompió a cantar:

«Quince hombres en el cofre del muerto.

¡Ja! ¡Ja! ¡Ja! ¡Y una botella de ron!

El ron y Satanás se llevaron al resto.

¡Ja! ¡Ja! ¡Ja! ¡Y una botella de ron!».

Al principio yo había imaginado que el «cofre del muerto» debía ser aquel enorme baúl que estaba arriba, en el cuarto frontero; y esa idea anduvo en mis pesadillas mezclada con las imágenes del marino con una sola pierna. Pero a aquellas alturas de la historia no reparábamos mucho en la canción y solamente era una novedad para el doctor Livesey, al que por cierto no le causó un agradable efecto, ya que pude observar cómo levantaba por un instante su mirada cargada de enojo, aunque continuó conversando con el viejo Taylor, el jardinero, acerca de un nuevo remedio para el reúma. Pero el capitán, mientras tanto, empezó a reanimarse bajo los efectos de su propia música y al fin golpeó fuertemente en la mesa, señal que ya todos conocíamos y que quería imponer silencio. Todas las voces se detuvieron, menos la del doctor Livesey, que continuó hablando sin inmutarse con su voz clara y de amable tono, mientras daba de vez en cuando largas chupadas a su pipa.

El capitán fijó entonces una mirada furiosa en él, dio un nuevo manotazo en la mesa y con el más bellaco de los vozarrones gritó:

—¡Silencio en cubierta!

—¿Os dirigís a mí, caballero? —preguntó el médico. Y cuando el rufián, mascullando otro juramento, le respondió que así era, el doctor Livesey replicó—: Solamente he de deciros una cosa: que, si continuáis bebiendo ron, el mundo se verá muy pronto a salvo de un despreciable forajido.

La furia que estas palabras despertaron en el viejo marinero fue terrible. Se levantó de un salto y sacó su navaja, se escuchó el ruido de sus muelles al abrirla y, balanceándola sobre la palma de la mano, amenazó al doctor con clavarlo en la pared.

El doctor no se inmutó. Continuó sentado y le habló así al capitán, por encima del hombro, elevando el tono de su voz para que todos pudieran escucharle, perfectamente tranquilo y firme:

—Si no guardáis ahora esa navaja, os prometo, por mi honor, que en el próximo Tribunal del Condado os haré ahorcar. Durante unos instantes los dos hombres se retaron con las miradas, pero el capitán amainó, se guardó su arma y volvió a sentarse gruñendo como un perro apaleado.

—Y ahora, señor —continuó el doctor—, puesto que no ignoro su desagradable presencia en mi distrito, podéis estar seguro de que no he de perderos de vista. No sólo soy médico, también soy juez, y, si llega a mis oídos la más mínima queja sobre vuestra conducta, aunque sólo fuera por una insolencia como la de esta noche, tomaré las medidas para que os detengan y expulsen de estas tierras. Basta.

Al poco rato trajeron hasta nuestra puerta el caballo del doctor Livesey, y éste montó y se fue; el capitán permaneció tranquilo aquella noche y he de decir que otras muchas a partir de ésta.

II. La aparición de «Perronegro»

Poco después de los sucesos que acabo de narrar tuvo lugar el primero de los misteriosos acontecimientos que acabaron por librarnos del capitán, aunque no, como ya verá el lector, de sus intrigas. Fue aquel invierno un invierno en que la tierra permaneció cubierta por las heladas y azotada por los más furiosos vendavales. Nos dábamos cuenta de que mi pobre padre no llegaría a ver la primavera; día a día empeoraba, y mi madre y yo teníamos que repartirnos el peso de la hostería, lo que por otro lado nos mantuvo tan ocupados, que difícilmente reparábamos ya en nuestro desagradable huésped.

Recuerdo que fue un helado amanecer de enero. La ensenada estaba cubierta por la blancura de la escarcha, la mar en calma rompía suavemente en las rocas de la playa y el sol naciente iluminaba las cimas de las colinas resplandeciendo en la lejanía del océano. El capitán había madrugado más que de costumbre, y se fue hacia la playa, con su andar hamacado, oscilando su cuchillo bajo los faldones de su andrajosa casaca azul, el catalejo de latón bajo el brazo y el sombrero echado hacia atrás. Su aliento, al caminar, iba dejando como nubecillas blanquecinas. Al desaparecer tras un peñasco, profirió uno de aquellos gruñidos que tan familiares ya me eran, como si en aquel instante hubiera recordado con indignación al doctor Livesey.

Mi madre estaba arriba, velando a mi padre; yo atendía mis quehaceres y preparaba la mesa para cuando regresara el capitán. Entonces se abrió la puerta y apareció un hombre al que jamás antes había visto. Pálido, con la blancura del sebo; vi que le faltaban dos dedos en la mano izquierda, pero, aunque le colgaba un machete, no tenía trazas de hombre pendenciero. Yo, que estaba siempre pendiente de cualquier marino, tanto con una como con dos piernas, recuerdo que me sentí desconcertado, pues aquel visitante no parecía hombre de mar, pero algo en él olía a tripulación.

Le pregunté en qué podía servirle, y dijo que quería beber ron; pero, cuando iba a traérselo, se sentó sobre una mesa y me hizo una seña de que me acercara. Me quedé quieto donde estaba con el paño de limpieza en las manos.

—Acércate, hijo —me llamó—. Acércate.

Yo di un paso hacia él.

—¿Esa mesa que está ahí preparada no será para mi compadre Bill? —me preguntó con aire burlón.

Le dije que no conocía a su compadre Bill; que aquella mesa estaba dispuesta para otro huésped a quien llamábamos el capitán.

—Bien —dijo—, eso le gusta a mi compadre Bill, que le llamen capitán. Pero si el que dices tiene una cicatriz grande en un carrillo y da gusto ver lo fino que es, sobre todo cuando está borracho, ése es mi compadre Bill. Además, vamos a ver, si tu capitán tiene una cuchillada en la mejilla... ¿no será además en el lado derecho? ¡Ah, ya decía yo! Así que... ¿está aquí mi compadre Bill?

Le contesté que se encontraba fuera, dando uno de sus paseos.

—¿Por dónde, hijo? ¿Por dónde ha ido?

Le indiqué la playa y le dije por dónde podría regresar el capitán y lo que aún tardaría, y, después que respondí a otras de sus preguntas, me dijo:

—Ah... Verme le va a sentar mejor que un trago de ron a mi compadre Bill.

La expresión de su cara al decir esto no me pareció muy agradable, por lo que pensé que el forastero no decía la verdad. Pero pensé que no era asunto mío; y, además, tampoco podía yo hacer nada. El hombre salió y se apostó en la entrada de la hostería, acechando como gato que espera al ratón. Cuando se me ocurrió salir a la carretera, me ordenó que entrase inmediatamente, y, como no obedecí con la presteza que él esperaba, un cambio terrible se produjo en su rostro blanquecino, y profirió un juramento tan terrible, que me heló el alma. Entré rápidamente en la posada y él entonces se me acercó, recobrando su aire zalamero, y dándome una palmadita en el hombro me dijo que yo era un buen muchacho y que se había encariñado conmigo.

—Tengo yo un hijo —me contó— que se parece a ti como una gota de agua a otra y que es el orgullo de mi corazón. Pero los muchachos necesitáis disciplina, hijo, disciplina. Si tú hubieras navegado con mi compadre Bill, no necesitarías que te lo dijera dos veces para entrar en casa, no... No eran esas las costumbres de Bill ni de los que navegaban con él. ¡Pero, mira! ¡Ahí viene! Con su catalejo bajo el brazo. Es mi compadre Bill. ¡Bendito sea! Tú y yo vamos a meternos dentro, hijo, y nos esconderemos tras la puerta; vamos a darle a Bill una buena sorpresa. ¡Dios lo bendiga!

Y diciendo esto, entró conmigo en la hostería y me ocultó tras él, junto a la puerta. Yo estaba, como es de suponer, inquieto y alarmado, y el miedo que sentía aumentaba al ver que el forastero también daba muestras de temor. Acarició la empuñadura de su machete y empezó a sacarlo de su vaina, y todo el tiempo que estuvimos aguardando no dejó de tragar saliva, como si tuviera, como suele decirse, un nudo en la garganta.

Por fin entró el capitán, cerró la puerta de golpe y, sin desviar su mirada, se dirigió a grandes zancadas hacia su mesa.

—¡Bill! —llamó el forastero, con una voz que pretendía ser firme y resuelta.

El capitán giró sobre sus talones y se nos quedó mirando; el color había desaparecido de su rostro y hasta su nariz se tornó lívida; tenía el aspecto del que ve a un aparecido o al mismo diablo o incluso algo peor, si es que existe; tanto me sobrecogió verlo así, porque fue como si en un instante envejeciera cien años.

—Vamos, Bill... Ya me conoces... ¿O es que no te acuerdas de tu viejo camarada? —dijo el forastero.

El capitán ahogó un grito de asombro y exclamó:

—¡«Perronegro»!

—¿Y quién si no? —contestó el otro, ya más tranquilo—. El mismo «Perronegro» de siempre, que viene a saludar a su antiguo camarada Bill a la posada del «Almirante Benbow». Ah, Bill, Bill…. ¡Las cosas que hemos visto los dos desde que yo perdí estos garfios! —y levantó su mano mutilada.

—Está bien —dijo el capitán—, al fin me has pillado, ya me tienes; bien, echa fuera lo que tengas que decir. ¿Qué quieres?

—Siempre el mismo, ¿eh, Bill? —respondió «Perronegro»—. Tienes toda la razón. Ahora este buen mozalbete nos va a traer un trago de ron y vamos a sentarnos, ¿quieres?, y vamos a charlar mano a mano, como viejos camaradas.

Cuando yo regresé con el ron, estaban los dos sentados en la mesa del capitán, uno frente al otro. «Perronegro» se había situado cerca de la puerta y con la silla algo separada de la mesa, como para poder al mismo tiempo vigilar a su antiguo compinche y, supongo, tener pronta la huida.

Me mandó que me retirase y que dejara la puerta abierta de par en par, y añadió:

—No se te ocurra espiar por el ojo de la cerradura, hijo.

Así que, dejándolos solos, me retiré.

Durante largo rato, y aunque me esforcé por escuchar, no pude entender más que apagados susurros; pero después empecé a oír sus voces, cada vez más altas, y entonces pesqué alguna palabra, principalmente juramentos del capitán:

—¡No, no, no, no! ¡Y basta! —gritaba—. ¡Si hay que acabar colgados, a la horca todos! —chilló.

Y de repente estalló en juramentos horribles y escuché ruido de golpes; la mesa y las sillas rodaban por el suelo con gran estrépito; oí chocar de aceros y un instante después vi a «Perronegro» huir despavorido y al capitán corriendo tras él, los dos con los machetes en la mano, y vi que el hombro de «Perronegro» manaba sangre. Ya en la puerta el capitán descargó sobre el fugitivo un tajo tan tremendo, que, de haberlo alcanzado, lo hubiera abierto en canal, pero gracias a que el cuchillo chocó con la muestra de la hostería que colgaba en el portal. Todavía puede verse la muesca en el lado inferior del marco.

Aquel golpe fue el último de la pelea. Cuando pudo llegar a la carretera, «Perronegro», a pesar de su herida, demostró saber correr y desapareció tras la colina en medio minuto. El capitán, por su parte, miró la muestra como aturdido. Se pasó varias veces la mano por sus ojos, y después volvió a entrar en la casa.

—¡Jim! —gritó—, ¡ron! —y al pedírmelo, se tambaleó un poco y trató de sostenerse apoyándose en la pared.

—¿Estáis herido? —exclamé.

—Ron… —me pidió de nuevo—. He de huir de aquí… ¡Ron! ¡Ron!

Corrí a traérselo, pero estaba tan impresionado por todo lo que había visto, que rompí un vaso y averié el grifo, y, mientras trataba de calmarme, oí el golpe de un cuerpo al caer al suelo; corrí entonces hacia la habitación donde había dejado al capitán y allí me lo encontré tirado cuan largo era. En ese instante mi madre, alarmada por los gritos y la pelea, acudió presurosa en mi ayuda. Entre los dos tratamos de levantar al capitán, que resollaba fuerte y estentóreamente; tenía los ojos cerrados y en su rostro el color de la muerte.

—¡Pobre de mí! —gritaba mi madre—. ¡La desgracia se ceba en esta casa! ¡Y con tu pobre padre tan enfermo!

No teníamos ni idea de qué hacer para auxiliar al capitán, lo único que se nos ocurría es que había sido herido de muerte en la pelea con el forastero. Traje, por si acaso, el ron y traté de hacérselo beber, pero tenía los dientes apretados y la boca encajada, como si fuera de hierro. En ese instante, y con gran alivio por nuestra parte, se abrió la puerta y vimos entrar al doctor Livesey, que venía a visitar a mi padre.

—¡Doctor! —exclamamos—. ¡Ayúdenos! ¡No sabemos si está muerto!

—¿Muerto? —dijo el doctor—. No más que uno de nosotros. Este hombre no tiene sino un ataque, que por cierto ya le advertí. Y ahora, señora Hawkins, vuelva usted al lado de su esposo, y, si es posible, que no se entere de nada de esto. Yo, como es mi obligación, trataré de salvar la despreciable vida de este tunante. Jim —me indicó—, haz el favor de traerme una jofaina.

Cuando volví con lo que me había pedido, el doctor había cortado de arriba hasta abajo una manga del capitán, dejando al descubierto su enorme brazo nervudo, sobre el que se veían varios tatuajes; en el antebrazo, con gran claridad, leímos: «Mía es la suerte», y «Viento en las velas», y «Billy Bones es libre», y más arriba, junto al hombro, veíase una horca con un hombre colgado; el dibujo estaba trazado con cierta gracia.

—¡Profético! —dijo el doctor, indicándome el dibujo—. Y ahora, señor Bones, si ése es su nombre, vamos a ver de qué color tiene usted la sangre. ¿Te asusta la sangre, Jim? —me preguntó.

—No, señor —respondí.

—Bueno, pues entonces —me dijo— sostén la jofaina. Y diciendo esto, cogió la lanceta y abrió una vena. Abundante sangre manó antes de que el capitán abriese los párpados y nos mirara con turbios ojos. Primero reconoció al doctor, y frunció su ceño; luego me vio a mí, y eso pareció tranquilizarlo. Pero de pronto su rostro palideció y trató de incorporarse, gritando:

—¿Dónde está «Perronegro»?

—Aquí no hay ningún «Perronegro» —dijo el doctor—, excepto el que lleváis en el pellejo. Habéis seguido bebiendo y os ha dado un ataque, tal como anuncié; y en este instante acabo, muy contra mi gusto, de sacaros por las orejas de la sepultura. Y ahora, señor Bones…

—Yo no me llamo así —interrumpió el capitán.

—Tanto me da —replicó el doctor—. Es el nombre de un pirata del que he oído hablar; y así os llamo para abreviar. De cualquier forma lo que tenía que deciros es tan sólo esto: un vaso de ron no acabará con vuestra vida, pero a ése seguirá otro, y después otro, y apuesto mi peluca a que, de no dejarlo, no tardaréis en morir, ¿está claro?, moriréis y así iréis al lugar que os corresponde, como está en la Biblia. Ahora, vamos, haced un esfuerzo y os ayudaré, por esta vez, a ir a la cama.

Entre el doctor y yo, con gran trabajo, conseguimos hacerlo subir la escalera y dejarlo en el lecho, donde su cabeza cayó sobre la almohada igual que si aún permaneciera desmayado.

—Y ahora, pensadlo —dijo el doctor—. Yo declino mi responsabilidad. Sólo el nombre del ron ya significa vuestra muerte.

Y tomándome por el brazo, salimos de aquel cuarto para ir a ver a mi padre.

—No hay que temer —me dijo el doctor tan pronto cerramos la puerta—. Le he extraído suficiente sangre como para que descanse tranquilo una temporada; tendrá que quedarse aquí una semana, es lo mejor para todos; pero, sin duda, otro ataque puede acabar con él.

III. La Marca Negra

Hacia el mediodía me acerqué a la habitación del capitán, llevándole un refresco y medicinas. Se encontraba casi en el mismo estado en que lo habíamos dejado, aunque trató de incorporarse, pero su debilidad fue más grande que sus deseos.

—Jim —me dijo—, tú eres la única persona en quien puedo confiar aquí; y bien sabes que siempre me porté bien contigo. Ni un mes he dejado de darte tus cuatro peniques de plata. Ahora ya me ves, compañero, da grima verme, no tengo ánimos y estoy solo. Escucha, Jim, tráeme un cortadillo de ron… Vamos, camarada, ¿me lo traerás?

—El doctor… —intenté decirle.

Pero él rompió en juramentos y maldiciones contra el doctor con una voz que, aun apagada, no había perdido su vieja energía.

—Los médicos son todos unos farsantes —voceó—, y ese vuestro, ése, ¿qué sabe de hombres de mar? Con estos ojos he visto tierras que abrasaban como la brea hirviendo, y a mis compañeros caer muertos como moscas con el vómito negro, y he visto la tierra moverse como la mar sacudida por terremotos… ¿Qué sabe el médico? Y te digo una cosa: fue el ron el que me hizo vivir. Él ha sido mi comida y mi agua, somos como marido y mujer. Y si me lo quitáis ahora, seré como un barco del que ya no queda más que un madero, que las olas entregan a la playa. Mi maldición caerá sobre ti, Jim, y sobre ese médico charlatán —y de nuevo prorrumpió en una sarta de juramentos—. Fíjate, Jim, en el temblor de mis dedos —continuó ya con un tono de súplica—. No se están quietos. No he bebido una gota en todo el santo día. Te digo que ese médico es un farsante. Si no echo un trago de ron, Jim, empezaré a tener visiones. Ya casi las tengo. Estoy viendo al viejo Flint allí en el rincón, detrás tuyo; y si empiezo a tener visiones, con la mala vida que he llevado, se me va a aparecer hasta Caín. El médico dijo que un vaso no me haría daño. Te daré una guinea de oro, si me traes un cortadillo, Jim.

Iba excitándose cada vez más y yo me alarmé a causa de mi padre, que había empeorado y necesitaba toda la quietud posible; además, las instrucciones del doctor habían sido terminantes, y también me sentía ofendido en cierta forma por el soborno que me proponía.

—No quiero vuestro dinero —le dije—, sino el que debéis a mi padre. Os traeré un vaso, sólo uno.

Cuando se lo traje, lo cogió ávidamente y lo bebió de un trago.

—Ah —suspiró—. Ya me siento mejor, no cabe duda. Y ahora, muchacho, ¿cuánto tiempo dijo el doctor que debía estar en esta condenada litera?

—Una semana, por lo menos —le contesté.

—¡Truenos! —exclamó—. ¡Una semana! Eso no puede ser. Para entonces ya me habrían pillado y me marcarían con «la Negra». Ahora mismo deben andar ya por ahí esos canallas husmeando mis huellas; gentuza que no han sabido guardar lo suyo y quieren poner sus garras en lo que es de otro. ¿Tú crees que eso es de hombres de mar? Yo he sido un espíritu precavido, nunca gasté mis buenos dineros ni los he perdido por ahí. Pero voy a estar más avizor que un timonel en su guardia. No les tengo miedo. Largaré velas y volveré a escapar.

Conforme me hablaba, iba tratando de incorporarse en la cama, aunque con mucha dificultad; se aferró a mi hombro clavándome los dedos con tal fuerza, que casi me hizo gritar de dolor, e intentó mover sus piernas, pero eran como un peso muerto. El vigor de sus palabras contrastaba lastimosamente con la apagada voz que las pronunciaba. Logró sentarse en el borde de la cama.

—Ese médico me ha matado —murmuró—. Me zumban los oídos. Recuéstame.

Pero antes de que pudiera ayudarlo se desplomó sobre el lecho permaneciendo un rato en silencio.

—Jim —dijo al rato—, ¿te fijaste bien en ese marino?

—¿«Perronegro»? —pregunté.

—Ah… «Perronegro» —dijo él—. Es un tipo de cuidado, pero aún son peores los que lo enviaron. Escucha, si yo no puedo escapar, si ésos consiguen marcarme con «la Negra», acuérdate de que lo que andan buscando es mi viejo cofre. Coge un caballo. ¿Sabes montar, no? Bien, pues, entonces, monta, y corre… ¡sí, hazlo!, avisa a ese maldito médico tuyo, y dile que junte a todos, que venga con un juez y con agentes… Dile que puede atraparlos a todos, aquí, a bordo de la «Almirante Benbow»…, toda la tripulación del viejo Flint, todos… lo que queda de ella. Yo era el segundo de a bordo, el primero después de Flint, y soy el único que conoce dónde está lo que buscan. Me lo confió en Savannah, cuando se estaba muriendo, lo mismo que hago yo ahora contigo. Pero tú no abrirás el pico. Solamente si consiguieran pescarme, si me marcan con «la Negra», o si vieras otra vez a «Perronegro», o a un marino con una sola pierna, Jim… Ese sobre todo.

—Pero ¿qué es la Marca Negra, capitán? —pregunté.

—Es un aviso, compañero. Ya la verás, si me marcan. Pero ahora tú abre bien los ojos, Jim, y te juro por mi honor que iremos a partes iguales. — Todavía siguió divagando durante un rato, su voz fue debilitándose, y, cuando le hice beber su medicina, que tomó como un niño, me dijo—: Si ha habido un marino con necesidad de estas drogas, ése soy yo… —y se durmió profundamente.

No sé qué hubiera hecho yo de resolverse bien todos los acontecimientos; quizá le habría contado al doctor aquella historia, porque sentía miedo de que, si el capitán se recobraba, pudiera olvidar su promesa y tratara de liberarse de mí. Mas sucedió que aquella misma noche mi padre murió repentinamente, lo que hizo que dejaran de tener importancia las demás preocupaciones. El dolor que nos embargaba, las visitas de nuestros vecinos, la preparación del funeral y atender al mismo tiempo a todos los quehaceres de la hostería me mantuvieron tan ocupado, que apenas tuve pensamientos para el capitán y aún menos para sus intrigas.

A la mañana siguiente lo vi bajar al comedor, y comió como de costumbre, aunque poco, pero me temo que sí bebió más ron del que solía, pues él mismo se encargó de servirse a su gusto y con tal aire amenazador y tales bufidos, que ninguno de los presentes osó recriminarlo. La noche antes del funeral estaba tan borracho como siempre y no respetó el duelo que nos acongojaba, sino que le escuchamos cantar su odiosa y vieja canción marinera. Aunque aún se le veía muy débil, todos lo temíamos, y tampoco estaba el doctor, quien después de la muerte de mi padre había tenido que acudir a un enfermo a muchas millas de distancia. Ya he dicho cuán débil parecía el capitán, y a lo largo de la noche incluso pareció ir apagándose lentamente aún más. Subía y bajaba las escaleras con mucha fatiga, iba de una habitación a la otra y de vez en cuando asomaba las narices a la puerta como para oler el mar, luego volvía apoyándose en los muros y respirando trabajosamente como el que sube por una montaña. No parecía reparar en mí y creo firmemente que se había olvidado por completo de sus confidencias; su temperamento, veleidoso, más fuerte que su falta de vigor, le arrastraba a violentas actitudes, y no era la más tranquilizadora su costumbre de desenvainar su largo cuchillo, cuando más ebrio estaba, y ponerlo delante de él sobre la mesa. Pero, a pesar de todo, no prestaba mucha atención a la gente y parecía sumido en sus meditaciones e incluso como perdido en ellas. De pronto, con gran asombro nuestro, empezó a cantar una canción que jamás le habíamos escuchado, una especie de canción de amor campesina, que debía recordarle su juventud antes de hacerse a la mar.

Así siguieron las cosas hasta un día después del funeral, cuando a eso de las tres de una tarde cerrada por la más helada niebla, al asomarse a la puerta, vi lejos en el camino a alguien que se acercaba despacio. Sin duda se trataba de un ciego, porque iba tanteando el suelo con un palo y llevaba un gran parche verde, que le tapaba los ojos y la nariz; caminaba encorvado como por la edad o el cansancio y se cubría con un enorme capote de marino, viejo y desastrado, con una capucha que le daba un aspecto deforme. En mi vida había visto yo una figura más siniestra. Cuando llegó ante la hostería, se detuvo y, alzando una voz que parecía salir de un muerto, habló como dirigiéndose a la niebla que lo envolvía:

—¿No habrá un alma piadosa que le diga a este pobre ciego que ha perdido la preciosa luz de sus ojos en defensa de Inglaterra, y ¡que Dios bendiga al rey

George!, en qué lugar de su patria se encuentra?

—Estáis en la posada del «Almirante Benbow», junto a la bahía del Cerro Negro, buen hombre —le dije.

—Oigo una voz —dijo él—, la voz de un mozo. ¿Quieres darme tu mano, mi generoso amigo, y llevarme adentro?

Le tendí mi mano, y aquel ser horrible, blanco como la niebla y sin ojos, la asió de pronto, apretándome como una tenaza. Yo me asusté tanto, que intenté soltarme, pero el ciego, dando un tirón, me arrastró tras él.

—Ahora, muchacho —me dijo—, vas a llevarme a donde está el capitán.

—Señor —le supliqué—, no puedo.

—¿No? —dijo con sorna—. ¿De veras? ¡Llévame o te rompo el brazo!

Y al decirlo, me retorció con tal violencia, que grité de dolor.

—Señor —le dije—, es por vuestro bien. El capitán ya no es el que era. Tiene siempre su cuchillo delante. Otro caballero…

—¡No repliques! ¡Vamos! —dijo interrumpiéndome; y jamás he oído una voz tan cruel, fría y estremecedora como la de aquel ciego.

Esto me atemorizó aún más que el propio dolor, y no tuve más remedio que obedecerlo al instante. Lo conduje directamente hasta la puerta de la sala, donde nuestro viejo y enfermo bucanero estaba sentado adormecido por el ron. El ciego seguía pegado a mí, sujetándome con una mano de hierro y apoyando todo su peso sobre mis hombros.

—Llévame derecho a su lado y, cuando lleguemos, grita: «Aquí está su amigo, Bill». Si no obedeces… —y volvió a retorcerme el brazo con tal fuerza, que creí desmayarme.

Todo esto hizo que el miedo al ciego fuera mayor que el que sentía por el capitán, así que abrí la puerta de la sala, entré y dije con voz trémula lo que se me había ordenado.

El capitán levantó los ojos y una sola mirada bastó para disipar los efectos del ron y para que recobrase su lucidez. Se quedó atónito. La expresión de su cara no era tanto de terror como de un mortal abatimiento. Intentó levantarse, pero no creo que le quedaran suficientes fuerzas ya en su cuerpo.

—Quédate donde estás, Bill —dijo el mendigo—. No puedo ver, pero mi oído siente un solo dedo que se mueva. Vamos al negocio. Alarga la mano izquierda. Muchacho —me llamó—, sujétale la mano por la muñeca y acércamela, ponla en la mía.

Lo obedecí al pie de la letra, y vi que el ciego pasaba algo del hueco de la mano en que tenía el palo a la palma de la del capitán, que inmediatamente apretó aquello que le habían entregado.

—Y ahora ya está hecho —dijo el ciego. Y diciéndolo, me soltó de pronto y con una increíble seguridad y ligereza salió de la habitación y ganó la carretera, donde, y antes siquiera de que yo pudiera reaccionar, ya escuché el toc toc toc de su báculo en la lejanía.

Pasó algún tiempo antes de que el capitán y yo volviésemos de nuestro estupor; entonces, y casi al mismo tiempo, solté yo su muñeca, que aún tenía sujeta, y él acercó la mano a sus ojos y contempló lo que en su palma aferraba.

—¡A las diez! —gritó—. ¡Faltan seis horas! ¡Aún podemos salvarnos!

Y se levantó como un rayo.

Y en ese mismo instante, de golpe, vaciló, se llevó la mano a la garganta, permaneció unos segundos como un barco escorándose y después, con un extraño gemido, cayó al suelo cuan largo era.

Me precipité a socorrerlo, mientras llamaba a voces a mi madre. Pero todo fue inútil. El capitán había muerto atacado por una apoplejía fulminante. Y quizá sea difícil de entender, pero, aunque jamás me había gustado aquel hombre, a pesar de que al final hubiera comenzado a inspirarme lástima, verlo allí tendido, muerto, hizo que las lágrimas inundaran mis ojos. Era la segunda muerte que veía, y el dolor de la primera estaba aún fresco en mi corazón.

IV. El cofre

No perdí ya entonces más tiempo en decirle a mi madre todo lo que sabía y que sin duda hubiera debido poner mucho antes en su conocimiento. Inmediatamente nos dimos cuenta de lo difícil y peligroso de nuestra situación. Parte del dinero que aquel hombre pudiera esconder —si es que algo guardaba— nos pertenecía con toda justicia, pero no era probable que los compañeros de nuestro capitán, sobre todo los dos ejemplares que yo había visto, «Perronegro» y el mendigo ciego, estuvieran dispuestos a perder una parte del botín, y para saldar las cuentas del difunto. Tampoco podía yo cumplir el encargo del capitán de cabalgar en busca del doctor Livesey, dejando a mi madre sola y sin protección. Ni siquiera nos parecía posible a ninguno de los dos seguir por más tiempo en la hostería. El chisporroteo de los leños en el fogón, el tic-tac del reloj, todo nos llenaba de espanto. Por todas partes nos parecía oír pasos sigilosos que se acercaban. El cuerpo muerto del capitán seguía tendido en el suelo de la habitación. Yo no paraba de pensar en el siniestro ciego, al que suponía rondando la casa y pronto a aparecer. El miedo me ponía la carne de gallina. Había que tomar una decisión inmediatamente; y se me ocurrió como única salida que nos marchásemos de la hostería para buscar auxilio en el cercano caserío. Y dicho y hecho. Tal como estábamos, sin siquiera cubrirnos, mi madre y yo echamos a correr en la oscuridad, cada vez más densa, de aquel helado atardecer.

El caserío sólo distaba unos cientos de yardas y teníamos la ventaja de que, en cuanto traspusiéramos la ensenada, ya no se nos vería; también me tranquilizaba que se hallara en dirección opuesta a aquella por donde había venido el ciego y por la que probablemente se había marchado. Recorrimos el camino en pocos minutos, y eso contando que nos detuvimos alguna vez para escuchar. Pero no se oía ruido alguno desacostumbrado, sólo el suave batir de las olas en la playa y el graznar de los cuervos en el bosque.

Cuando llegamos al caserío, ya se encendían las primeras luces, y nunca olvidaré el alivio que sentí al ver aquellos resplandores amarillentos que se filtraban por puertas y ventanas. Pero ésa fue toda la ayuda que de allí recibimos, porque —aunque parezca mentira— nadie estaba dispuesto a regresar con nosotros a la «Almirante Benbow», y cuanto más dramatizábamos nuestras desventuras, menos inclinados parecían todos — hombres, mujeres o mozos— a abandonar el cobijo de sus hogares. El nombre del capitán Flint, aunque desconocido para mí, era bastante famoso para muchos de los vecinos, y en todos causaba el mayor espanto. Alguno de los labradores que habían estado arando las tierras de más allá de la hostería recordaba haber visto gente forastera en el camino, y, tomándolos por contrabandistas, habían huido de ellos; uno, por lo menos, aseguraba haber visto un lugre fondeado en la que llamábamos la Cala de Kitt. Y tan sólo la idea de encontrarse con alguno de los compañeros del capitán ya bastaba para infundirles el más invencible de los temores. El resultado fue que, si bien varios vecinos se ofrecieron para ir a caballo hasta la casa del doctor Livesey, que por cierto estaba en la dirección contraria, ninguno estuvo dispuesto a ayudarnos para defender la «Almirante Benbow».

Dicen que la cobardía es contagiosa; pero la discusión, por el contrario, enardece. Y así, después que cada uno expresó sus opiniones, mi madre les lanzó una arenga declarando que no estaba dispuesta a perder un dinero que pertenecía a su hijo.

—Si ninguno de vosotros se atreve —les dijo—, Jim y yo sí nos atrevemos y no os necesitamos para encontrar el camino de vuelta. Os agradezco mucho a todos, manada de gallinas, vuestro amparo.

Nosotros abriremos ese cofre, aunque nos cueste la vida, y le agradecería a usted, señora Crossley, que me prestase una bolsa para traernos el dinero que nos pertenece.

Yo, por supuesto, dije que iría con mi madre; y por supuesto, todos intentaron convencernos de nuestra temeridad, pero ni aún entonces hubo alguno que decidiera venir con nosotros. Lo único que hicieron fue darme una pistola cargada, por si nos atacaban, y prometernos tener caballos ensillados para el caso de que fuésemos perseguidos al regreso. También enviarían a un muchacho a casa del doctor Livesey para buscar el socorro de gente armada.

El corazón me latía en la boca, cuando salimos al frío de la noche y emprendimos nuestra peligrosa aventura. La luna llena empezaba a levantarse e iluminaba con su brillo rojizo los altos bordes de la niebla. Aligeramos el paso, pues muy pronto todo estaría bañado por una luz casi como el día y no podríamos ocultarnos a los ojos de cualquiera que estuviera vigilando. Nos deslizamos silenciosos y rápidamente a lo largo de los setos sin que escuchásemos ruido alguno que aumentara nuestros temores, hasta que con sumo júbilo cerramos tras de nosotros la puerta de la «Almirante Benbow».

Corrí inmediatamente el cerrojo, y permanecimos unos instantes en la oscuridad, sin movernos, jadeantes, a solas en aquella casa con el cuerpo del capitán. En seguida mi madre se procuró una vela y cogidos de la mano penetramos en la sala. El cuerpo yacía tal como lo habíamos dejado, tumbado de espaldas, con los ojos abiertos y un brazo estirado.

—Baja las persianas, Jim —susurró mi madre—, no sea que estén ahí fuera y nos vean. Y ahora tenemos que encontrar la llave de eso —dijo, cuando yo acabé de cerrar—, pero ¿quién se atreve a tocarlo? —y al decir esto no pudo reprimir un sollozo.

Me arrodillé junto al capitán. En el suelo, cerca de su mano, encontré un redondel de papel ennegrecido por una de sus caras. No dudé de que aquello era la Marca Negra; y, cogiéndolo, pude leer en el dorso escrito con letra muy clara y limpia el siguiente aviso: «Tienes hasta las diez de esta noche».

—Tenía hasta las diez, madre —dije yo.

Y al tiempo de decir esto, nuestro viejo reloj empezó a sonar dando las horas. Las campanadas nos sobrecogieron de terror, pero al menos contándolas nos tranquilizamos, ya que no eran más que las seis.

—Vamos, Jim —dijo mi madre—. La llave.

Registré los bolsillos uno tras otro; sólo encontramos unas monedas, un dedal, un poco de hilo y unas agujas enormes, un trozo de tabaco mordido por una punta, su navaja de corva empuñadura, una brújula de bolsillo y yesca. Yo ya empezaba a desesperar.

—Acaso la tenga colgada del cuello —sugirió mi madre.

Venciendo una gran repugnancia, desgarré su camisa y allí, colgada de su cuello, en un cordel embreado, que corté con su propia navaja, estaba la llave. Este triunfo nos llenó de esperanza y subimos sin perder un segundo al cuarto donde tanto tiempo había él dormido y donde desde el día de su llegada permanecía su cofre. Era un cofre igual que tantos otros de los que suelen usar los navegantes; tenía la inicial B marcada en la tapa con un hierro al rojo vivo y las esquinas estaban aplastadas y maltrechas por el largo y tempestuoso servicio.

—Dame la llave —dijo mi madre.

Y aunque la cerradura se resistió, no tardó en abrirla, y levantamos la tapa.

Un fuerte olor a tabaco y a brea emanó de su interior; encima de todo vimos ropa nueva, cuidadosamente cepillada y doblada. Mi madre aventuró que no había sido estrenada. Debajo empezamos a descubrir los más heterogéneos objetos: un cuadrante, un vaso de estaño, varias libras de tabaco, una pareja de excelentes pistolas, un pedazo de un lingote de plata, un antiguo reloj español y otras baratijas, como un par de brújulas montadas en latón y cinco o seis conchas de caracoles de las Antillas. Muchas veces después he recordado esas conchas y he pensado en lo extraño de que las llevara con él a través de su errante, criminal y aventurera existencia.

Sólo aquel lingote de plata y algunas monedas tenían algún valor; pero ni uno ni las otras nos aprovechaban. Debajo de todo había un viejo capote marino descolorido ya por la sal y el aire de tantos océanos y puertos. Mi madre tiró de él, encolerizada, y entonces descubrimos lo que había en el fondo del cofre: un paquete envuelto en hule, que parecía contener papeles, y un saquito de lona que, al tocarlo, dejó oír un tintineo de oro.

—Voy a enseñarles a esos forajidos que yo soy una mujer honrada —dijo mi madre—. Tomaré lo que se me debe y ni una perra más. Sostén la bolsa de la señora Crossley —y empezó a contar las monedas hasta sumar la cantidad que el capitán nos había dejado a deber.

La tarea fue larga y dificultosa, porque había monedas de todos los países y tamaños: doblones y luises de oro y guineas y piezas de a ocho y qué se yo cuántas más, todas revueltas en aquella bolsa. Además, mi madre únicamente sabía ajustar cuentas con guineas, y precisamente éstas eran las más escasas.

Aún no habíamos llegado ni a la mitad de la cuenta, cuando de pronto, en el aire silencioso y helado, escuchamos algo que casi paralizó los latidos de mi corazón: el toc toc toc del palo del ciego sobre la carretera endurecida por el frío. Se acercaba lentamente. Permanecimos quietos, conteniendo la respiración. Después sonó un golpe fuerte en la puerta de la hostería y oímos levantarse la falleba y rechinar el cerrojo como si aquel miserable tratara de abrir; luego hubo un largo y terrible silencio. Después el toc toc toc se escuchó una vez más, y, con la mayor alegría por nuestra parte, cada vez más lejano, hasta que se perdió en la noche.

—Madre —le dije—, cojamos todo y vámonos.

Porque estaba seguro de que, al haber encontrado la puerta cerrada por dentro, el ciego entraría en sospechas y no tardaría en volver con toda la cuadrilla; aun así me alegré de haber echado el cerrojo, pues tal era el espanto que me producía aquel pavoroso ciego.

Pero mi madre, a pesar de sus temores, no quería apropiarse de un penique más de lo que se le debía, y se obstinaba también en no contentarse con menos. Me tranquilizó diciendo que aún faltaba mucho para las siete. No estaba dispuesta a irse sin haber saldado la cuenta. Y aún trataba yo de convencerla, cuando escuchamos de pronto un corto y apagado silbido en la lejanía, sobre la colina. Aquello fue más que suficiente para los dos.

—Me llevaré lo que he cogido —dijo, poniéndose en pie de un salto.

—Y yo tomaré esto para completar la cuenta —dije yo, echando mano al envoltorio de hule.

Un instante después bajábamos a tientas por la escalera, porque habíamos olvidado la vela junto al cofre vacío; y sin perder tiempo abrimos la puerta y escapamos a todo correr. Unos minutos más tarde y hubiera sido fatal para nosotros, porque la niebla iba aclarando más que deprisa y la luna ya iluminaba las zonas más altas, y sólo por la hondonada del barranco y en torno a nuestra puerta flotaban aún tenues velos que nos ocultaron en la huida. Pero antes de llegar a mitad de camino del caserío, casi al final de la cuesta, la niebla se levantaba dejando paso a la claridad de la luna, y forzosamente teníamos que pasar por allí. Además, escuchamos rumor de gente cada vez más cerca y vimos una luz que oscilaba entre la bruma y que indicaba que uno de nuestros perseguidores al menos traía una linterna de aceite.

—Hijo mío —dijo mi madre—, toma el dinero y escapa tú. Creo que voy a desmayarme.

Pensé que aquello era el fin de los dos. Maldije la cobardía de nuestros vecinos y culpé a mi pobre madre tanto por su honradez como por su codicia, por su pasada temeridad y por su desfallecimiento ahora. Casi habíamos llegado al puente pequeño, y había un terraplén que bien podía servirnos, por lo que la ayudé para llegar hasta él y ocultarnos; fue dejarla apoyada en el talud cuando con un suspiro se desplomó sobre mi hombro. No sé cómo tuve fuerzas para conseguirlo, y me temo que usé cierta brusquedad, pero logré arrastrarla por la pendiente hasta casi ocultarla bajo el puente. No pude hacer más, porque el arco era tan bajo, que no me permitió más que reptar, y, aunque mi madre quedaba casi a la vista de aquellos desalmados, allí permanecimos, tan cerca de la hostería, que pudimos ver todo cuanto en ella ocurrió.

V. La muerte del ciego

La curiosidad fue más fuerte que mis temores y abandoné mi escondrijo; me arrastré hasta la cima del talud, y desde allí, ocultándome tras un matorral de retama, pude observar a todo lo largo de la carretera hasta la puerta de nuestra casa. No tuve que aguardar mucho, pues de inmediato empezaron a llegar mis enemigos, al menos siete u ocho; corrían hacia la casa y el ruido de sus pasos resonaba en la noche. Uno llevaba una linterna y marchaba delante; otros tres corrían juntos, cogidos por las manos; y, a pesar de la niebla, vi que el que iba en medio del trío era el mendigo ciego. Un instante después escuché su voz.

—¡Echad abajo la puerta! —gritaba.

—¡Echadla abajo! —contestaron otras voces.

Y vi cómo se lanzaban al asalto de la «Almirante Benbow», mientras el que sostenía la linterna avanzaba tras ellos. De pronto se detuvieron y hablaron en voz baja, como si les hubiera sorprendido encontrar abierta la puerta. Pero, acto seguido, el ciego volvió a darles órdenes. Su voz sonó estentórea y aguda, como si ardiera de impaciencia y rabia.

—¡Entrad! ¡Entrad! ¡Entrad! —gritaba, maldiciendo a sus compinches por su indecisión.

Cuatro o cinco de ellos obedecieron en seguida y dos permanecieron en la carretera junto al fantasmal mendigo. Hubo un gran silencio. Después oí una exclamación de sorpresa y una voz gritó desde la casa:

—¡Bill está muerto!

El ciego rompió otra vez en juramentos.

—¡Registradlo! ¡Gandules! ¡Y los demás que suban a por el cofre! —volvió a gritar.

Hasta mí llegaba el estruendo de sus carreras por nuestra vieja escalera; la casa parecía temblar con sus pisadas. Después escuché nuevas voces de sorpresa, la ventana del cuarto del capitán se abrió de golpe, con gran estrépito de vidrios rotos, y un hombre asomó iluminado por la claridad de la luna y llamó al que estaba abajo en la carretera.

—¡Pew! —gritó—, nos han tomado la delantera. Alguien ha limpiado ya el cofre; todo está patas arriba.

—¿Y lo que buscamos? —preguntó Pew.

—Hay dinero.

El ciego maldijo el dinero.

—¡El escrito de Flint es lo que importa! —gritó.

—No lo vemos por aquí —repuso el otro.

—¡Eh, los de abajo, registrad bien a Bill! —vociferó de nuevo el ciego.

Salió entonces a la puerta uno de los que se habían quedado abajo para registrar al capitán.

—A Bill ya lo han cacheado —dijo—. No lleva nada.

—¡Ha sido la gente de la posada! ¡Ha sido ese chico! ¡Ojalá le hubiera sacado los ojos! —exclamó Pew—. No hace ni un minuto que aún estaban ahí dentro; el cerrojo estaba echado cuando yo intenté abrir la puerta. ¡Vamos! ¡Registradlo todo! ¡Buscadlo!

—No pueden andar lejos —gritó el que asomaba por la ventana—, aquí hay una vela que todavía está encendida.

—¡Buscadlos! ¡Hay que dar con ellos! —aullaba Pew, mientras golpeaba furiosamente con su báculo contra la carretera.

Entonces comenzó un gran desconcierto en nuestra vieja hostería; carreras y ruidos por todas partes, muebles que se volcaban, puertas abiertas a patadas; el estruendo parecía resonar en las cercanas montañas. Luego empezaron a salir los asaltantes, uno a uno, y aseguraron que sin duda ya no nos encontrábamos allí. En ese momento, el mismo silbido que antes nos alarmara a mi madre y a mí, cuando estábamos contando el dinero del capitán, se escuchó de nuevo, claro y agudo, en la quietud de la noche. Ahora sonó dos veces. Al principio creí que se trataba del ciego, que de esta forma llamaba a su tripulación al abordaje; pero reparé en que el sonido venía desde la cuesta que conducía al caserío, y al ver el efecto que tuvo sobre aquellos bucaneros, comprendí que se trataba de un aviso de peligro.

—Es Dirk —llamó uno de los maleantes—. ¡Dos toques! Tenemos que largarnos, compañeros.

—¡Lárgate tú, inútil! —clamó Pew—. Dirk siempre ha sido un miserable cobarde… ¡No le hagáis caso! ¡Buscad al chico y a su madre, no pueden estar lejos! ¡Dispersaos y buscadlos, perros! ¡Maldita sea mi alma! —juró—. ¡Si yo tuviera vista!

Esta arenga produjo su efecto, sin duda, porque dos o tres empezaron a buscar aquí y allá en la leñera, aunque desde luego sin excesivo entusiasmo, ya que les preocupaba más su propio peligro. Los demás permanecían indecisos en la carretera.

—Tenéis una fortuna en vuestras manos, imbéciles, y os asustáis de vuestra sombra. Podéis ser tan ricos como reyes, si logramos encontrar ese papel. Sabemos que está aquí y aún os hacéis los remolones. Cuando ninguno de vosotros se atrevía a encararse con Bill, yo lo hice… ¡yo, un ciego! ¡No voy a perder mi parte por vuestra culpa! ¿Es que voy a reventar como un miserable pordiosero arrastrándome mendigando un poco de ron, cuando podría ir en carroza? ¡Si tuvierais las agallas de una pulga, los atraparíais!

—Que se vayan al infierno, Pew. Ya tenemos los doblones —refunfuñó uno de ellos.

—Habrán escondido el escrito —dijo otro—. Coge estas guineas, Pew, y deja de aullar.

Aullidos era verdaderamente la palabra más exacta, y a tal punto llegó la cólera de Pew al oír a su compañero, que su ira estalló y empezó a dar golpes de ciego con su bastón a diestro y siniestro, y en las costillas de más de uno los oí resonar. Se enzarzaron todos amenazándose con horribles maldiciones y tratando en vano de arrancar el palo de las manos del ciego.

Su pendencia fue nuestra salvación, porque, mientras ellos reñían, otro ruido llegó hasta nosotros desde lo alto de la cuesta del caserío: el rumor de cascos de caballos al galope. Casi al mismo tiempo el resplandor y la detonación de un pistoletazo sacudieron al fondo del camino. Debía ser ésa la última señal de peligro, porque los bucaneros, al escucharla, dieron vuelta y echaron a correr, dispersándose en todas direcciones, lo mismo hacia el mar, a lo largo de la bahía, como a través del cerro, de suerte que en medio minuto no quedó de la pandilla sino Pew. Lo habían abandonado o por cobardía o en venganza por sus injurias y golpes; y allí estaba él solo y golpeando con el palo en la carretera, frenéticamente, tanteando el aire y llamando a sus camaradas. De pronto avanzó hacia donde yo estaba, corría; pasó ante mí, gritando:

—¡Johnny! ¡«Perronegro»! ¡Dirk! —y otros nombres—. ¡No abandonéis al viejo Pew, camaradas! ¡No abandonéis al viejo Pew!

El atronador galopar de los caballos sobrepasó la cima de la cuesta, y cuatro o cinco jinetes se dibujaron a la luz de la luna y se lanzaron cuesta abajo a galope tendido.

Y entonces vi que Pew cayó en la cuenta de su error; intentó dar la vuelta y echó a correr hacia la cuneta, donde se precipitó dando tumbos. Se levantó inmediatamente y siguió corriendo, pero ya estaba perdido, y vi cómo cala bajo las patas del primer caballo. El jinete trató de esquivarlo, pero fue en vano. Pew cayó dando un grito, que resonó en el frío de la noche. Los cascos del animal lo pisotearon, revolcándolo contra el polvo, y pasaron de largo. Allí quedó Pew, tendido sobre su costado; después se estremeció, casi dulcemente, y quedó inmóvil.

De un salto me puse en pie y llamé a los jinetes. Habían frenado sus monturas, horrorizados por el accidente, y los reconocí. Uno de ellos, que cabalgaba rezagado, era el muchacho que habían enviado los del caserío a casa del doctor Livesey, y los demás eran agentes de Aduana a los que encontrara a medio camino y con los cuales había tenido la buena idea de regresar rápidamente. El superintendente Dance había sido informado sobre el lugre fondeado en la Cala de Kitt y por eso precisamente venían aquella noche hacia nuestra casa. Esas circunstancias nos habían librado a mi madre y a mí de una muerte segura.

Pew estaba tan muerto como una piedra. En cuanto a mi madre, la llevamos a la aldea y un poco de agua fresca y unas sales bastaron para hacerle volver en sí, sin más consecuencias que el susto, aunque no dejó de lamentarse por haber perdido lo que faltaba para liquidar la cuenta del capitán. El superintendente y los suyos continuaron inmediatamente hacia la Cala de Kitt, pero tenían que descender una abrupta barranca, y sin luces, por lo que, entre que debían tantear la senda y desmontar de sus cabalgaduras, además de las precauciones por el caso de que les hubieran tendido una emboscada, para cuando llegaron a la Cala, el lugre ya había zarpado. Se encontraba todavía, sin embargo, tan cerca de la costa, que el superintendente intentó detenerlo ordenándoles que se entregasen. Pero una voz respondió desde el mar conminándole a apartarse de donde estaba si no quería llevarse un poco de plomo en el cuerpo, lo que no era difícil ya que estaba iluminado por la claridad de la luna, y al mismo tiempo sonó un disparo y una bala silbó junto a su brazo. El lugre ya doblaba el cabo y desapareció. El señor Dance se quedó, como él mismo dijo, «como pez fuera del agua», y todo lo que pudo hacer fue enviar a uno de sus aduaneros a Bristol para dar aviso al cúter que servía de guardacostas.

—Es igual que nada —dijo—. Nos la han jugado. De lo único que me alegro es de haber acabado con ese canalla de Pew —del cual ya sabía la historia por habérsela yo contado.

Volvimos juntos a la «Almirante Benbow», y no es posible describir un estrago mayor; hasta nuestro viejo reloj estaba derribado, y toda la casa patas arriba, pues en su busca nada habían dejado en pie aquellos malhechores, y, aunque no consiguieran llevarse otra cosa que el dinero del capitán y algunas monedas de plata que guardábamos en el mostrador, pensé que sin duda estábamos arruinados. El señor Dance tampoco daba crédito a sus ojos.

—¿No me dijiste que querían robar el dinero? Pues entonces, dime, Hawkins, ¿por qué lo han destrozado todo? ¿Buscarían más dinero?

—No, señor —le contesté—, creo que no era dinero. Se me figura que buscaban algo que tengo yo en el bolsillo, y, para decir verdad, quisiera ponerlo a buen recaudo.

—Muy bien, muchacho —dijo él—, tienes razón. Si quieres yo puedo guardarlo.

—Yo había pensado en el doctor Livesey… —empecé a decir.

—Perfectamente —dijo interrumpiéndome con toda amabilidad—, perfectamente. Es un caballero y además magistrado. Ahora que pienso en ello, creo que debería ir yo también para darle cuenta de lo ocurrido a él y al squire. Esa basura de Pew está bien muerto, y no es que yo lo lamente, pero el caso es que hay personas de mala fe siempre dispuestas a aprovechar cualquier pretexto para acusar de lo que sea a un oficial de Su Majestad. Así que, escúchame, Hawkins, creo que debes venir conmigo.

Le di las gracias por su ofrecimiento y nos dirigimos caminando hasta el caserío donde estaban los caballos. Casi antes de poder despedirme de mi madre, vi que ya estaban todos montados.

—Dogger —dijo el señor Dance—, tú que tienes un buen caballo monta contigo a este joven.

Monté y me aferré al cinto de Dogger. Entonces el superintendente dio la señal y partimos al galope hacia la casa del doctor Livesey.

VI. Los papeles del capitán

Cabalgamos sin descanso hasta que llegamos a la puerta del doctor Livesey. La fachada de la casa estaba a oscuras.

El señor Dance me indicó que desmontase y llamara, y Dogger me cedió su estribo para hacerlo. Una criada nos abrió la puerta.

—¿Está el doctor Livesey? —pregunté.

Me respondió que el doctor había estado durante toda la tarde, pero que en aquel momento se encontraba en la mansión del squire, porque estaba invitado a cenar y pasar la velada con él.

—Bien, pues vamos allá, muchachos —dijo el señor Dance.

Como esta vez la distancia era más corta, ni siquiera monté, sino que fui corriendo asido al estribo de Dogger hasta las puertas del parque, y después, por la larga avenida de árboles, cubierta entonces de hojas y que la luz de la luna iluminaba, al final de la cual se perfilaba la blanca línea de edificaciones que componían la mansión, rodeada por inmensos jardines de centenarios árboles. El señor Dance desmontó y sin dilación fuimos admitidos en la casa. Un criado nos condujo por una galería alfombrada hasta un amplio salón cuyas paredes estaban todas cubiertas por estanterías con libros rematadas por esculturas. Allí se encontraban el squire y el doctor Livesey, sentados ante un maravilloso fuego de chimenea y fumando sus pipas.

Yo nunca había visto tan de cerca al squire. Era un hombre muy alto, de más de seis pies, y bien proporcionado; su rostro era enormemente expresivo, y su piel, curtida y algo enrojecida, supongo que por sus largos viales; las cejas eran muy negras y espesas y, al moverlas, le daban un aire de cierta fiereza.

—Pase usted, señor Dance —dijo con mucha ceremonia y no sin condescendencia.

—Buenas noches, Dance —añadió el doctor con una inclinación de cabeza—. Buenas noches, Jim. ¿Qué buen viento os trae por aquí?

El superintendente, muy envarado, contó lo ocurrido como quien recita una lección; y era digno de ver cómo los dos caballeros lo escuchaban con la máxima atención, intercambiándose miradas, tanto que hasta se olvidaron de fumar, absortos y asombrados por el relato. Cuando supieron cómo mi madre se había atrevido a regresar a la hostería, el doctor Livesey no pudo reprimir una exclamación:

—¡Bravo! —dijo con un gesto tan impulsivo, que quebró su larga pipa contra la parrilla de la chimenea.

Antes de que terminase el superintendente su narración, el señor Trelawney —pues ése, como se recordará, era el nombre del squire— se levantó de su butaca y empezó a recorrer el salón a grandes zancadas, mientras el doctor, como para oír mejor, se había despojado de la empolvada peluca; y por cierto que resultaba sorprendente verlo con su auténtico pelo, negrísimo y cortado al rape.

Por fin el señor Dance terminó su explicación.

—Señor Dance —dijo el squire—, es usted un hombre de provecho. Y en cuanto a la muerte de ese vil y desalmado forajido, lo considero un acto virtuoso como el aplastar una cucaracha. En cuanto a este mozo, Hawkins, es una verdadera joya. Por favor, Hawkins, ¿quieres tirar de la campanilla? El señor Dance tomará un trago de cerveza.

—¿Así, Jim —dijo el doctor—, que tú tienes lo que esos pillos andaban buscando?

—Aquí está, señor —dije, y le entregué el paquete envuelto en hule.

El doctor lo miró por todos lados, temblándole los dedos por la impaciencia de abrirlo; pero, en vez de hacerlo, se lo guardó tranquilamente en el bolsillo de su casaca.

—Señor Trelawney —dijo—, no debemos distraer al señor Dance por más tiempo de sus obligaciones; el servicio de Su Majestad no descansa. Pero sugeriría que Jim Hawkins se quedara a dormir en mi casa, y, con vuestro permiso, propongo, bien se lo ha ganado, que traigan el pastel de fiambre y que reponga fuerzas.

—Como gustéis, Livesey —dijo el squire—, pero Hawkins bien merece algo mejor que ese pastel.

Trajeron un enorme pastel de pichones, que dispusieron en una mesita junto a mí, y cené copiosamente, pues tenía un hambre de lobo. Mientras tanto el señor Dance fue nuevamente felicitado y finalmente despedido.

—Y bien, señor Trelawney… —dijo entonces el doctor.

—Y bien, señor Livesey —dijo el squire—. Ahora…

—Cada cosa a su tiempo —dijo riéndose el doctor—, cada cosa a su tiempo. Habréis oído hablar de ese Flint, ¿no es así?

—¡Hablar! —exclamó el squire—. ¡Hablar, decís! Flint ha sido el más sanguinario pirata que cruzó los mares. Barbanegra era un inocente niñito a su lado. Los españoles le tenían tanto miedo, que a veces me he sentido orgulloso de que fuera inglés. Con estos ojos he visto sus monterillas en el horizonte, a la altura de Trinidad, y el cobarde con quien yo navegaba viró y le faltó tiempo para refugiarse en las tabernas de Puerto España.

—Sí, también yo he oído hablar de él en Inglaterra —dijo el doctor—. Pero la cuestión es si realmente atesoraba tanta riqueza como dicen.

—¿Que si atesoraba tantas riquezas? —interrumpió el squire—. ¿Pero no conocéis la historia? ¿Qué buscaban esos villanos sino tal fortuna? ¿Por qué otra cosa iban a arriesgar su cuello? Esa carne de horca sabía lo que buscaba.

—Que es lo que nosotros ahora podemos conocer —contestó el doctor—. Pero sois tan exaltado, que me confundís y no he podido explicarme. Lo único que necesito saber es eso: Si yo tuviera aquí, en mi bolsillo, alguna indicación acerca del lugar donde Flint enterró su tesoro, ¿qué valor tendría para nosotros?

—¿Qué valor? —exclamó el squire—. Mirad: si tenemos esa indicación de que habláis, estoy dispuesto a fletar y pertrechar un barco en Bristol y llevaros a vos y también a Hawkins, y prometo hacerme con ese tesoro, aunque tenga que estar un año buscándolo.

—Magnífico —dijo el doctor—. Ahora, pues, si Jim está de acuerdo, abriremos el paquete.

Y diciendo esto puso ante él en la mesa el paquetito que se había guardado.

El envoltorio estaba cosido y el doctor tuvo que sacar su instrumental y cortó las puntadas con las tijeras de cirujano. Aparecieron entonces dos cosas: un cuaderno y un sobre sellado.

—Empezaremos por el cuaderno —dijo el doctor.

Y me hizo señas para que me acercase y gozara del placer de la investigación. El squire y yo mirábamos por encima de su cabeza mientras él lo abría. En la primera página sólo encontramos algunas palabras sin ilación, como las que se escriben por mero capricho. Alguna frase había, sin sentido, que repetía lo que yo había visto tatuado en el brazo del capitán: «Billy Bones es libre»; después leímos: «Señor W. Bones, segundo de a bordo». «Se acabó el ron». «A la altura de Cayo Palma recibió el golpe», y otros varios garabatos, la mayor parte palabras sueltas e incomprensibles. No pude menos que imaginar quién sería el que recibió «ese» golpe, y qué «golpe» sería… quizá el de un cuchillo, y por la espalda.

—No se saca mucho de aquí —dijo el doctor Livesey pasando las hojas. En las diez o doce páginas siguientes había una curiosa serie de asientos. En los extremos de cada renglón constaba una fecha, en uno y en el otro una cantidad de dinero, como suelen figurar en los libros de contabilidad; pero, en lugar de anotaciones explicativas del concepto, sólo había un número variable de cruces. Así, el 12 de junio de 1745, por ejemplo, se indicaba haber asignado a alguien una suma de 70 libras esterlinas, pero sólo seis cruces indicaban el motivo. En otros casos, es cierto, se añadía el nombre de algún lugar, como «A la altura de Caracas», o una mera indicación del rumbo, como «62° 17' 20", 19° 2' 40"».

La contabilidad abarcaba cerca de veinte años, y las cantidades que reflejaba cada asiento iban haciéndose mayores con el paso del tiempo; al final se había sacado el total, tras cinco o seis sumas equivocadas, y se le habían añadido las siguientes palabras: «Bones, lo suyo».

—No saco nada en limpio de todo esto —dijo el doctor Livesey.

—Pues está tan claro como la luz del día —exclamó el squire—. Este libro registra las cuentas de aquel perro desalmado. Las cruces representan los nombres de navíos hundidos o de ciudades saqueadas. Las cantidades son la parte que a él le tocaba, y, cuando tenía alguna duda, añadía para precisar: «A la altura de Caracas», lo que debe significar que en esa situación algún malaventurado barco fue abordado. Dios tenga compasión de las pobres almas que lo tripulaban… Se las habrá tragado el coral.

—¡Cierto! —dijo el doctor—. Se nota que habéis viajado mucho. ¡Cierto! Y así las cantidades iban creciendo a medida que él ascendía de rango.

El resto del cuaderno decía ya bien poca cosa, a no ser unas referencias geográficas, anotadas en las últimas páginas, y una tabla de equivalencias del valor entre monedas francesas, inglesas y españolas.

—Hombre ordenado —observó el doctor—. No era de los que se dejan engañar.

—Y ahora —dijo el squire— pasemos a la otra cosa.

El sobre estaba lacrado en varios puntos y sellado sirviéndose de un dedal, quizá el mismo que yo había encontrado en el bolsillo del capitán. El doctor abrió los sellos con gran cuidado y ante nosotros apareció el mapa de una isla, con precisa indicación de su latitud y longitud, profundidades, nombres de sus colinas, bahías y estuarios, y todos los detalles precisos para que una nave arribase a seguro fondeadero. Medía unas nueve millas de largo por cinco de ancho, y semejaba, o así lo parecía, un grueso dragón rampante. Tenía dos puertos bien abrigados, y en la parte central, un monte llamado «El Catalejo». Se veían algunos añadidos realizados sobre el dibujo original; pero el que más nos interesó eran tres cruces hechas con tinta roja: dos en el norte de la isla y una en el suroeste, y junto a esta última, escritas con la misma tinta y con fina letra, muy distinta de la torpe escritura del capitán, estas palabras: «Aquí está el tesoro».

En el reverso y de la misma letra aparecían los siguientes datos:

Árbol alto, lomo del Catalejo, demorando una cuarta al N. del N.N.E.

Isla del Esqueleto E.S.E. y una cuarta al E. Diez pies.

El lingote de plata está en escondite norte; se encontrará tomando por el montículo del este, diez brazas al sur del peñasco negro con forma de cara.

Las armas se hallan fácilmente en la duna situada al N. punta del Cabo norte de la bahía, rumbo E. y una cuarta N.

J. F.

Y eso era todo, y, aunque a mí me resultó incomprensible, colmó de alegría al squire y al doctor Livesey.

—Livesey —dijo el squire—, os sugiero abandonar inmediatamente ese mezquino quehacer vuestro. Pienso salir mañana para Bristol. En tres semanas… ¡En dos si fuera posible!… ¡En diez días! Sí, en diez días, tendremos el mejor barco, sí, señor, y la mejor tripulación de Inglaterra. Hawkins será nuestro ayudante, ¡y valiente ayudante que has de ser, joven Hawkins! Vos, Livesey, iréis como médico de a bordo; yo seré el comandante. Llevaremos con nosotros a Redruth, a Joyce y a Hunter. Con buenos vientos, que los tendremos, la travesía será rápida y sin dificultades. Encontraremos el sitio, y después, ah, después, habrá tanto dinero, que podremos revolcarnos en él. Viviremos en el mayor lujo por el resto de nuestros días.

—Trelawney —dijo el doctor—, iré con vos, y salgo fiador del empeño, y también vendrá Jim, lo que será una garantía para nuestra empresa. Pero he de deciros, a fuer de ser sincero, que hay una persona a quien temo.

—¿Y quién es él? —clamó el squire—. Decidme el nombre de ese perro.

—Vos —replicó el doctor—, porque sé cuánto os cuesta sujetar la lengua. Pensad que no somos los únicos que conocen la existencia de este documento. Esos sujetos que han atacado esta noche la hostería —y que sin duda se trata de gente dispuesta a todo—, así como los que les aguardaban en el lugre, y supongo que otros que no debían estar muy lejos, todos son individuos decididos, cueste lo que cueste, a apoderarse de esas riquezas. Ninguno de nosotros debe andar solo hasta que podamos hacernos a la mar. Vos debéis haceros acompañar de Joyce y de Hunter cuando vayáis a Bristol, y ninguno de nosotros ha de dejar que se le escape una palabra de cuanto hemos descubierto.

—Livesey —contestó el squire—, siempre tenéis razón. Estaré callado como una tumba.

****

PARTE SEGUNDA: EL COCINERO DE A BORDO

VII. Mi viaje a Bristol

A pesar de los deseos del squire, pasó algún tiempo antes de que estuviésemos listos para zarpar, y ninguno de nuestros planes —ni siquiera las intenciones del doctor Livesey de que yo permaneciera junto a él— pudo cumplirse a satisfacción. El doctor precisó ir a Londres en busca de un médico que se hiciera cargo de su clientela; el squire estaba muy atareado en Bristol; y yo permanecí en su mansión bajo los cuidados del viejo Redruth, el guardabosques, que no me dejaba ni a sol ni a sombra; pero los sueños de aventura, de lo que pudiera sucedernos en la isla y de nuestro viaje por mar, bastaban para llenar mis horas. Muchas pasé contemplando el mapa, y sabía de memoria hasta sus más nimios detalles. Sentado junto al fuego en la habitación del ama de llaves, cuántas veces arribé a aquellas playas con mi fantasía desde cualquier rumbo; cuántas exploré aquellos territorios, mil veces subí hasta la cima del Catalejo y desde ella gocé los más fantásticos y asombrosos panoramas. Alguna vez imaginaba la isla poblada de salvajes, con los que combatíamos; otras la veía llena de peligrosas fieras que nos acosaban. Pero ninguno de mis sueños fue tan trágico y sorprendente como las aventuras que realmente nos sucedieron después.

Así pasaron las semanas, hasta que un buen día recibimos una carta que iba dirigida al doctor Livesey, y con la siguiente indicación: «Para ser abierta, en caso de ausencia, por Tom Redruth o por el joven Hawkins». Obedeciendo la advertencia, la abrimos —o, por mejor decirlo, yo me encargué de ello, porque el guardabosques no era muy avispado en lectura, salvo impresa— y pude leer estas importantes nuevas:

Hostería del Ancora Vieja, Bristol, squire

… de marzo de 17…

Querido Livesey:

Como ignoro si os encontráis ya en casa o si seguís en Londres, remito por duplicado la presente a ambos lugares.

He comprado el barco y ya está pertrechado. Está atracado en el puerto, listo para navegar. No podéis imaginar una más preciosa goleta —un niño podría gobernarla—; desplaza doscientas toneladas y su nombre es la Hispaniola.

Me hice con ella gracias a un antiguo conocido, el señor Blandly, quien ha demostrado en todos los trámites la mejor disposición. Estoy admirado de cómo se ha puesto incondicionalmente a mi servicio, lo que por cierto he de decir ha sido secundado por todo el mundo en Bristol, desde el instante que sospecharon nuestro puerto de destino… quiero decir, lo del tesoro.

—Redruth —dije, interrumpiendo la lectura—, esto va a disgustar profundamente al doctor Livesey. El squire ha hablado a pesar de sus advertencias.

—Bueno, ¿acaso no tiene todo el derecho a hacerlo? —gruñó el guardabosques—. Estaría bien que el squire no pudiera hablar porque así lo ordenase el doctor Livesey, pues sí…

Ante estas palabras, desistí de otro comentario, y continué leyendo:

El propio Blandly fue quien encontró la Hispaniola, y ha manejado todo el negocio con tanta habilidad, que la he comprado por nada. Ciertamente hay en Bristol cierta clase de gente que no aprecian a Blandly y han llegado a decir que este hombre de probada honradez sería capaz de cualquier cosa por hacerse de dinero, y que la Hispaniola era suya y que el precio por el que me la ha conseguido es exorbitante… ¡Calumnias! De todas formas, no hay nadie que se atreva a negar las excelencias del barco.

Hasta el momento no he tenido tropiezo alguno. Los estibadores y los aparejadores no mostraban mucho entusiasmo por su trabajo, pero afortunadamente todo se ha resuelto. Lo que más preocupaciones me ha ocasionado ha sido la tripulación.

Yo quería reunir una veintena —para el caso de encontrarnos con indígenas, piratas o esos abominables franceses—, y he tenido que vérmelas para poder seleccionar apenas media docena. Pero un extraordinario golpe de suerte me hizo dar con el hombre que yo necesitaba.

Andaba yo paseando por el muelle, cuando, por pura casualidad, entablé conversación con él. Me enteré que había sido marinero, que ahora vivía de una taberna y que conocía a todos los navegantes de Bristol; ha perdido la salud en tierra y busca una buena colocación, como cocinero, que le permita volver a hacerse a la mar. La echa tanto de menos, que precisamente me lo encontré porque suele ir al muelle para respirar aire marino.

Me ha conmovido —lo mismo os hubiera pasado— y, apiadándome de él, allí mismo lo contraté para cocinero de nuestro barco. Se llama John Silver «el Largo», y le falta una pierna; pero esa mutilación es la mejor garantía, puesto que la ha perdido en defensa de su patria sirviendo a las órdenes del inmortal Hawke. Y no percibe ningún retiro. ¡En qué abominables tiempos vivimos, Livesey!

Mas no acaba ahí todo: creía no haber encontrado más que un cocinero, pero en realidad fue como dar con toda una tripulación. Entre Silver y yo en pocos días hemos conseguido reunir una partida de viejos lobos de mar, la gente más recia donde la haya. Desde luego no son un recreo para la vista, pero su traza es del más indomable coraje. Creo que podríamos desafiar a la mejor fragata.

John «el Largo» ha conseguido, además, librarnos de los seis o siete que yo tenía contratados, y que no eran más que marinos de agua dulce, como me hizo ver, muy desaconsejables en una aventura de la importancia de la nuestra.

Me encuentro perfectamente y mi ánimo es excelente; tengo el apetito de un toro y duermo como un tronco. No resisto ya la impaciencia de ver a mi tripulación dando vueltas al cabrestante. ¡El mar! ¡No es ya el tesoro, es la gloria del mar la que se apodera de mí! Así, pues, Livesey, venid en seguida;

no perdáis ni una hora, si me estimáis en algo.

Decid al joven Hawkins que vaya inmediatamente a despedirse de su madre, que lo escolte Redruth, y después que venga lo antes posible a Bristol.

JOHN TRELAWNEY

Postscriptum: Me había olvidado deciros que Blandly, quien ha prometido enviar un barco en nuestra busca si no recibe noticias para finales de agosto, ha encontrado un sujeto admirable para capitán; es algo reservado, sin duda, lo cual lamento, pero como marino no tiene precio. John Silver «el Largo» ha desenterrado también a un hombre muy competente para segundo, que se llama Arrow. Y tengo un contramaestre, mi querido Livesey, que toca la gaita. No dudo que todo va a ir tan bien a bordo de la Hispaniola como en un navío de Su Majestad.

Se me olvidaba deciros que Silver no es un ganapanes; me he enterado que tiene cuenta en un banco y que jamás ha estado en descubierto. Deja a su esposa al cuidado de la taberna, y, como es una negra, creo que un par de viejos solterones como nosotros podemos permitirnos pensar que es tanto esa esposa como la falta de salud lo que empuja a nuestro hombre a hacerse de nuevo a la mar.

J. T.

P. P. S.: Hawkins puede pasar una noche con su madre.

J. T.

Puede el lector imaginar fácilmente la conmoción que esa carta me produjo. No cabía en mí de contento; si alguna vez he mirado a alguien con desprecio, fue al viejo Tom Redruth, que no hacía sino gruñir y lamentarse. Cualquiera de los otros guardabosques a sus órdenes se hubiera cambiado gustoso por él, pero no era ésa la voluntad del squire, y sus deseos eran órdenes para todos. Nadie, a no ser el viejo Redruth, se hubiera atrevido a rezongar.

Con el alba ya estábamos él y yo en camino hacia la «Almirante Benbow», y allí encontré a mi madre con la mejor disposición de espíritu. El capitán, que durante tanto tiempo había perturbado nuestra vida, estaba ya donde no podía hacer daño a nadie; el squire había mandado reparar todos los desperfectos —la sala de estar y la muestra en la puerta aparecían recién pintadas— y vi algunos muebles nuevos y, sobre todo, una buena butaca para mi madre, junto al mostrador. También le había procurado un mozo con el fin de que ayudase durante mi ausencia.

Fue al ver a aquel muchacho cuando me di cuenta de que algo había cambiado. Hasta ese instante tan sólo pensé en las aventuras que me aguardaban y no tuve ni un pensamiento para el mundo que abandonaba; pero entonces, a la vista de aquel desconocido, que iba a ocupar mi puesto, junto a mi madre, no pude reprimir el llanto. Creo que me porté mal con él, y como una especie de venganza aproveché todas las ocasiones que me dio —y fueron muchas al no estar habituado a aquellos menesteres— para abochornarlo.

Pasó aquella noche, y al día siguiente, después de comer, Redruth y yo nos pusimos en camino nuevamente. Dije adiós a mi madre y a la ensenada donde había vivido desde que nací, y a nuestra querida «Almirante Benbow», que recién pintada no era ya tan grata para mis ojos. Uno de mis últimos pensamientos fue para el capitán, a quien tantas veces había visto vagar por aquella playa, con su sombrero al viento, su cicatriz en la mejilla y el viejo catalejo bajo el brazo. Un instante después el camino torcía, y perdí de vista mi casa.

Alcanzamos la diligencia en el «Royal George». Fui todo el viaje como una cuña entre Redruth y un anciano y obeso caballero, y, a pesar del vaivén y del aire frío de la noche, me adormecí en seguida y debí dormir como un leño, a través de montes y valles y parada tras parada, pues, cuando al fin me despertaron dándome un codazo en las costillas, y abrí los ojos, estábamos parados frente a un gran edificio en la calle de una ciudad y el día ya muy avanzado.

—¿Dónde estamos? —pregunté.

—En Bristol —dijo Tom—. Baja.

El señor Trelawney estaba hospedado en una residencia cerca del muelle, con el fin de vigilar el abastecimiento de la goleta. Hacia allí nos dirigimos y tomamos, con gran alegría por mi parte, a todo lo largo de las dársenas donde amarraban multitud de navíos de todos los tamaños y arboladuras y nacionalidades. Cantaban en uno los marineros a coro mientras maniobraban; en otro colgaban en lo alto de las jarcias, que no parecían más gruesas que hilos de araña. Aunque mi vida había transcurrido desde siempre junto al mar, me pareció contemplarlo por primera vez. El olor del océano y la brea eran nuevos para mí. Vi los más asombrosos mascarones de proa y pensé por cuántos mares habrían navegado; miraba atónito a tantos marineros, viejos lobos de mar que lucían pendientes en sus orejas y rizadas patillas, y me fascinaba con su andar hamacado forjado en tantas cubiertas. Si hubiera visto, en su lugar, el paso de reyes o arzobispos, no hubiera sido mayor mi felicidad.

Y yo también iba a ser uno de ellos, yo también iba a hacerme a la mar, en una goleta, y escucharía las órdenes del contramaestre, a nuestro gaitero, y las viejas canciones marineras que recordaban mil aventuras. ¡A la mar! ¡Y en busca de una isla ignorada y para descubrir tesoros enterrados!

Aún seguía perdido en mis fantásticos sueños cuando me encontré de pronto frente a un gran edificio, que era la residencia del squire, y lo vi aparecer vestido por completo como un oficial naval, con el glorioso uniforme de recio paño azul. Se nos acercó con una amplia sonrisa y remedando perfectamente el andar marinero.

—Ya estáis aquí —exclamó—. El doctor llegó anoche de Londres. ¡Bravo! ¡La dotación está completa!

—Señor —le pregunté—, ¿cuándo izamos velas?

—¡Mañana! —repuso—, ¡mañana nos hacemos a la mar!

VIII. A la taberna «El Catalejo»

Después de reponer fuerzas, el squire me entregó una nota dirigida a John Silver, para que se la llevara a la taberna «El Catalejo», y me dijo que no tenía pérdida, ya que sólo debía seguir a todo lo largo de las dársenas hasta encontrar una taberna que tenía como muestra un gran catalejo de latón. Eché a andar, loco de contento por tener ocasión de ver de nuevo los barcos anclados y el ajetreo de los marineros; anduve por entre una muchedumbre de gente, carros y fardos, pues era el momento de más actividad en los muelles, y por fin di con la taberna que buscaba.

Era un establecimiento pequeño, pero agradable. La muestra estaba recién pintada y las ventanas lucían bonitas cortinas rojas y el piso aparecía limpio y enarenado. A cada lado de la taberna había una calle a la que daba con sendas puertas, lo que permitía una buena iluminación; el local era de techo bajo y estaba cuajado de humo de tabaco.

Los parroquianos eran casi todos gente de mar, y hablaban con tales voces, que me detuve en la entrada, temeroso de pasar.

Mientras estaba allí, un hombre salió de una habitación lateral, y en cuanto lo vi estuve seguro de que se trataba del propio John «el Largo». Su pierna izquierda estaba amputada casi por la cadera y bajo el brazo sujetaba una muleta que movía a las mil maravillas, saltando de aquí para allá como un pájaro. Era muy alto y daba impresión de gran fortaleza, su cara parecía un jamón, y, a pesar de su palidez y cierta fealdad, desprendía un extraño aire agradable. Estaba, según pude ver, del mejor humor, pues no dejaba de silbar mientras iba de una mesa a otra hablando jovialmente con los parroquianos o dando palmadas en la espalda a los más favorecidos.

A decir verdad, debo añadir que, desde que había oído hablar de John «el

Largo» en la carta del squire Trelawney, no dejaba de darme vueltas en la cabeza el temor de que pudiera tratarse del mismo marino con una sola pierna que tanto tiempo me tuvo en guardia en la vieja «Benbow». Pero me bastó mirar al hombre que tenía delante para alejar mis sospechas. Yo había visto al capitán, y a «Perronegro», y al ciego Pew, y creía saber bien cómo era un bucanero…, a mil leguas de aquel tabernero aseado y amable.

Deseché mis pensamientos, y traspuse el umbral y fui hacia el hombre, que, apoyado en su muleta, charlaba con un cliente.

—¿Es usted John Silver? —le dije, alargándole la nota.

—Sí, hijo —contestó—; así me llamo. ¿Quién eres tú? —y al ver la carta del squire, me pareció sorprender un cambio en su disposición—. ¡Ah!, sí —dijo elevando el tono—, tú eres nuestro grumete. ¡Me alegro de conocerte!

Y estrechó mi mano con la suya, grande y firme.

En aquel mismo instante uno de los parroquianos que estaba en el fondo de la taberna se levantó como alma que lleva el diablo y escapó hacia una de las puertas. Su prisa llamó mi atención y al fijarme lo reconocí en seguida. Era el hombre de cara de sebo, que le faltaban dos dedos y había estado en la «Almirante Benbow».

—¡Detenedlo! —grité—. ¡Es «Perronegro»!

—Sea quien sea —vociferó Silver— se ha largado sin pagar su cuenta. ¡Harry, corre tras él y tráelo aquí!

Un cliente, que estaba en la puerta, se lanzó en su persecución.

—¡Aunque fuera el propio almirante Hawke, el ron que se ha bebido tiene que pagarlo! —gritó Silver; y después, soltándome la mano que aún tenía entre las suyas, me miró—. ¿Quién has dicho que era? —preguntó—, ¿«Perro qué…»?

—«Perronegro» —dije yo—. ¿No les ha hablado el señor Trelawney de los piratas? Ese era uno de ellos.

—¿De veras? —exclamó Silver—. ¡Y en mi casa! ¡Ben, corre y ayuda a Harry! Conque uno de aquellos granujas, ¿eh? ¿Y tú estabas bebiendo con él, no, Morgan? ¡Ven aquí!

El hombre que respondía al nombre de Morgan —un marinero viejo, de pelo blanco salino y rostro oscuro como la caoba— se acercó con aire sumiso y mascando tabaco.

—Veamos, Morgan —dijo John «el Largo» serio—, ¿no habías visto antes a ese «Perro…», «Perronegro»? Contesta.

—Yo, no, señor —respondió bajando la cabeza.

—Ni sabes cómo se llama, ¿verdad?

—No, señor.

—¡Por todos los diablos, Morgan, que ya puedes dar gracias! —exclamó el tabernero—, porque, si frecuentas la compañía de gente de esa calaña, te aseguro que no volverás a pisar mi casa, tenlo por cierto. Y ahora, di, ¿de qué te hablaba?

—No lo sé —contestó Morgan.

—¿Y es una cabeza eso que llevas sobre los hombros? ¡Condenada vigota! —gritó John «el Largo»—. «No lo sé»... Qué raro que no sepas de qué hablabais. Vamos, contesta, ¿de qué marrullerías? ¿Recordabais puertos, algún capitán, algún barco? Échalo fuera. ¿De qué?

—Pues... hablábamos del «paso por la quilla» —respondió Morgan.

—Del «paso por la quilla», ¿eh? Desde luego es algo muy a propósito, de veras que sí. ¡Haraganes! Vuelve a tu mesa.

Y mientras Morgan se arrastraba, como escorado, hacia su mesa, Silver añadió, hablándome al oído en tono muy confidencial, lo que me pareció como un gran privilegio para mí:

—Es un buen hombre ese Tom Morgan, pero estúpido. Y ahora —prosiguió en voz más alta—, vamos a ver... ¿«Perronegro», dices? No, no me suena tal nombre. Sin embargo, me parece que ese tunante ya había venido algunas veces por aquí. Sí, creo haberlo visto más de una vez, y con un ciego, eso es.

—Seguro —dije—. También conozco al ciego. Se llama Pew.

—¡Cierto! —exclamó Silver muy excitado—. ¡Pew!, así lo llamaba, y tenía toda la pinta de un tiburón. Si logramos atrapar a ese «Perronegro», ¡qué alegría le daríamos al capitán Trelawney! Ben tiene buenas piernas; pocos marineros le ganan en correr. Nos lo traerá por el cogote, ¡por todos los diablos! Conque hablaban de «pasar por la quilla»... ¡Yo sí que lo voy a pasar a él!

Mientras decía estas palabras, a las que acompañaba con juramentos, no cesó de moverse, renqueando con la muleta de un lado a otro de la taberna, dando puñetazos en las mesas y con tales muestras de indignación, que hubiera convencido a los jueces de la Corte o a los sabuesos de Bow Street. Lo que hizo disminuir mis sospechas, porque haber encontrado en «El Catalejo» a «Perronegro» había vuelto a levantar mis inquietudes. Volví a fijarme detalladamente en nuestro cocinero tratando de descubrir sus verdaderas intenciones. Pero tenía demasiadas pieles y era harto astuto y taimado para mí; y cuando regresaron los dos hombres que fueron tras «Perronegro» y dijeron que habían perdido su pista en la aglomeración de gente y que además los habían confundido con ladrones que huían, yo hubiera salido fiador de la inocencia de John Silver «el Largo».

—Ya ves, Hawkins —dijo—, ¿no es mala suerte que precisamente ahora suceda esto? ¿Qué va a pensar el capitán Trelawney? ¿Qué podría pensar? Viene ese maldito hijo de mala madre y se sienta en mi propia casa a beberse mi ron. Vienes tú y me lo cuentas todo, de principio a fin, y yo permito que nos dé esquinazo delante de nuestros propios ojos. Hawkins, tienes que ayudarme ante el capitán. No eres más que un chiquillo, pero listo como el hambre. Lo noté en cuanto te eché la vista encima. Dime: ¿qué hubiera podido hacer yo que malamente camino apoyado en este leño? Si hubiera pasado en mis buenos tiempos, le habría echado el guante deprisa, lo hubiera trincado, y de un manotazo… Pero ahora… Y se calló de pronto, como si recordara algo.

—¡La cuenta! —maldijo—. ¡Tres rondas de ron! ¡Que me ahorquen si no me había olvidado la deuda!

Y empezó a reír a grandes carcajadas, desplomándose sobre un banco, hasta que las lágrimas corrieron por sus mejillas. No pude resistir el reír yo también; y empezamos a reír juntos, con carcajadas cada vez más sonoras, hasta que todos los parroquianos se nos unieron y la taberna en pleno estalló en una incontenible algazara.

—¡Vaya una vieja foca que estoy hecho! —dijo al fin, secándose las lágrimas—. Tú y yo, Hawkins, vamos a hacer una buena pareja; no creas que pese a mis años no me gustaría alistarme de grumete. Ah…, bien, ¡listos para la maniobra! Esto es lo que haremos. El deber es lo primero, compañeros. Cojo mi sombrero y me voy contigo a ver al capitán Trelawney y a darle cuenta de este asunto. Fíjate en que esto es muy serio, joven Hawkins, y no puede decirse que ni tú ni yo hayamos salido demasiado airosos. Tú tampoco, desde luego. ¡Vaya pareja! Y, ¡por Satanás!, que además me he quedado sin cobrar las tres rondas.

Y volvió a reírse de tan buena gana, que de nuevo me arrastró en su regocijo.

En nuestro corto paseo por los muelles la compañía de Silver resultó fascinante para mí, pues me fue dando toda clase de explicaciones sobre los diferentes navíos que veíamos, sobre sus aparejos, desplazamientos y nacionalidades y qué maniobras estaban realizándose en cada uno de ellos: en éste, descargando; abasteciendo aquél; un tercero aparejaba para zarpar… Y de cuando en cuando me contaba algún sucedido en la mar, historias de barcos y marineros, o me enseñaba algún refrán, que me hizo repetir hasta aprenderlo de memoria. Yo no tenía dudas de que Silver era el mejor compañero que yo podía desear.

Cuando llegamos a la residencia, el squire y el doctor Livesey estaban dando fin a un cuartillo de cerveza y unas tostadas antes de subir a bordo de la goleta para hacer una visita de inspección.

John «el Largo» les contó lo sucedido con el mejor ingenio y sin apartarse un punto de la verdad. «Así es como pasó, ¿no es verdad, Hawkins?», decía de vez en cuando, y yo siempre lo confirmaba.

Los dos caballeros lamentaron que «Perronegro» hubiese logrado escapar, pero todos convinimos en que había sido inevitable, y, después de haber recibido felicitaciones, John «el Largo» tomó su muleta y se fue.

—¡Toda la tripulación a bordo esta tarde a las cuatro! —le gritó el squire cuando ya se alejaba.

—¡Bien, señor! —contestó el cocinero desde la puerta.

—Trelawney —dijo el doctor Livesey—, he de confesaros que, aunque no suelo tener mucha fe en vuestros descubrimientos, me parece que John Silver es un acierto.

—Excelente tipo —declaró el squire.

—Y ahora —añadió el doctor—, Jim debería venir a bordo.

—Por supuesto —dijo el squire—. Coge tu sombrero, Hawkins, y vamos a ver el barco.

IX. Las municiones

La Hispaniola estaba fondeada en la zona más apartada de los muelles, y tuvimos que abordarla en un bote. Durante el trayecto fuimos pasando bajo muchos y hermosísimos mascarones de proa, junto a las popas de otros navíos; a veces un cabo que colgaba rozó nuestras cabezas, otras los arrastramos bajo nuestra quilla. Por fin llegamos a la goleta y allí estaba para recibirnos y darnos la bienvenida el segundo, el señor Arrow, un marino viejo y curtido, de extraviada mirada y que lucía pendientes en sus orejas. El squire y él se llevaban perfectamente, pero no tardé en darme cuenta de que no ocurría lo mismo entre el señor Trelawney y nuestro capitán.

Este último era un hombre de aire precavido y astuto, y al que parecían enojar los más nimios sucedidos a bordo, y no tardé en saber el porqué, ya que, apenas bajamos al camarote, entró tras de nosotros un marinero y nos dijo, dirigiéndose al squire.

—El capitán Smollett desea hablar con vos.

—Estoy siempre a las órdenes del capitán. Que pase.

El capitán, que aguardaba cerca de su mensajero, entró de inmediato y cerró la puerta.

—Y bien —dijo el capitán—, creo que más vale hablar claro, y espero no ofenderos con ello. Pero no me gusta este viaje, no me gusta la tripulación y no tengo confianza en mi segundo. Esto es todo cuanto tenía que decir.

—¿Y acaso no os gusta… el barco? —preguntó el squire con bastante enojo, según me pareció ver.

—En cuanto a eso, no puedo hablar, puesto que aún no he navegado con él. Pero me parece un barco muy marinero, desde luego.

—¿Y probablemente tampoco os place su dueño, no es así, señor? —dijo el squire.

Pero aquí les interrumpió el doctor Livesey.

—Caballeros —dijo—, caballeros, opino que estas cuestiones tan sólo provocan el enfado. El capitán dice quizá más de lo que debía, o, sin duda, menos; y debo declarar que requiero una explicación de sus palabras. Afirma usted que no le gusta este viaje. Bien. Sepamos por qué.

—Yo he sido contratado, señor, con lo que solemos denominar órdenes selladas, con el propósito de gobernar este navío con rumbo a donde el caballero tenga a bien indicarme. Pero he aquí que, ignorando yo tal rumbo, lo conoce, por el contrario, hasta el último de los marineros. Y no considero correcto tal proceder. ¿O acaso pensáis otra cosa, señor?

—No —dijo el doctor Livesey—. Tampoco yo.

—Además —dijo el capitán—, he sabido que nos dirigimos a la busca de un tesoro. Lo sé por los mismos marineros, fijaos bien. Ya de entrada un asunto de esa índole, un tesoro, resulta excesivamente peligroso; no me gustan los viajes donde ha de mezclarse una fortuna así, por ningún concepto; y mucho menos cuando el secreto del mismo —y disculpad mis palabras, señor Trelawney—, lo sabe hasta el loro.

—¿Se refiere al loro de Silver? —preguntó el squire.

—No es más que una forma de hablar —contestó el capitán—. Quiero decir con ello que se ha hablado demasiado. Creo, señores, que ninguno se da cuenta de lo que llevamos entre manos; pero voy a deciros lo que pienso: se trata de un negocio de vida o muerte y con el que correremos graves riesgos.

—Todo está claro, y sin duda es como usted dice —replicó el doctor—. Afrontaremos ese riesgo, pero no somos tan ignorantes como usted nos cree. Prosigamos: afirma que no le gusta la tripulación. ¿No son por ventura excelentes marineros?

—No me gustan, señor —contestó el capitán—. Y creo que debieran haberme dejado escoger mi propia tripulación, es lo más natural.

—Puede que esté usted en lo cierto —dijo el doctor—; probablemente mi amigo debió contar con sus consejos; pero el desaire, si es que lo ha habido, no fue intencionado. ¿Es que no os place el señor Arrow?

—No, señor. Creo que se trata de un buen navegante, pero es demasiado campechano con la tripulación para ser un buen oficial. Un piloto ha de saber el respeto debido a su cargo…, no debe beber en el mismo vaso con los marineros.

—¿Quiere decir usted que bebe? —exclamó el squire.

—No, señor —dijo el capitán—, pero sí que resulta excesivamente «familiar».

—Bien, dejando esto a un lado —propuso el doctor—, y en resumidas cuentas, díganos lo que usted quiere, capitán.

—De acuerdo, señores. ¿Os encontráis decididos a emprender este viaje?

—Por encima de todo —contestó el squire.

—Perfectamente —repuso el capitán—. Puesto que se me ha permitido exponer cosas que no he logrado probar, quisiera ser escuchado en otras que no puedo callar. He visto que está siendo estibada buena provisión de armas y de pólvora en el pañol de proa. ¿Por qué no bajo esta cámara, que es el lugar apropiado?… Primer punto. Y además, vuestros acompañantes me dicen que van a ser alojados junto con la tripulación. ¿Por qué no darles los camarotes que hay aquí, junto a esta cámara?… Segundo punto.

—¿Alguno más? —interrogó el señor Trelawney.

—Uno más —repuso el capitán—. Ya ha habido demasiados comentarios.

—Más que demasiados —asintió el doctor.

—Os diré lo que yo mismo he escuchado —prosiguió el capitán Smollett—: se conoce la existencia del mapa de cierta isla; se sabe que en él está indicada la situación de un tesoro, y que dicha isla se encuentra en… —e indicó la latitud y longitud precisas.

—¡Jamás he hablado de eso con nadie! —gritó el squire.

—Señor mío, los marineros están al tanto —repuso el capitán.

—Livesey —gritó el squire—, o vos o Hawkins os habéis ido de la lengua.

—No importa quien fuera —dijo el doctor.

Y pude darme cuenta de que ni el señor Livesey ni el capitán tomaban en mucho las protestas del squire. Tampoco yo creía en sus palabras, pues la verdad es que era un hombre con la lengua muy suelta; pero, sin embargo, algo en el corazón me decía que al menos en esta ocasión decía la verdad y a nadie había confiado la situación de la isla.

—Bien, caballeros —prosiguió el capitán—, ignoro quién es el encargado de custodiar tal mapa; pero de ello hago mi más esencial condición: debe guardarlo en secreto, ni yo debo conocerlo, y por supuesto mucho menos aún el señor Arrow. De no ser así, les ruego que consideren mi renuncia al cargo.

—Ya veo —dijo el doctor— sus intenciones, capitán. Lo que usted desea es que conservemos el secreto de nuestros propósitos y que astutamente convirtamos nuestros camarotes de popa en una especie de fortín, manteniendo bajo vigilancia la pólvora y las armas, y defendido por los criados de mi amigo, que son de toda nuestra confianza. En otras palabras: que teme usted la posibilidad de un motín.

—Señor —dijo el capitán Smollett—, no son esas mis palabras, aunque no me siento ofendido porque me las adjudiquéis. Ningún capitán en caso alguno se haría a la mar si sospechara las suficientes razones para un acontecimiento de tal naturaleza. En cuanto al señor Arrow, lo creo un hombre honrado. También algunos tripulantes lo son, y no tengo motivos para dudar que todos lo sean. Pero soy el responsable de la seguridad del barco y de todos los que van a bordo. Y hay algunas cosas que no marchan, según creo, como debieran. Sólo os pido que toméis ciertas precauciones o que, de no ser así, aceptéis mi dimisión. Y eso es todo cuanto tenía que decir.

—Capitán Smollett —dijo el doctor con una sonrisa—, ¿conoce usted la fábula del monte y el ratón? Perdóneme que se lo diga, pero me recuerda usted su moraleja. Apuesto mi peluca a que, cuando entró usted aquí, traía algo más en el bolsillo.

—Doctor, admiro vuestra agudeza. Ciertamente, cuando entré en este camarote, estaba seguro de ser despedido. No creía que el señor Trelawney consintiera en escucharme.

—Tampoco yo —exclamó el squire—. De no haber mediado el señor Livesey seguramente os habría mandado al diablo. Pero el caso es que me doy por enterado de todas sus inquietudes y estoy dispuesto a tomar las disposiciones que usted desea; pero me temo que nuestras relaciones no entren en el mejor camino.

—Como gustéis —dijo el capitán—. Me he limitado a cumplir con mi deber.

Y con estas palabras se despidió.

—Trelawney —dijo el doctor—, en contra de todos mis prejuicios, creo que habéis contratado a dos hombres honrados: el que acaba de irse y John Silver.

—De Silver podéis asegurarlo; pero, en cuanto a este insoportable farsante, su conducta me parece impropia de un caballero, de un marino y, sobre todo, de un inglés.

—Bien —dijo el doctor—; el tiempo lo dirá.

Cuando subimos a cubierta, los marineros habían empezado a estibar los barriles de pólvora y las armas, acompañando con voces sus esfuerzos; el capitán y el señor Arrow inspeccionaban los trabajos.

Las reformas que había experimentado la goleta fueron muy de mi agrado; se habían acondicionado seis camarotes a popa, ocupando parte de los antiguos cuarteles, y de forma que estos camarotes sólo comunicaban con la cocina y con el castillo de proa mediante un estrecho pasadizo a babor. Fueron dispuestos para ser ocupados por el capitán, el señor Arrow, Hunter, Joyce, el doctor y el squire. Pero después decidimos que Redruth y yo nos alojáramos en los del capitán y del señor Arrow, mientras ellos se trasladarían al puente, en el que la cámara había sido ensanchada de modo que resultara suficiente; y aunque, a pesar de todo, el techo quedaba algo bajo, había lugar para colgar dos coys, y hasta el piloto, que ignoraba la causa de tales modificaciones, no se mostró disgustado, como si también él hubiera tenido sus dudas acerca de la tripulación; lo que su posterior comportamiento habría de desmentir, pues, como se verá, no gozamos mucho tiempo de tan buena opinión.

Ninguno de nosotros dejó de participar en los trabajos para cambiar de pañol la pólvora y nuestra impedimenta. Estábamos acabando la faena, cuando los dos últimos marineros por subir a bordo y John «el Largo» arribaron en un bote desde el puerto.

El cocinero trepó por la amura con la destreza de un mono, y, tan pronto se percató de lo que estábamos haciendo, dijo:

—¿Qué hacéis?

—Estamos trasladando la pólvora, Jack —dijo uno de los marineros.

—¡Bueno! ¡Qué diablos! —exclamó John «el Largo»—. ¡Con todo esto vamos a perder la marea de la mañana!

—¡Sigan mis órdenes! —dijo el capitán secamente—. Puede usted ir a sus quehaceres. Pronto cenaremos.

—Sí, sí, señor, sí… —repuso el cocinero; y con un ligero saludo desapareció hacia sus dependencias.

—Parece un buen hombre, ¿no, capitán? —dijo el doctor.

—Quizá —replicó el capitán Smollett y, dirigiéndose a los que trasladaban los barriles de pólvora, gritó—: ¡Cuidado con eso! ¡Cuidado! —Y de pronto, viéndome a mí que estaba examinando el cañón giratorio que habíamos instalado en cubierta, un largo cañón de bronce del nueve, me llamó—: ¡Eh, tú, grumete! ¡Largo de ahí! ¡Baja a la cocina, que allí siempre habrá alguna cosa que hacer! —Y mientras yo me apresuraba a cumplir sus órdenes, le oí decir con voz recia, al doctor—: En mi barco no consiento favoritismos.

En aquel momento, como puede el lector imaginarse, mis sentimientos hacia el capitán no estaban lejos de los de squire. Creo que lo odié con toda mi alma.

X. La travesía

Aquella noche la pasamos en el natural ajetreo que precede a zarpar, dando las últimas disposiciones sobre los pertrechos, y atendiendo a las amistades del squire, que como el señor Blandly y otros, se acercaban con sus botes a desear una buena travesía y un feliz regreso. Jamás en la «Almirante Benbow» había yo pasado noche tan agitada; y rendido por la fatiga me sorprendió, poco antes del amanecer, el silbato del contramaestre y el movimiento de la tripulación empezando a situarse en sus puestos junto a las barras del cabrestante. Así hubiera estado mil veces más cansado, nada en el mundo hubiera podido hacerme abandonar en ese momento la cubierta. Todo era tan nuevo y fascinante para mí: las voces de órdenes, las agudas notas del silbato, los marineros que corrían a ocupar sus puestos bajo la luz de los faroles.

—¡Barbecue! —gritó alguien—, ¡cántanos una canción!

—Aquella antigua canción —dijo otro.

—Bien, bien, compañeros —dijo John «el Largo», que apoyado en su muleta los miraba; y entonces empezó a cantar aquella canción que tantas veces ya había yo escuchado:

«Quince hombres en el cofre del muerto…».

Y toda la tripulación coreó sus palabras:

«¡Ja! ¡Ja! ¡Ja! ¡Y una botella de ron!».

Y con la tercera carcajada, las barras empezaron a girar briosamente.

A pesar de la emoción, mi pensamiento me llevó a la vieja «Almirante Benbow», y creí oír de nuevo la voz del capitán que se unía a la de estos marineros. El ancla surgió de las aguas y quedó fijada, goteando agua y algas enarenadas. Las velas y largadas restallaron con el viento del amanecer y casi de inmediato los barcos fondeados y la tierra empezaron a alejarse, y antes de que, rendido, me tumbase para gozar de ese ensueño, la Hispaniola abrió su travesía hacia la Isla del Tesoro.

No voy a relatar todos los pormenores de nuestro viaje. Diré que, en su conjunto, fue satisfactorio. La goleta era un magnífico barco; la tripulación demostró su competencia y el capitán Smolett dio pruebas de su talento en el mando. Pero sucedieron dos o tres cosas, antes de alcanzar el término de nuestro viaje, que debo relatar.

Para empezar, el señor Arrow resultó ser aún mucho peor de lo que el capitán imaginaba. Carecía de autoridad sobre los marineros y éstos desobedecían sus órdenes a su antojo; pero lo más grave fue que, casi desde el día siguiente a nuestra partida, empezó a deambular por cubierta con ojos vidriosos, el rostro enrojecido, la lengua estropajosa y dando numerosas muestras de embriaguez. Una vez y otra se le ordenó el arresto en su camarote, lo que dio lugar a bochornosas situaciones; pero todo fue inútil, pues continuó emborrachándose sin cesar, y, cuando no se encontraba amodorrado en su litera, se le veía dar trompicones por la cubierta. Algún instante tuvo de lucidez, en los que atendía a sus obligaciones, aunque jamás como debiera. Y nunca pudimos averiguar dónde se procuraba la bebida. Ese fue el misterio del barco; por mucho que lo vigilábamos, no lográbamos dar con su escondite, y, cuando incluso se le llegó a preguntar con toda franqueza, se limitó a sonreír, si estaba borracho, o a negar, si sobrio, solemnemente, que hubiese bebido más que agua.

Si resultó inútil como oficial y su presencia constituía el peor ejemplo para la tripulación, con todo lo más grave es que aquel camino lo llevaba rápidamente a un fin desdichado. Y así nadie se sorprendió cuando en una noche sin luna, con la mar de frente y marejada, desapareció para siempre arrastrado por las olas.

—Se lo había buscado —dijo el capitán—. Bien, caballeros, nos ha evitado tener que engrilletarlo en el sollado.

Pero el hecho es que nos habíamos quedado sin piloto; y así no hubo otro medio que ascender de grado a otro de los tripulantes. El contramaestre, Job Anderson, era el más indicado de cuantos íbamos a bordo, y, aun conservando su categoría, empezó a desempeñar el oficio de segundo. El señor Trelawney, que como he referido ya había viajado mucho con anterioridad y poseía notables conocimientos como navegante, también desempeñó un buen papel en aquellas circunstancias, llegando incluso a prestar guardias en días serenos. También nos fue de mucha ayuda el timonel, Israel Hands, un viejo marinero con experiencia y cuidadoso de su desempeño y en quien además se podía confiar como en uno mismo.

Hands era el amigo más cercano de John Silver «el Largo», del cual ya es hora que hable: nuestro cocinero, «Barbecue» como le llamaban los otros tripulantes.

Desde que subió a bordo, y para moverse con mayor soltura, había sujetado su muleta al brazo con una correa que ataba a su cuello, lo que le permitía usar ambas manos. Era admirable verlo cómo atendía a sus guisos apoyando el pie de la muleta contra un mamparo, lo que le daba el mejor sostén ante el bandear de la goleta. Y más aún contemplar su paso por la cubierta en medio de los más recios temporales. Para ayudarse había amarrado unas guindalezas que lo defendía en los tramos más abiertos —«empuñaduras de John», las apodaron los marineros— y asiéndose a ellas volaba de un sitio a otro lo mismo usando su muleta que arrastrándola, con la misma prestancia que otro de piernas vigorosas. Sólo quienes habían navegado ya antes con él se lamentaban de sus perdidas facultades.

—No ha habido dos como Barbecue —me contó un día el timonel—. Y no creas que no tuvo buena educación en su mocedad, y cuando quiere sabe hablar como los libros, y en cuanto a valor… ¡un león es nada a su lado! Con estos ojos lo he visto trincar a cuatro y romperles a los cuatro la cabeza de un solo golpe… ¡y estando él desarmado!

Desde luego toda la tripulación lo respetaba y obedecía. Tenía una maña especial para hacerse con cada uno y a todos sabía prestarles la ayuda precisa. Conmigo no tuvo sino la mejor disposición, y me trató siempre con alegría al verme aparecer por la cocina, y he de decir que cuidaba de ésta como el más escrupuloso de los criados limpiaría la plata: todas las cacerolas lucían brillantes y ordenadas. Y allí, en un rincón, colgaba una jaula donde vivía su loro.

—Pasa, Hawkins —me decía—; siéntate a echar un párrafo con el viejo John. Eres la persona que veo con más gusto, hijo. Siéntate y vamos a oír lo que tenga que decirnos el Capitán Flint. Le puse ese nombre a mi loro por el famoso pirata. Bien, Capitán Flint, predice el éxito de nuestro viaje. ¿No es así, Capitán?

Y el loro empezaba a decir a toda velocidad:

—¡Doblones! ¡Doblones! ¡Doblones! —y seguía sin parar hasta que parecía enronquecer y John le echaba por encima de la jaula un paño bajo el que enmudecía.

—Ahí donde lo ves, Hawkins —me decía—, este pájaro tiene lo menos doscientos años… y hay quien dice que algunos viven eternamente. Este ha visto ya pasar más condenaciones que el mismísimo Satanás. Ha navegado con England, con el gran capitán England, el pirata. Ha estado en Madagascar y en Malabar, en Suriman, en Providence, en Portobello. En Portobello, cuando el rescate de los famosos galeones de la Plata. Allí aprendió a gritar «¡Doblones!», y no es para menos: ¡más de trescientos cincuenta mil que sacaron a flote, eh, Hawkins! Estuvo cuando el abordaje al Virrey de las Indias, a la altura de Goa; allí estuvo, y lo miras y parece inocente como un niño. Pero tú no has olvidado el olor de la pólvora, ¿verdad, Capitán?

—¡Todos a sus puestos! —chillaba el loro.

—¡Ah, qué alhaja! —decía el cocinero, y le ofrecía entonces unos terrones de azúcar que llevaba en el bolsillo; y el loro se agarraba con su pico a los barrotes de la jaula y empezaba a lanzar maldiciones sin tino.

—Ya ves —añadía John— cómo no se puede tocar la brea sin mancharse. Este pobrecito pájaro mío, tan viejo como inocente, y blasfemando como el peor desalmado, aunque sin malicia, tenlo por seguro, porque igual es capaz de soltarlas delante de un capellán —y John se llevaba la mano al sombrero con el solemne ademán que le era usual, y que me hacía ver en él al mejor de los hombres.

Entretanto las relaciones entre el squire y el capitán Smollett continuaban siendo tirantes. El squire no trataba de disimular su desprecio por el capitán, y éste, por su parte, tan sólo se le dirigía para responder a alguna cuestión y, aún así, con secas, firmes y escasas palabras. En algún momento reconoció haberse equivocado con respecto a la tripulación, y que ciertos marineros eran tan diligentes como él deseaba y hasta que en su conjunto todos se portaban bastante aceptablemente. En cuanto a la goleta, le había cobrado un verdadero afecto: «Se ciñe mejor de lo que uno podría esperar hasta de su propia esposa —solía repetir—, pero sigo pensando que esta travesía no termina de gustarme y que aún no estamos de regreso».

El squire, cuando oía estas palabras, acostumbraba a volver ostentosamente la espalda y recorrer la cubierta a grandes zancadas, mientras murmuraba entre dientes:

—Una estupidez más y estallaré.

Sufrimos algunos temporales que no hicieron sino poner a prueba lo marinera que era la Hispaniola. Y todos cuantos navegábamos en ella estábamos contentos, lo que tampoco es tan difícil de entender, porque no creo que nunca hubiera dotación tan correspondida desde que Noé cruzó los mares.

Por el más nimio pretexto se le regalaba una ronda de grog, y con motivo de cualquier celebración, lo que era constante, porque el squire encontraba continuamente razones en el cumpleaños de éste o aquél, siempre había una barrica de manzanas destapada en mitad del combés para que cualquiera que quisiese las tomara.

—Nunca he visto que este comportamiento lleve a ningún buen puerto —decía el capitán al doctor Livesey—. Así se echa a perder a la tripulación. Ya lo veréis.

Y fue precisamente del barril de manzanas de donde vino nuestra salvación, pues a no ser por él no hubiéramos tenido aviso alguno del peligro en que nos encontrábamos y todos hubiéramos perecido a manos de la traición.

Así fue como sucedió.

Navegábamos ya con los vientos alisios, que nos conducían hacia la isla —como el lector conoce, he prometido no dar ningún dato sobre su posición—, y nuestro rumbo hacía inminente su aparición, que noche y día aguardaban los vigías. Según nuestros cálculos aquella noche, o lo más tardar, antes del mediodía siguiente, debíamos divisarla. Llevábamos rumbo S.S.O., con una brisa firme de costado y la mar estaba en calma, hundiendo majestuosa su bauprés en las olas y levantando un abanico de espuma.

El viento tensaba las velas. Y todos a bordo gozábamos el mejor humor al ver ya tan cerca el final del primer capítulo de nuestra aventura.

Y fue entonces, a poco de atardecer. La tripulación descansaba; yo me dirigía hacia mi litera, cuando de pronto sentí ganas de comerme una manzana. Subí a cubierta. El vigía estaba en su guardia, en proa, aguardando la aparición de la isla en el horizonte. El timonel miraba la arboladura y silbaba por lo bajo una canción; sólo se escuchaba el sonido de ese silbido y el chapoteo del agua cortada por la proa y que barría el casco de la goleta.

Tuve que meterme en el barril para poder coger una manzana, ya que sólo quedaban unas pocas en el fondo. Me senté en aquella oscuridad para comérmela, y, por el rumor de las olas o el balanceo del barco, el hecho es que me adormecí. Entonces noté que alguien, y debió ser alguno de los marineros más corpulentos, se sentó apoyando su espalda en el barril, lo que dio a éste un violento empujón. Me despejé de golpe y ya iba a saltar fuera de la barrica, cuando un hombre, cuya voz me era conocida, empezó a hablar. Era Silver, y no bien escuché una docena de sus palabras, cuando ya ni por todo el oro del mundo hubiera dejado de permanecer escondido, pues no sé qué fue más fuerte en mí si la curiosidad o el temor: aquellas pocas palabras me habían hecho comprender que las vidas de todos los hombres honrados que iban a bordo dependían únicamente de mí.

XI. Lo que escuché desde el barril de manzanas

—No, yo no —dijo Silver—. Flint era el capitán; yo era solamente su cabo, ¡qué podía ser con mi pata de palo! El mismo cañonazo que dejó ciego a Pew se llevó mi pierna. Fue un excelente cirujano el que terminó de cortármela, sí, con título y todo, y sabía hasta latín… Aunque eso no le salvó de que lo colgaran como a un perro y lo dejaran secándose al sol, como a todos los demás, en Corso Castle. La gente de Roberts… Todo les vino por mudarles los nombres a sus barcos, cuando les pusieron Royal Fortune y otros nombres así. Como si se pudiera cambiar el nombre de un barco. Un barco debe morir como fue bautizado. Como el Cassandra, que nos trajo a todos salvos hasta nuestras casas desde Malabar, cuando England raptó al Virrey de las Indias. O el Walrus, el viejo barco de Flint, al que yo he visto con la cubierta empapada de sangre y tan lleno de oro, que parecía a punto de hundirse.

—Ah —exclamó una voz que estoy seguro era la del más joven de los marineros, lleno de admiración—. Ese era la flor de la familia, nadie como Flint.

—También Davis fue todo un hombre, por lo que yo he oído —prosiguió Silver—. Yo nunca navegué con él. Me enrolé primero con England y luego con Flint, y ahí se acaba mi historia. Ahora, como quien dice, navego por mi cuenta. Con England llegué a sacar en limpio unas novecientas libras, y con Flint, sobre dos mil. No está nada mal para un marinero… y todo lo tengo a buen recaudo en el banco. No es el ganar lo que luce, si no lo guardas; eso es algo que tenéis que aprender. ¿Qué fue de todos los que iban con England? Nadie lo sabe. ¿Y la gente de Flint? La mayoría estáis aquí, a bordo, y bien contentos de que pronto se os llene la tripa, pero hace bien poco que muchos de vosotros mendigabais una limosna por ahí. El viejo Pew derrochó, y eso que era ciego, mil doscientas libras en un año, como un lord del Parlamento.
¿Y qué ha sido de él? Ahora está pudriéndose bajo las escotillas; y los dos últimos años de su vida los pasó muriéndose de hambre. Andaba pidiendo limosna, robando, asesinando… y con todo, se moría de hambre.

—Tampoco da la vida para mucho más —dijo el marinero joven.

—No a los tontos, eso tenlo por seguro; no saben aprovechar —exclamó Silver—. Pero escúchame: eres joven, desde luego, pero listo como el diablo. Lo vi en cuanto te eché la vista encima, y voy a hablarte como a un hombre.

Fácil es imaginar lo que sentí al escuchar esas palabras que aquel abominable viejo bribón ya había empleado para engatusarme a mí. De haber podido, lo hubiera matado a través del barril. Y Silver continuó, bien ajeno a que alguien podía espiar sus palabras:

—Es lo que les pasa a los caballeros de fortuna: viven malamente y siempre con la horca detrás; pero comen y beben como gallos de pelea y, cuando tocan puerto, tienen los bolsillos llenos con cientos de libras en vez de unos pocos ochavos. Entonces tiran el dinero en ron y en fiestas, y luego, a la mar de nuevo, sin más que la camisa que llevan puesta. No es ése mi rumbo. Yo guardo lo que tengo en lugar seguro; un poco aquí, otro poco allá, y nunca mucho en ninguna parte para no despertar sospechas. Tengo cincuenta años, una edad respetable. Por eso en cuanto vuelva de este viaje me retiro y me instalo como un señor. Ya era hora, diréis. Sí, pero entretanto me he dado buena vida; nunca me he privado de nada y siempre he comido y he bebido de lo mejor y he dormido en blando, siempre… menos cuando me hacía a la mar.
¿Y cómo empecé? ¡De marinero, como tú!

—Bien —dijo el otro—, pero de todo aquel dinero ahora no tienes nada, ¿o no? Y después de todo esto, ¿aún vas a atreverte a asomar la cara por Bristol?

—¿Dónde supones que tengo el dinero? —preguntó Silver con sorna.

—En Bristol, en bancos y casas así…

—Estaba —contestó el cocinero—; estaba cuando levamos anclas. Pero a estas horas ya lo habrá sacado todo mi mujer. Habrá vendido «El Catalejo» con todos los muebles y la bebida. Y ahora me espera en cierto sitio. Yo os diría dónde, porque no tengo ninguna desconfianza de vosotros, pero no quiero que los demás compañeros tengan envidia.

—¿Y te fías de tu mujer? —preguntó otro.

—Los caballeros de fortuna —replicó Silver— no suelen fiarse demasiado unos de otros, y tienen razón para ello, creedme. Pero conmigo sucede que, si alguien corta amarras y deja al viejo John en tierra, no dura mucho sobre este mundo. Muchos le tenían miedo a Pew, y muchos también a Flint; pero Flint tenía miedo de mí. No le daba vergüenza confesarlo. Y la tripulación de Flint, que fue la gente más feroz y despiadada que se mantuvo nunca sobre una cubierta, el demonio mismo se hubiera acobardado de navegar con ellos, pues bien, voy a deciros algo: ya sabéis que no soy hombre fanfarrón, nadie más llano que yo en el trato… Pues, cuando yo era cabo, el más curtido de los bucaneros de Flint era el cordero más manso delante del viejo John. Sí, muchacho, puedes estar seguro.

—Bueno, para decir la verdad —contestó el muchacho—, el plan no me gustaba ni una pizca hasta esta noche. Pero ahora ahí va esa mano y estoy con vosotros.

—Eres un chico valiente, y además eres inteligente —dijo Silver apretando su mano con tal fuerza, que hasta el barril donde yo estaba tembló—, y te diré que tienes la mejor estampa de caballero de fortuna que han visto estos ojos.

Yo ya había empezado a entender el sentido de aquellas palabras. Cuando él decía «caballeros de fortuna», se refería, ni más ni menos, a vulgares piratas, y la breve escena que yo acababa de escuchar era el último acto de la seducción de un honrado marinero; acaso el último honrado que quedaba a bordo. Pero, en cuanto a esto, pronto iba a convencerme, porque Silver dio un ligero silbido y un tercer personaje se acercó y se sentó con ellos.

—Dick está con nosotros —dijo Silver.

—Oh, ya sabía yo que Dick era seguro —respondió la voz del timonel Israel Hands—. Es un joven listo —y siguió, mientras masticaba su tabaco—. Pero lo que a mí me interesa saber es esto, Barbecue: ¿hasta cuándo vamos a estar aguantando que nos lleven de acá para allá como bote de vivandero? Ya estoy hasta la coronilla del capitán Smollett, bastante nos ha zarandeado, ¡por todos los malos vientos!, y estoy reventando por entrar en su camarote y beberme sus vinos y ponerme sus ropas, ¡maldita sea!

—Israel —dijo Silver—, tu cabeza no sirve para mucho, ni nunca ha servido. Pero, al menos, me figuro, las orejas tienen que servirte para oír, y con lo grandes que las tienes, para oír bien. Escucha entonces: vas a seguir en tu puesto, y vas a hacer lo que se te ordene y vas a estar callado, y no beberás ni una gota hasta que yo dé la señal, ¿entendido?

—Bueno, ¿es que he dicho yo lo contrario? —gruñó el timonel—. Pero lo que te pregunto es: ¿cuándo? Eso es lo que quiero saber.

—¡Cuándo! ¡Por todos los temporales! —gritó Silver—. Bien, pues, si quieres saberlo, te lo voy a decir. Será lo más tarde que pueda. Entonces será el momento. Tenemos a un marino de primera, al capitán Smollett, que está gobernando y bien nuestro barco; están el squire y el doctor, que guardan el plano… ¿sabemos acaso dónde lo esconden? No lo sabemos ni tú ni yo. Así que pienso que lo mejor es dejar que el squire y el doctor encuentren el tesoro para nosotros, y cuando ya lo tengamos a bordo, ¡por todos los diablos!, entonces ya veremos. Si yo tuviera confianza suficiente en vosotros, malas bestias, dejaría que el capitán Smollett nos llevara hasta medio camino de regreso, antes de dar el golpe.

—¿Es que no somos buenos marinos para gobernar solos esta goleta? —dijo el joven Dick.

—Somos marineros, y no más —replicó Silver disgustado—. Nosotros sabemos seguir una derrota, pero siempre que nos la marquen. Ahí es donde todos vosotros, caballeretes de fortuna, no servís ninguno. Si pudiera hacer mi voluntad, dejaría al capitán Smollett que nos llevara de vuelta, por lo menos hasta pillar los alisios; eso nos quitaría muchos problemas y quizá hasta algún mal trago de agua de mar. Pero os conozco bien. Acabaréis con ellos en la isla, en cuanto el dinero esté a bordo, y será algo que nos pese. Pero como lo único que os interesa es emborracharos como cubas, ya sé que no podré hacer nada. ¡Que el diablo os lleve! ¡Me repugna navegar con gente como vosotros!

—¡Cálmate, John «el Largo»! —exclamó Israel—. ¿Quién ha dicho algo para que te enfades así?

—¿Así? ¿Cuántos buenos barcos te figuras que he visto yo ser apresados? ¿Y cuántos buenos mozos he visto colgados curándose al sol en la Dársena de las Ejecuciones? Y siempre por esta prisa, por la maldita prisa. No hay forma de que lo entendáis. Yo ya he visto mucho. Si me dejaseis a mí que os llevara con buen rumbo, todos podríais ir en carroza, sí, señor. ¡Pero vosotros…! Os conozco. No servís más que para llenaros de ron, y luego colgar de una horca.

—Todos saben que hablas mejor que un capellán, John; pero hay otros que, sin tener que dejar de divertirse —dijo Israel—, han llevado el timón tan firme como tú. No eran tan estirados ni tan secos como tú, no; bien que aprovechaban la ocasión y sabían beber con los compañeros.

—¿De veras? —respondió Silver—. Y dime, ¿dónde están ahora? Pew era uno de ésos, y murió en la miseria. Flint era otro, y el ron se lo llevó en Savannah. Sí, sabían correrse buenas juergas, pero ¿dónde están ahora?

—De acuerdo —respondió Dick—, pero, cuando tengamos al squire y los suyos bien trincados, ¿qué vamos a hacer con ellos?

—¡Así hablan los hombres de verdad! —exclamó el cocinero con entusiasmo—. Dime, ¿tú qué harías? ¿Dejarlos en tierra? ¿Abandonarlos? Eso lo hubiera hecho England. ¿O los degollarías como a cerdos? Es lo que hubieran hecho Flint o Billy Bones.

—Billy sí era un hombre para estos casos —dijo Israel—. «Los muertos no muerden», solía decir. También él está ya muerto y a estas horas ya debe saber algo de eso. Si hubo un hombre con las entrañas duras para llegar al último puerto, ése era Billy.

—Tienes razón —dijo Silver—; duro y dispuesto a todo. Pero fíjate en una cosa: yo soy un hombre tranquilo, según tú dices podría pasar por un caballero; pero ahora sé que trato un asunto muy serio, y el deber está por encima de otra consideración. Así que yo voto… ¡muerte! Cuando esté en el Parlamento y vaya paseando en mi carroza, no quiero que ninguno de estos puntillosos que llevamos con nosotros aparezca de pronto, como el diablo cuando se reza. Lo único que yo he dicho es que conviene esperar; pero cuando llegue la hora, ¡sin piedad!

—John —exclamó el timonel—, ¡eres un hombre de una pieza!

—Podrás decirlo, Israel, en su momento —dijo Silver—. Y hay algo que deseo: quiero a Trelawney para mí. Pienso arrancarle la cabeza con estas manos. ¡Dick! —dijo entonces Silver, cambiando el tono—, mira, sé un buen muchacho y tráeme una manzana de ésas, que me refresque el gaznate.

Imaginad mi espanto. De no fallarme las fuerzas, hubiera saltado de la barrica y me lo hubiese jugado todo en la fuga; pero mi corazón y mi valor se paralizaron. Oí cómo Dick se incorporaba, y, cuando ya me daba por perdido, la voz de Hands exclamó:

—¡Oh, deja eso! No te pongas ahora a chupar esa porquería. Echemos un trago de ron.

—Dick —dijo entonces Silver—, tengo confianza en ti. Pero no te olvides que tengo una marca en el barril; así que anda con cuidado. Toma la llave, llena un cuartillo y tráenoslo.

Aún aterrado como estaba, comprendí entonces que así era cómo el señor Arrow se procuraba la bebida que acabó con él. Dick no tardó en regresar, y, mientras duró su ausencia, Israel dijo algo al oído del cocinero. No pude escuchar más que algunas palabras, y aún así me informaron de cosas importantes; porque entre las palabras sueltas pude escuchar esta frase: «Ninguno de ellos quiere unirse a nosotros», lo que me advirtió que aún quedaban algunos leales a bordo.

Cuando Dick regresó, cada uno de los tres tomó su tazón y brindaron: «Por la buena suerte», dijo uno; «A la salud del viejo Flint», el otro, y por último, Silver, con cierto sonsonete, exclamó: «A vuestra salud y a la mía, viento en las velas, buena comida y un buen botín».

En aquel instante una suave claridad empezó a iluminar el interior del barril, y, mirando hacia arriba, vi el paso de la luna que plateaba la cofa del palo de la mesana y hacía resplandecer la blancura de la lona de la cangreja. Y casi al mismo instante la voz del vigía anunció:

—¡Tierra!

XII. Consejo de guerra

Se produjo un gran tumulto a bordo. Oí el tropel de los marineros que subían a cubierta desde su cámara y ocupaban el castillo de proa. Me deslicé entonces en un santiamén fuera del barril y, escondiéndome bajo la cangreja, di un rodeo hacia popa para simular que de allí venía, y una vez que vi al doctor Livesey y a Hunter, que corrían por la banda de barlovento, me dirigí hacia ellos.

Todos los hombres estaban ya en cubierta. La luna brillaba sobre un horizonte donde flotaban los últimos velos de una niebla que rápidamente se levantaba. Y allá lejos, hacia el suroeste, se divisaban dos colinas no muy altas, separadas por un par de millas, y, alzándose entre ellas, una tercera, cuya loma, de superior altura que las otras, aún aparecía envuelta en la bruma. Las tres colinas parecían escarpadas y tenían una forma cónica.

Yo contemplaba todo como en un sueño, pues aún no me había recuperado de la espantosa situación que acababa de sufrir. Oí la voz del capitán Smollett dando órdenes. La Hispaniola orzó un par de cuartas al viento y tomamos un rumbo que nos conducía directamente a la isla, abordándola por el este.

—Ahora, muchachos —dijo el capitán, cuando finalizó la maniobra—, ¿hay alguno entre vosotros que haya estado antes en esa isla?

—Yo, señor —dijo Silver—. Yo he hecho aguada una vez en un mercante que me enroló de cocinero.

—Según creo, el fondeadero está hacia el sur, detrás de un islote, ¿no es así? —preguntó el capitán.

—Sí, señor: le llaman la Isla del Esqueleto. Era un sitio para refugio de piratas, en otro tiempo, y un marinero que navegaba conmigo conocía todos los nombres de estos parajes. Aquella colina que hay al norte se llama el Trinquete; hay tres montes en fila hacia el sur: Trinquete, Mayor y Mesana. Pero el más alto, aquel que tiene la cumbre envuelta en niebla, a ése se le suele llamar el Catalejo, porque, cuando los piratas estaban en la ensenada carenando fondos, situaban en la cima un vigía de guardia. La rada está llena de mugre de bucanero, señor, con perdón sea dicho.

—Aquí tengo una carta —dijo el capitán Smollett—. Mire usted si es ése el sitio.

Los ojos de John «el Largo» relampaguearon al tomar en sus manos el mapa; pero, cuando vi que se trataba de un mapa nuevo, entendí que no era más que una copia del que hallamos en el cofre de Billy Bones, completo en todos sus detalles —nombres, altitudes, fondos— y en el que no constaban las cruces rojas y las notas manuscritas. Pero Silver supo disimular su desengaño.

—Sí, señor —dijo—, éste es el sitio, no hay duda; y muy bien dibujado que está. Me pregunto quién lo habrá trazado. Los piratas eran demasiado ignorantes para hacerlo, pienso yo. Sí, mire, capitán: aquí está: «El Fondeadero del capitán Kidd…», así lo llamaba mi compañero. Aquí hay una corriente muy fuerte que arrastra hacia el sur y luego remonta al norte a lo largo de la costa occidental. Ha hecho usted bien, señor, en ceñirse y alejarnos de la isla —agregó—. Pero si vuestra intención es fondear para carenar, desde luego no hay mejor lugar por estas aguas.

—Gracias, gracias —dijo el capitán Smollett—. Ya requeriré sus servicios, si preciso más adelante alguna información. Puede usted retirarse.

Yo estaba asombrado de la desenvoltura con que Silver confesaba su profundo conocimiento de aquellas tierras. Y no pude evitar un sentimiento de temor, cuando vi que se acercaba a mí. No era posible que hubiera advertido mi presencia en el barril de las manzanas y que por tanto supiera que yo estaba al corriente de sus intenciones, pero, aun así, me infundía ya tal pavor por su doblez, su crueldad y su influencia sobre los demás marineros, que apenas pude disimular un estremecimiento cuando me puso la mano en el hombro.

—Ah —dijo—, qué lugar tan bonito esta isla; un sitio perfecto para que lo conozca un muchacho como tú. Podrás bañarte, trepar a los árboles, cazar cabras, y podrás escalar aquellos montes como si fueras una de ellas. Esto me devuelve mi juventud. Ya hasta se me olvida mi pata de palo. Qué hermoso es ser joven y tener diez dedos en los pies, tenlo por seguro. Cuando quieras desembarcar y explorar la isla, no tienes más que decírselo al viejo John, y te prepararé un bocado para que te lo lleves.

Y volvió a darme una palmada cariñosa. Después se fue hacia su cocina.

El capitán Smollett, el squire y el doctor Livesey estaban conversando bajo la toldilla, y, a pesar de mi ansiedad por contarles lo sucedido, no me atrevía a interrumpirles tan bruscamente. Mientras buscaba un pretexto para dirigirme a ellos, el doctor me indicó que me acercara. Se había olvidado su pipa en el camarote y, como no podía vivir sin fumar, me rogó que se la trajese; en cuanto me acerqué a ellos lo justo para poder hablarles sin que los demás me oyeran, le dije al doctor:

—Tengo que hablaros. Haced que el capitán y el squire bajen al camarote y hacedme ir con cualquier excusa. Sé cosas terribles.

El doctor pareció inquietarse, pero se dominó al instante.

—Muchas gracias, Jim —dijo en voz alta—; eso era lo que quería saber —como si me hubiera preguntado cualquier cosa.

Me dio la espalda y continuó su conversación. Al poco rato, y aunque no percibí movimiento alguno que los delatase, ni ninguno alzó su voz ni hizo la menor demostración de que el doctor Livesey estuviera informándoles de mi seria advertencia, no dudé que se lo había comunicado, pues en seguida vi al capitán que daba una orden a Job Anderson, y el silbato convocó a toda la tripulación en cubierta.

—Muchachos —dijo el capitán Smollett—, tengo que deciros unas palabras. La tierra que está a la vista es nuestro punto de destino. El señor Trelawney, que es un caballero generoso como ya todos habéis comprobado, me ha pedido mi opinión sobre vuestra conducta en esta travesía y he podido informarle con placer que todo el mundo a bordo, sin excepciones, ha cumplido con su deber a mi entera satisfacción. Por ello él y el doctor y yo bajaremos ahora al camarote para brindar a vuestra salud y por vuestra suerte, y a vosotros se os permiten unas rondas para brindar a la nuestra. Me parece que debéis agradecerle su gentileza, y si así es, gritad conmigo un fuerte «¡Hurra!» marinero por el caballero que os las regala.

Escuchamos aquel grito, lo que era de esperar; pero sonó tan vibrante y entusiasta, que confieso que me costaba trabajo imaginar a aquellos hombres como enemigos de nuestras vidas.

—¡Otro «hurra» por el capitán Smollett! —gritó entonces John «el Largo».

Y también este segundo fue dado con toda el alma. Inmediatamente los tres caballeros bajaron al camarote y poco después enviaron a por mí con el pretexto de que «Jim Hawkins hacía falta» abajo.

Los encontré sentados en torno a la mesa; ante ellos había una botella de vino español y pasas, y el doctor fumaba con agitación y se había quitado la peluca, que tenía sobre las rodillas, lo que era señal en él de la máxima ansiedad. La portilla de popa estaba abierta, pues era una noche en extremo calurosa, y se veía el rielar de la luna en la estela del barco.

—Ahora, Hawkins —dijo el squire—, creo que tienes algo que contarnos. Habla.

Así lo hice, y en tan pocas palabras como pude relaté cuanto había escuchado de Silver. Ninguno me interrumpió; los tres permanecieron inmóviles y con sus ojos fijos en mí hasta que terminé mi historia.

—Jim —dijo el doctor Livesey—, siéntate.

Me hicieron sentar a la mesa junto con ellos; me sirvieron una copa de vino y me llenaron las manos de pasas. Entonces, uno tras otro, y con una inclinación de sus cabezas, brindaron a mi salud como agradecimiento por lo que consideraban mi valentía y mi buena suerte.

—Y ahora, capitán —dijo el squire—, teníais razón y yo estaba equivocado. Confieso que soy un asno y espero vuestras órdenes.

—No más asno que yo mismo, señor —contestó el capitán—. Porque jamás he oído de una tripulación con intenciones de motín que no diera antes ciertas señales que yo tenía la obligación de haber descubierto y así prevenir el mal y tomar medidas. Pero esta tripulación —añadió— ha sido más lista que yo.

—Capitán —dijo el doctor—, con vuestro permiso, creo que el causante de todo es Silver, y se trata de un hombre sin duda notable.

—Más notable me parecería colgado de una verga —repuso el capitán—. Pero de cualquier forma esta conversación ya no nos conduce a nada. Por el contrario, hay tres puntos con la venia del señor Trelawney que voy a someter a vuestra consideración.

—Señor, sois el capitán —dijo el squire con gesto liberal— y es a quien toca hablar.

—Primer punto —comenzó el señor Smollett—: tenemos que continuar porque es imposible el regreso. Si diese ahora la orden de zarpar, se amotinarían en el acto. Segundo punto: tenemos algún tiempo por delante, al menos hasta encontrar ese dichoso tesoro. Y tercer punto: no todos los marineros son desleales. Ahora bien, tarde o temprano tendremos que enfrentarnos violentamente a los levantiscos, y lo que yo propongo es coger la ocasión por los pelos, como suele decirse, y atacar nosotros precisamente el día en que menos lo esperen. Doy por descontado que podemos contar con vuestros criados, ¿no es así, señor Trelawney?

—Como conmigo mismo —declaró el squire.

—Son tres —dijo el capitán echando cuentas—, lo que con nosotros suma siete, porque incluyo al joven Hawkins. Ahora hay que tratar de averiguar quiénes son los marineros leales.

—Probablemente los que contrató personalmente el señor Trelawney —dijo el doctor—; los que enroló antes de dar con Silver.

—No —interrumpió el squire—, Hands fue uno de los que yo contraté.

—Jamás lo había pensado de Hands —declaró el capitán.

—¡Y pensar que son ingleses! —exclamó el squire— ¡Intenciones me dan de volar el barco!

—Pues bien, caballeros —dijo el capitán—, lo mejor que yo pueda añadir no es gran cosa. Propongo que aguardemos y vayamos sondeando la situación. Es difícil de soportar, lo sé. Sería más agradable romper el fuego de una vez. Pero no tenemos otro camino hasta que sepamos con quiénes podemos contar. Nos pondremos a la capa y esperaremos viento: ésta es mi opinión.

—Jim —dijo el doctor— es quizá el que mejor puede ayudarnos. Los marineros no desconfían de él, Jim es un magnífico observador.

—Hawkins, toda mi confianza la deposito en ti —dijo el squire.

Me sentí abrumado por tanta responsabilidad, ya que no creía poder cumplir como es debido mi cometido; y sin embargo, por una extraña concatenación de circunstancias, sería yo precisamente quien tendría en sus manos la salvación de todos. Pero, en aquellos momentos, lo cierto es que de los veintiséis que íbamos a bordo sólo en siete podíamos confiar; y de los siete, uno era un muchacho, de modo que verdaderamente nuestro partido sólo contaba con seis, contra los diecinueve del enemigo.

****

PARTE TERCERA: MI AVENTURA EN LA ISLA

XIII. Así empezó mi aventura en la isla

El aspecto de la isla, cuando a la mañana siguiente subí a cubierta, había cambiado por completo. La brisa había amainado, y, aunque durante la noche navegamos bastante, en aquel momento nos encontrábamos detenidos en la calma a media milla del suroeste de la costa oriental, que era la más baja. Bosques grisáceos cubrían gran parte del paisaje. En algunos puntos esa tonalidad monótona se salpicaba con sendas de arena amarilla desde la playa y con árboles altos, parecidos a los pinos, que se agrupaban sobre la general y uniforme coloración de un gris triste. Los montes se destacaban como rupturas de la vegetación y semejaban torres de piedra. Sus formas eran extrañas, y el de más rara silueta, que sobresalía en doscientos o trescientos pies a los otros, era el Catalejo; estaba cortado a pico por sus laderas y en la cima se truncaba bruscamente dándole la forma de un pedestal.

La Hispaniola se balanceaba hundiendo sus imbornales en las aguas. La botavara tensábase violentamente de las garruchas, y el timón, suelto, golpeaba a un lado y otro, y las cuadernas crujían, y todo el barco resonaba como una factoría en pleno trabajo. Tuve que agarrarme con fuerza a un cabo, pues el mundo entero parecía girar vertiginosamente ante mis ojos, y, aunque yo para entonces ya me había convertido casi en un marino veterano, estar allí, en aquella calma, pero meciéndonos como una botella vacía entre las olas, pudo más que el hábito que ya comenzaba a desarrollar, sobre todo con el estómago vacío, como estaba aquella mañana.

Quizá fuera eso, o acaso el aspecto de la isla, con sus bosques grises y melancólicos y sus abruptos roquedales y el rumor de la rompiente contra la escarpada costa; pero lo cierto es que, aunque el sol resplandecía hermosísimo y las gaviotas pescaban y chillaban a nuestro alrededor, y sobre todo el gozo natural a cualquiera que después de una larga travesía descubre tierra, el alma se me cayó a los pies, como suele decirse, y la primera impresión que quedó grabada en mis ojos de aquella isla sólo me inspiraba aborrecimiento.

La mañana se nos presentó por completo dedicada a las más pesadas faenas, pues, como no veíamos señal alguna de viento, fue necesario arriar los botes y remolcar remando la goleta durante tres o cuatro millas, hasta que doblamos el extremo de la isla y enfilamos el fondeadero que estaba detrás de la Isla del Esqueleto. Yo me presté de voluntario para remar en uno de los botes, donde, por supuesto, no hice ninguna falta. El calor resultaba insoportable y los marineros maldecían a cada golpe de remo. Anderson, que patroneaba mi bote, era el primero en jurar más alto que ninguno.

—¡Menos mal que se le ve el fin a esto! —vociferaba.

Aquel comportamiento no me daba buena espina, pues fue la primera vez que los marineros no cumplían con presteza sus deberes; no cabe duda que a la vista de la isla las ataduras de la disciplina habían empezado a soltarse.

Mientras remolcábamos la goleta, John «el Largo» no se separó del timonel y fue marcando el rumbo. Conocía aquel canal como la palma de su mano, y, aunque el marinero que iba sondeando en proa siempre anunciaba más profundidad que la que constaba en la carta, John no titubeó ni una sola vez.

—Aquí se da un arrastre muy fuerte con la marejada —decía—, y este canal ha sido dragado, como si dijéramos, con una azada.

Anclamos precisamente donde indicaba el mapa, a un tercio de milla de cada orilla, de un lado la Isla del Esqueleto y del otro la grande. La mar estaba tan clara, que podíamos ver el fondo arenoso. Cuando largamos el ancla, la fuente de espuma que desplazó hizo alzar el vuelo a una nube de pájaros, que durante unos instantes llenaron el cielo con sus graznidos; luego se posaron de nuevo en los bosques y todo volvió a hundirse en el silencio.

El fondeadero estaba muy bien protegido de los vientos y rodeado por frondosos bosques, cuyos árboles llegaban hasta la misma orilla; la costa era llana y las cumbres de los montes se alzaban alrededor, al fondo, en una especie de anfiteatro. Dos riachuelos, o mejor, dos aguazales, desembocaban lentamente en una especie de pequeño lago, y la vegetación lucía un verdor extraño, como una pátina de ponzoñoso lustre. Desde el barco no se llegaba a divisar el pequeño fuerte o empalizada señalada en el mapa, porque estaba encerrado por los árboles, y, a no ser porque aquél lo indicaba, hubiéramos podido creer que éramos los primeros que fondeaban desde que la isla surgió de los mares.

No corría el menor soplo de aire, y el silencio sólo era roto por el rugido de las olas al romper, a media milla de distancia, en las largas playas rocosas. Un olor pestilente de agua estancada cubría el fondeadero como de hojas y troncos podridos. Vi que el doctor olfateaba con desagrado, como si olisquease un huevo poco fresco.

—Ignoro si habrá por aquí algún tesoro —dijo—, pero apuesto mi peluca a que es lugar pródigo en fiebres.

Si el comportamiento de la tripulación había empezado a inquietarme ya en los botes, cuando regresaron a bordo se hizo claramente amenazador. Tendidos en cubierta, en pequeños corrillos, discutían en voz baja. La más ligera orden era recibida con torvas miradas y ejecutada de la peor gana. Hasta los marineros leales parecían contaminados, pues no había ninguno a bordo que pudiera servir de modelo a los demás. El motín se palpaba en el aire como la inminencia de una tormenta.

Y no éramos nosotros tan sólo quienes barruntábamos el peligro. John «el Largo» se afanaba corriendo de corrillo en corrillo, dando consejos y tratando de mostrarse lo menos amenazador posible. Hasta se excedía en solicitud y diligencia, deshaciéndose en sonrisas y halagos. Si se daba una orden, allí estaba él en un periquete, muleta en ristre, con el más animoso «¡listo, señor!», para cumplirla. Y cuando no había nada que hacer, entonaba una canción tras otra, como para ocultar la tensión reinante.

De todos los signos de amenaza que se leían en la actitud de la tripulación aquella tarde, la ansiedad de John «el Largo» me pareció el más grave.

Volvimos a reunirnos en el camarote para celebrar consejo.

—Señor Trelawney —dijo el capitán—, no puedo ya arriesgarme a dar ninguna orden, pues se negarían a cumplirla, ante lo cual sólo quedan dos soluciones, a cual peor: Si no soy obedecido y trato de obligar a un marinero, creo que la tripulación se amotinaría; y si, por el contrario, callo ante la rebeldía, Silver no tardará en darse cuenta de que hay gato encerrado, y nuestro juego quedará al descubierto. Pues bien, sólo podemos confiar en un hombre.

—¿Y quién es él? —preguntó el squire.

—Silver, señor —respondió el capitán—, que tiene tanto interés como vos o yo en suavizar las cosas. Evidentemente el comportamiento que venimos observando muestra que entre ellos hay claras desavenencias. Si damos ocasión a Silver, él no tardará en apaciguar a los más levantiscos. Y yo propongo precisamente que se le proporcione tal ocasión. Demos a la tripulación una tarde libre para que desembarquen a su antojo. Si desembarcan todos, nos apoderaremos del barco y nos haremos fuertes. Si ninguno decide ir a tierra, en ese caso nos defenderemos desde los camarotes… y que Dios nos ayude. Y si sólo unos cuantos desembarcan, bien, Silver los traerá de regreso y más mansos que corderos.

Decidimos seguir las indicaciones del capitán. Se repartieron pistolas a todos los hombres seguros; a Hunter, a Joyce y a Redruth se les puso al corriente de lo que pasaba, y recibieron la noticia con menos sorpresa y mejor ánimo de lo que cabía esperar; después el capitán subió a cubierta y les habló a los marineros:

—Muchachos —les dijo—, la jornada ha sido muy dura y este calor es insufrible. Creo que bajar a tierra vendría bien a más de uno. Los botes están ahí, podéis usarlos y pasar la tarde en la isla. Media hora antes de la puesta del sol os avisaré con un cañonazo.

Pienso que la tripulación, en su obcecación, se figuraba que bastaría con desembarcar para dar de narices con los tesoros que allí hubiera, pues su enemistad se disipó en un instante y prorrumpieron en un «¡Hurra!» tan clamoroso, que resonó en el eco desde las lejanas colinas e hizo levantar de nuevo el vuelo de los pájaros que volvieron a cubrir la rada.

El capitán era demasiado astuto para seguir en cubierta. Desapareció como por ensalmo y dejó a Silver organizar aquella expedición. Y creo que obró muy cuerdamente, porque de haber permanecido allí no hubiera podido seguir fingiendo que desconocía la situación, que saltaba a la vista. Porque Silver se reveló como el verdadero capitán de aquella tripulación de amotinados. Los marineros fieles —y pronto se demostró que aún quedaban algunos— debían ser muy duros de mollera, o, más bien, lo que seguramente ocurría es que todos se hallaban, unos más y otros menos, descontentos de sus cabecillas, y unos pocos, que en el fondo eran buena gente, ni querían ir ni hubieran permitido que se les llevara más lejos. Porque una cosa era hacerse los remolones y no cumplir las órdenes, y otra bien distinta apoderarse violentamente de un navío y asesinar a unos inocentes.

Se organizó la expedición. Seis marineros quedaron a bordo y los trece restantes, entre ellos Silver, embarcaron en los botes.

Entonces fue cuando se me ocurrió la primera de las descabelladas ideas que tanto contribuyeron a salvar nuestras vidas. Porque pensé que, si Silver había dejado seis hombres a bordo, era evidente que nosotros no podríamos hacernos con el barco y defenderlo; y por otra parte, siendo seis, tampoco mi presencia hubiera servido de mucha ayuda. Y se me ocurrió desembarcar también. Y, sin pensarlo dos veces, me descolgué por una banda y me acurruqué en el castillo de proa del bote más cercano, en el mismo momento en que empezó a moverse.

Nadie hizo caso de mi presencia, y el remero de proa me dijo:

—¿Eres tú, Jim? Agacha la cabeza.

Pero Silver, que iba en otro bote, miró inmediatamente hacia el nuestro, y gritó preguntando si yo estaba allí; y desde aquel momento empecé a arrepentirme de mi decisión.

Las dos tripulaciones competían por llegar los primeros a la costa, pero mi bote, que era más ligero que el otro, tomó delantera y atracó antes junto a los árboles de la orilla. Yo me agarré a una rama para saltar fuera y procuré desaparecer lo antes posible en la espesura, pero en ese momento oí la voz de Silver, que con los demás se encontraba a cien yardas de distancia:

—¡Jim!, ¡Jim! —me gritó.

Esto hizo que yo aligerase aún más el paso, como es lógico imaginar; y saltando por entre las ramas como alma que lleva el diablo, corrí tierra adentro hasta que no pude más de cansancio.

XIV. El primer revés

Tal satisfacción me produjo el haber conseguido despistar a John «el Largo», que hasta empecé a sentir un cierto gozo al contemplar aquel paisaje extraño que me rodeaba.

Había cruzado en mi carrera un terreno pantanoso, poblado de sauces, juncos y exóticos árboles de ciénaga, y me encontraba entonces en un calvero de dunas, como de una milla de ancho, salpicado aquí y allá por algún pino y una serie de árboles con retorcidos troncos que a primera vista parecían robles, pero cuyo follaje era más pálido, como el de los sauces. Al otro extremo del arenal se alzaba uno de los montes con dos picos escarpados que resplandecían bajo el sol.

Por primera vez sentí el placer de explorar. La isla no estaba habitada; mis compañeros se habían quedado muy atrás, y ante mí no palpitaba más que la vida salvaje de misteriosos animales y extrañas plantas. Anduve vagando sin rumbo bajo los árboles. A cada paso descubría plantas en flor que me eran desconocidas; vi alguna serpiente, y una de ellas irguió de improviso su cabeza sobre un peñasco y escuché su silbido áspero como el de un trompo al girar. ¡Si hubiera sabido que se trataba de un enemigo mortal y que aquel sonido era el famoso cascabel!

Después fui a dar a un extenso bosque de árboles como aquellos parecidos al roble —más tarde supe que eran encinas— y que crecían como zarzas muy bajas a ras de la arena, constituyendo un espeso matorral. El bosque se extendía bajando desde lo alto de una de las grandes dunas y ensanchándose y creciendo en altura hasta la ribera de la ciénaga; los juncos cubrían ésta y a través de ella el más cercano de los riachuelos se filtraba hasta el fondeadero. La ciénaga exhalaba una espesa niebla que irisaba la luz del sol y la silueta del Catalejo se dibujaba borrosa a través de la bruma.

De pronto escuché como un aletear entre los juncos, y vi un pato silvestre que levantaba el vuelo con un graznido y en un instante todo el pantano fue cubierto por una nube de patos en la inmensa espiral de su vuelo. Deduje que alguno de los marineros debía estar acercándose por aquel lado, y no me equivoqué, pues no tardé mucho en oír un rumor lejano y el débil sonido de algunas voces que iban acercándose; agucé el oído intentando averiguar quiénes eran y, sobresaltado por el temor, me escondí bajo la encina que más cerca tenía y, allí agazapado, todo oídos, casi sin respiración, aguardé.

Una voz ya más clara contestó a la que primero había oído, y reconocí la voz de Silver, que, respondiendo a alguna cuestión, se explayaba en un largo comentario sólo de vez en cuando interrumpido por el otro. Por el tono parecía que ambos se expresaban con enfado, y aun casi con ira; pero no pude entender nada de lo que decían.

Después se callaron, y creo que tomaron asiento, pues no los sentí acercarse más y hasta las aves se calmaron y volvieron a posarse sobre la marisma.

Entonces me di cuenta de que estaba faltando a mi deber, ya que, si había sido tan insensato como para saltar a tierra con aquellos filibusteros, lo menos que se me exigía era sorprender sus planes y conciliábulos, y por tanto mi deber era acercarme a ellos lo más posible, escondido en aquella maleza tan propicia y escuchar. Fui guiándome por el rumor de sus voces y por la inquietud de los pájaros que aún volaban alarmados por el ruido que hacían aquellos dos intrusos.

Arrastrándome a cuatro patas avancé procurando no hacer el más pequeño ruido; y al fin, espiando por un hueco de la maleza, los vi en una pequeña barranca muy verde, junto a la ciénaga, toda rodeada de árboles; allí estaban John «el Largo» y otro marinero. El sol les daba de lleno. Silver había arrojado su sombrero al suelo junto a él, y su enorme, lisa y rubicunda faz, perlada de sudor, se enfrentaba al otro con lastimera expresión:

—Compañero —le decía—, si no fuera porque creo que vales tanto como el oro molido, oro molido, tenlo por seguro, si no te hubiera cogido tanto cariño como a un hijo, ¿tú crees que yo estaría aquí previniéndote? La suerte está echada y lo que tenga que ser será. Y lo único que quiero es salvarte el cuello. Si alguno de esos perdidos supiera lo que te estoy diciendo, ¿qué sería de mí? Dime, Tom, ¿qué sería de mí?

—Silver —exclamó el otro. Y observé que no sólo su rostro estaba encendido, sino que su voz temblaba como un cabo tenso—, usted es ya viejo, y es honrado, o al menos tiene fama de serlo, y tiene dinero, lo que no suele pasar a muchos pobres navegantes, y es valiente, o mucho me equivoco. ¿Y con todo eso pretende usted hacerme creer que esa gentuza puede arrastrarlo a la fuerza? No puede usted seguirles. Tan cierto como que Dios nos está viendo, que antes me dejaría yo cortar el brazo derecho que faltar a mi deber.

Un ruido extraño interrumpió sus palabras. Por fin había descubierto yo a uno de los marineros leales. Y no tardaría en saber de otro.

Porque de pronto, en la lejanía, sobre la ciénaga, se escuchó un grito de furia. No tardó en oírse otro. Y a éste siguió un espeluznante y prolongado alarido. La cortadura del Catalejo devolvió el eco varias veces; las bandadas de aves se levantaron de nuevo, oscureciendo el cielo con su vuelo; y, antes de que aquel grito de muerte dejase de resonar en mis oídos, de nuevo cayó el silencio sobre la marisma y sólo el batir de alas de las aves que volvían a posarse y el fragor de la lejana marejada turbaba el enmudecimiento de aquel desolado lugar.

Al escuchar aquel alarido, Tom se puso en pie de un salto, como un caballo picado por la espuela; pero Silver ni pestañeó. Se quedó sentado, apoyado en su muleta, y con los ojos tan fijos en su acompañante como una serpiente que se dispone a atacar.

—¡John! —exclamó el marinero, tendiéndole la mano.

—¡Fuera esas manos! —gritó Silver, saltando hacia atrás con la ligereza y seguridad del mejor gimnasta.

—Como usted quiera, John Silver —dijo el otro—. Pero es su mala conciencia la que le hace tenerme miedo. Dígame, ¡en el nombre de Dios!, ¿qué ha sido ese grito?

—¿Eso? —repuso Silver sin dejar de sonreír, pero más alerta y receloso que nunca, con las pupilas fijas en Tom, tan brillantes como pedazos de vidrio clavados en aquel rostro—. ¿Eso? Me figuro que ha sido Alan.

Y al oír estas palabras, el pobre Tom pareció recobrarse.

—¡Alan! —exclamó—. ¡Pues que descanse en paz su alma de buen marino! Y en cuanto a usted, John Silver, lo he tenido mucho tiempo por compañero, pero ya no quiero seguir siéndolo. Si he de morir como un perro, que sea cumpliendo mi deber. Habéis matado a Alan, ¿no es verdad? Pues ordene que me maten a mí también, si pueden. Pero aquí me tiene usted. Atrévase.

Y diciendo esto, aquel valiente dio la espalda al cocinero y echó a andar hacia la playa. Pero no estaba destinado a ir muy lejos. Dando un grito, John se agarró a la rama de un árbol, se quitó la muleta y la lanzó con la más tremenda violencia; el insólito proyectil zumbó en el aire y golpeó a Tom de punta contra la nuca; éste alzó sus brazos, abrió su boca en un sordo gorjeo y cayó a tierra.

Nunca supe si aquel golpe brutal había acabado o no con él, lo que parecía seguro porque sonó como si hubiera roto la columna vertebral. Pero de cualquier forma Silver no dio tiempo a averiguarlo, y con la agilidad de un mono, dando un salto, se abalanzó sobre aquel cuerpo caído y en un segundo hundió por dos veces su cuchillo, hasta la empuñadura, en su carne. Desde mi escondite escuché los jadeos con que acompañó cada uno de aquellos golpes.

Nunca he sabido verdaderamente lo que es un desmayo, pero en aquella ocasión durante unos instantes el mundo se desvaneció para mí y todo empezó a darme vueltas como un carrousel en la niebla: Silver y los pájaros, y la alta silueta del Catalejo, todo giraba ante mis ojos como un mundo patas arriba y oía lejanas campanas mezcladas con voces retumbar en mis oídos.

Al volver en mí, aquel monstruo se había incorporado, llevaba la muleta bajo su brazo y se había calado el sombrero. A sus pies yacía Tom inmóvil sobre las matas; poco reparó en él su asesino, que se limitó a limpiar el cuchillo tinto en sangre con un manojo de hierbas. Nada había cambiado en el bosque: el sol continuaba brillando inexorable sobre la brumosa marisma y en la alta cumbre de la colina; apenas podía yo entender que allí se había cometido un asesinato y que una vida humana había sido cruelmente segada ante mis propios ojos.

En aquel momento John sacó de su bolsillo un silbato y lanzó al aire varios toques que atravesaron la espesura ardiente.

Yo no sabía qué podía significar aquella señal; pero volvió a despertar mis temores. Si llegaban más piratas, no tardarían mucho en descubrirme. Ya habían sacrificado a dos de los mejores; después de Tom y Alan, ¿acaso no sería yo el siguiente?

Salí de mi escondrijo y empecé a retroceder, arrastrándome tan deprisa y en silencio como pude, hacia la zona más despejada del bosque. Mientras huía, no dejé de escuchar los gritos de los piratas que se llamaban entre sí y los del viejo Silver, lo que me indicaba cuán cerca estaban, y el peligro me dio alas en mi huida. En cuanto me vi fuera del bosque, corrí como jamás en mi vida lo había hecho, sin atender qué dirección tomaba, ya que lo único que me importaba era alejarme de aquellos asesinos; y conforme corría también aumentaba mi miedo, hasta convertirse en una especie de histeria.

Me sentía perdido sin remedio. Cuando el cañonazo, que yo esperaba ya oír de un momento a otro, sonara, ¿tendría yo valor para bajar hasta los botes y regresar junto a aquellos malvados a los que imaginaba aún manchados de la sangre de sus víctimas? El primero que me encontrase ¿no me retorcería el cuello como a un pájaro? ¿No sospecharían ya algo debido a mi ausencia? Todo había terminado, pensé. ¡Adiós a la Hispaniola, adiós al squire, al doctor, al capitán! Sólo veía ante mí dos caminos: o morir de hambre en aquella isla o perecer a manos de los amotinados.

Mientras mi cabeza se perdía en estos pensamientos, yo no cesaba de correr, y, sin darme cuenta, me había acercado a la ladera de la colina de los dos picachos, en aquella parte de la isla donde las encinas crecían más espaciadas y sus troncos centenarios se parecían más a los árboles de las grandes selvas. Mezclados con ellas había algunos inmensos pinos, cuyas copas alcanzaban alturas de más de cincuenta y hasta setenta pies. El aire allí se sentía más fresco y puro que junto a la ciénaga.

Y fue allí donde vi algo que me heló la sangre en el corazón.

XV. El hombre de la isla

De repente, por la ladera de aquel monte, tan escarpada y pedregosa, oí caer unas piedras que rebotaron contra los árboles. Instintivamente me volví hacia aquel sitio y vi una extraña silueta que se ocultaba, con gran rapidez, tras el tronco de un pino. Lo que aquello pudiera ser, un oso, un mono, o hasta un hombre, no podía decirlo a ciencia cierta. Parecía una forma oscura y greñuda; es todo cuanto vi. Pero el terror ante esta nueva aparición me paralizó.

Me sentía acorralado; a mis espaldas, los asesinos, y ante mí, aquella cosa informe y que presentía al acecho. Me pareció, sin embargo, mejor enfrentarme a los peligros que ya conocía, que a ese otro ignorado. Hasta el propio Silver me resultaba ahora menos terrible que ese engendro de los bosques; así que, dando media vuelta y sin dejar de mirar a mis espaldas, empecé a retroceder en dirección a los botes.

Entonces vi de nuevo aquella figura, y vi que, dando un gran rodeo, pretendía sin duda cortarme el camino. Yo estaba totalmente exhausto; pero, aunque hubiera estado tan fresco como al levantarme de la cama, comprendí que no podía competir en velocidad con aquel adversario. Aquella criatura se deslizaba de un tronco a otro como un gamo, y, aunque corría como un ser humano, sobre dos piernas, era diferente a todos cuantos yo había visto, porque corría doblando la cintura. Entonces me fijé y vi que se trataba de un hombre.

Empecé a recordar tantas historias como había escuchado acerca de los caníbales. Y hasta estuve tentado de pedir socorro. Pero el hecho de que fuera un ser humano, por salvaje que fuese, me tranquilizó en cierta forma; y el miedo a Silver volvió a crecer en la misma medida. Me quedé, pues, parado, imaginando alguna manera de escapar, y, mientras meditaba, el recuerdo de la pistola, que conmigo llevaba, relampagueó en mi cabeza. Esa seguridad en mi defensa hizo crecer en mi corazón el valor, y me decidí a enfrentarme con aquel misterioso habitante, y con paso decidido eché a andar hacia él.

Estaba oculto tras otro árbol; pero debía espiar todos mis movimientos, porque, tan pronto como empecé a avanzar, salió de su escondite y se dirigió hacia mí. Luego vaciló un instante, pareció dudar, pero de nuevo avanzó, y finalmente, con gran asombro y confusión por mi parte, cayó de rodillas y extendió sus manos como en una súplica.

Yo me detuve.

—¿Quién eres? —le pregunté.

—Ben Gunn —respondió con una voz ronca y torpe, que me recordó el sonido de una cerradura herrumbrosa—. Soy el pobre Ben Gunn, sí, Ben Gunn; y hace tres años que no he hablado con un cristiano.

Me acerqué y pude comprobar que era un hombre de raza blanca, como yo, y que sus facciones hasta resultaban agradables. La piel, en las partes visibles de su cuerpo, estaba quemada por el sol; hasta sus labios estaban negros, y sus ojos azules producían la más extraña impresión en aquel rostro abrasado. Su estado andrajoso ganaba al del más miserable mendigo que yo hubiera visto o imaginara. Se había cubierto con jirones de lona vieja de algún barco y otros de paño marinero, y toda aquella extraordinaria colección de harapos se mantenía en su sitio mediante un variadísimo e incongruente sistema de ligaduras: botones de latón, palitos y lazos de arpillera. Alrededor de la cintura se ajustaba un viejo cinturón con hebilla de metal, que por cierto era el único elemento sólido de toda su indumentaria.

—¡Tres años! —exclamé—. ¿Es que naufragaste?

—No, compañero —dijo—. Me abandonaron.

Yo ya había oído esa terrible palabra, y sabía qué atroz castigo encerraba, muy usado por los piratas, que abandonaban al desgraciado en una isla desolada y lejana tan sólo provisto de un saquito de pólvora y algunas municiones.

—Me abandonaron hace tres años —continuó—, y he sobrevivido comiendo carne de cabra, moras y ostras. Un hombre tiene que vivir con lo que encuentre. Pero, ay, compañero, me muero de ganas de comer como los cristianos. ¿No llevarás encima aunque sólo sea un trozo de queso? ¿No? Llevo tantas noches soñando con queso, y una buena tostada, y cuando me despierto sigo aquí.

—Si alguna vez consigo regresar a bordo —le dije—, tendrás todo el queso que quieras, por arrobas.

Mientras yo hablaba, él palpaba la tela de mi casaca, me acarició las manos, miraba mis botas y no dejó de mostrar, durante todo el tiempo que estuvimos hablando, la más infantil de las alegrías por hallarse con otro ser humano. Pero al oír mis últimas palabras, se quedó perplejo, mirándome asombrado.

—¿Si consigues regresar a bordo? —repitió—. ¿Y quién puede impedírtelo?

—Ya sé que tú no —le contesté.

—Puedes estar seguro —exclamó—. Lo que tú… ¿Pero cómo te llamas, compañero?

—Jim —le dije.

—Jim, Jim —dijo encantado—. Pues bien, Jim, si supieras la vida tan desastrosa que he llevado, te avergonzarías. ¿Alguien podría decir al verme en este estado que mi madre era una santa?

—La verdad es que no —le contesté.

—Ah —dijo él—, pues lo era, tenía fama de muy piadosa. Y yo fui un chico honrado y piadoso, sabía el catecismo de memoria y podía repetirlo tan deprisa, que no se distinguía una palabra de otra. Y ya ves en que he caído, Jim. Empecé jugando al tejo en las losas de los cementerios, así es como empecé, pero luego hice cosas peores, y no obedecía a mi pobre madre, que me repetía sin cesar que iba por el camino de la perdición, y no se equivocó. Pero la Providencia me trajo a esta isla, para que en su soledad volviera a mi ser verdadero, y ahora soy un hombre piadoso y arrepentido. Ya nunca beberé ron… sólo un dedal, para darme buena suerte, en cuanto tenga a mano una barrica. He hecho voto de ser honrado, y además, Jim —y añadió bajando la voz—, … soy rico.

Imaginé que el pobre hombre se habría vuelto loco en aquella soledad y sin duda mi cara debió reflejar ese pensamiento, porque me repitió con vehemencia:

—¡Rico! ¡Rico! Y te diré además una cosa: voy a hacer un hombre de ti,

Jim. ¡Ah, Jim, vas a bendecir tu suerte, sí, por ser el primero que me ha encontrado!

Pero de pronto su semblante se ensombreció y, apretándome la mano que tenía entre las suyas, puso un dedo amenazador ante mis ojos.

—Ahora, Jim, dime la verdad: ¿No será ese el barco de Flint? —me preguntó.

Tuve en aquel instante una feliz inspiración. Pensé que podía encontrar en aquel hombre un aliado, y le contesté al punto:

—No es el barco de Flint. Flint ha muerto. Pero voy a contarte la historia, ¿no es eso lo que quieres? Algunos de los hombres de Flint van a bordo, por desgracia para los demás.

—¿No irá uno… uno con una sola… pierna? —dijo con voz entrecortada.

—¿Silver? —pregunté.

—¡Ah, Silver! —dijo él—. Así se llamaba.

—Es el cocinero; y el cabecilla, además.

Me tenía todavía cogido por la mano, y, al oír estas palabras, casi me retorció la muñeca.

—Si te hubiera enviado John «el Largo» —dijo—, no daría un penique por mi vida; pero tampoco por la tuya.

Resolvió que debía contarle toda la aventura de nuestro viaje y la situación en que nos encontrábamos. Me escuchó con vivo interés y, cuando terminé, me dio unas palmaditas en la cabeza, diciéndome:

—Eres un buen muchacho, Jim, y estáis todos metidos en un grave peligro, ¿entiendes? Pero confía en Ben Gunn; Ben Gunn es el hombre que necesitáis. ¿Crees tú que tu squire se mostrará como un hombre generoso si le ayudo…, si lo saco de este apuro, qué dices a eso?

Le contesté que el squire era el más generoso de los caballeros.

—Sí, pero… —dijo Ben Gunn—, no quiero decir darme un puesto de guardián y una librea nueva y cosas así; no es eso lo que quiero, Jim. Lo que te pregunto es esto: ¿crees tú que ese caballero llegaría a darme hasta mil libras…? Sería parte de un dinero que yo he tenido ya por mío.

—Seguro que aceptará —dije—. Ya había pensado dar una participación a todos.

—¿Y el viaje de regreso a Inglaterra? —preguntó con un aire graciosamente astuto.

—¡Sin duda! —exclamé—. El squire es todo un caballero. Y además, si nos libramos de los amotinados, necesitaremos de ti para gobernar la goleta hasta la patria.

—Ah —dijo—, eso es cierto. —Y pareció tranquilizarse—. Ahora voy a decirte una cosa más —continuó—. Yo navegaba con Flint cuando él enterró ese tesoro: él y seis hombres que trajo aquí, seis marineros de los más fuertes. Estuvieron en tierra cerca de una semana, y nosotros, entretanto, estábamos anclados en el viejo Walrus. Un día vimos izada la señal de regreso, y vimos aparecer a Flint, pero volvía solo en el bote, y traía la cabeza vendada con un pañuelo azul. El sol estaba levantándose y, cuando el bote se acercó, vimos a Flint, pálido como un muerto, remando. Allí estaba, imagínatelo, y los otros seis, muertos, muertos y enterrados. Cómo pudo hacerlo, nadie logró explicárselo a bordo. Los envenenó, luchó contra ellos, los asesinó a traición… Pero él solo pudo con los seis. Billy Bones era el segundo de a bordo y John «el Largo» el contramaestre, y los dos le preguntaron que dónde estaba el tesoro. «Ah», les respondió, «si queréis averiguarlo, podéis ir a tierra y hasta quedaros allí, pero yo zarparé ahora mismo, ¡por Satanás!, en busca de más oro». Eso les dijo. Tres años más tarde iba yo en otro barco y pasamos a la altura de esta isla. «Muchachos», les propuse, «ahí está el tesoro de Flint; vamos a desembarcar y a buscarlo». Al capitán no le gustó la idea, pero mis compañeros ya estaban resueltos y desembarcamos. Pasamos doce días enteros buscándolo, y cada día que pasaba crecía su rencor contra mí, hasta que una buena mañana decidieron regresar a bordo. «Y tú, Benjamín Gunn», me dijeron, «ahí te dejamos un mosquetón», y añadieron «y una pala y un pico. Quédate y, cuando encuentres el dinero de Flint, todo para ti». Pues bien, Jim, tres años llevo aquí desde aquel día, y sin probar un bocado de cristiano. Pero, mírame, dime: ¿te parece que tengo el aspecto de uno de esos piratas? No, y eso es porque nunca lo he sido. Ni lo soy.

Y al decir estas palabras, me guiñó un ojo y me dio un pellizco.

—Dile a tu squire precisamente eso, Jim —me insistió—: Ni lo fui ni lo soy. Repítele esas palabras. Y recuerda decirle: Durante tres años él ha sido el único habitante de la isla, con sus días y sus noches, con sus soles y sus lluvias; unas veces pasaba el tiempo rezando (dile eso) y otras acordándose de su pobre madre, que ojalá aún viva (no te olvides de decirle eso). Pero que la mayor parte del tiempo la ha pasado Gunn ocupado (esto es muy importante que se lo digas) con otro asunto. Y entonces le das un pellizco, como éste.

Y volvió a pellizcarme mientras me hacía un gesto de complicidad.

—Después —siguió—, después te detienes y le dices esto: Gunn es un buen hombre (repíteselo) y pone toda su confianza del mundo, toda la confianza del mundo, no olvides machacarle esto, en un caballero de nacimiento, y no en esos otros caballeros de fortuna, y eso que él fue uno de ellos.

—Bueno —le dije—, no entiendo ni una palabra de lo que me has dicho. Pero eso no hace al caso, pues aún no sé cómo voy a arreglármelas para volver al barco.

—Ah —dijo él—, ahí está el apuro, sin duda. Y ahí tienes un bote que yo construí con estas manos, está debajo de la peña blanca. En el peor de los casos podemos intentarlo cuando oscurezca. ¡Pero escucha! —dijo de pronto, sobresaltado—, ¿qué es eso?

Porque en aquel momento, aunque aún faltaba una o dos horas para la puesta del sol, la isla entera se estremeció con el estruendo de un cañonazo.

—¡Ha empezado la lucha! —grité—. ¡Sígueme!

Y eché a correr hacia el fondeadero, olvidando todos mis pasados temores, y junto a mí el hombre de la isla, al viento una piel de cabra con la que se había abrigado, corría con la agilidad de un animal.

—¡A la izquierda! ¡A la izquierda! —me decía—. ¡Siempre a la izquierda, compañero Jim! ¡Metámonos bajo esos árboles! Ahí maté yo mi primera cabra. Ya hace tiempo que no bajan por aquí; prefieren refugiarse en los masteleros, porque temen a Benjamín Gunn. ¡Ah! Y eso es el cementerio —y creo que lo dijo con cierta intención—. ¿Ves esos túmulos? Son sepulturas. Aquí vengo de vez en cuando a rezar, cuando supongo que debe ser domingo o que le ronda cerca. No es que sea una iglesia, pero rezar aquí parece más solemne; y además, y diles también esto, Ben Gunn ha tenido que apañárselas como ha podido, sin capellán, ni Biblia, ni una bandera, díselo así.

Y continuó hablando mientras yo corría, sin esperar ni recibir una respuesta.

Había ya pasado un buen rato desde que escuchamos el cañonazo, cuando oímos resonar una descarga de fusilería. Seguimos corriendo y, de pronto, a menos de un cuarto de milla frente a nosotros, vi la Union Jack ondeando al aire sobre el bosque.

PARTE CUARTA: LA EMPALIZADA

Narración continuada por el doctor:

XVI. Cómo abandonamos el barco

Sería la una y media —los tres toques del mar— cuando dos chinchorros fueron arriados desde la Hispaniola y algunos marineros se dirigieron a tierra. El capitán, el squire y yo volvimos al camarote y continuamos deliberando sobre los acontecimientos. Si el viento hubiera estado a nuestro favor, no habríamos dudado en deshacernos de los seis amotinados que permanecían a bordo y zarpar. Pero no corría ni la menor brisa y, para completar nuestras cuitas, Hunter nos comunicó que Jim Hawkins había saltado a uno de los botes y estaba en la isla con los demás.

Ni por un instante se nos ocurrió dudar de la lealtad de Jim Hawkins, pero sentimos una profunda preocupación por su seguridad. Conociendo la determinación de los marineros, creímos tener pocas esperanzas de ver de nuevo al muchacho. Preocupados, subimos a cubierta: la brea hervía en las ensambladuras de los tablones; el olor insano de aquel fondeadero me revolvió el estómago —se respiraba la fiebre, la disentería—; vimos a los seis bribones que andaban de conciliábulo sentados a la sombra de una vela en el castillo de proa. Allá en tierra se divisaban los dos botes amarrados y un marinero en cada uno, en la desembocadura del riachuelo. Uno de los forajidos silbaba la vieja canción «Lilibulero».

La espera destrozaba nuestros nervios, por lo que decidimos que Hunter y yo nos acercáramos a tierra en otro chinchorro en busca de noticias. Los botes se habían dirigido hacia la derecha, pero nosotros remamos en línea recta, hacia la empalizada que el mapa señalaba. Cuando nos vieron aparecer los dos que estaban de guardia en los botes, se sobresaltaron; dejé de oír la canción, y me di cuenta de que discutían qué hacer con nosotros. De haber ido alguno de ellos a avisar a Silver, seguramente hubiésemos podido tomarles delantera, pero probablemente habían recibido órdenes de permanecer en su puesto; de nuevo escuché la vieja canción.

La costa presentaba un pequeño saliente rocoso y yo maniobré de forma que sirviera para ocultarnos de ellos, por lo que incluso antes de desembarcar ya los habíamos perdido de vista. Salté a tierra y empecé a caminar rápidamente, aunque con prudencia; hacía tanto calor, que me protegí la cabeza con un pañuelo de seda; también portaba dos pistolas cargadas para mi defensa. No había caminado ni cien yardas, cuando me encontré con la empalizada.

Estaba levantada en la cima de una gran duna aprovechando que allí manaba un pequeño manantial, al que se había dejado dentro del recinto junto a una especie de fuerte construido con troncos, y capaz de albergar, en caso de necesidad, lo menos cuarenta hombres; se veían aspilleras practicadas en los cuatro lados, lo que garantizaba una defensa de mosquetería. Alrededor se había rozado un espacio considerable y la obra se cerraba con una empalizada de seis pies de altura, lo suficientemente sólida como para resistir cualquier ataque y, por otra parte, hábilmente levantada con separaciones que impedían el ocultamiento de los asaltantes. Sin duda los que disparasen desde el fuerte tendrían a su merced a los que atacaran; casi como cazadores que disparasen contra perdices. Ni un regimiento hubiera podido tomar aquel fortín, si los defensores estaban alerta y con suficientes provisiones. Consideré sobre todo la importancia de contar con un manantial en el mismo fortín, porque, si bien en la Hispaniola gozábamos de buen alojamiento, abundancia de armas y municiones, y víveres suficientes, amén de nuestros buenos vinos, algo había sido descuidado: no teníamos agua. Meditaba sobre ello cuando hasta mí llegó, como si resonara sobre toda la isla, un espeluznante grito de agonía. La muerte violenta no era algo a lo que yo no estuviera acostumbrado —pues serví con Su Alteza el Duque de Cumberland, y mi cuerpo muestra una cicatriz consecuencia de Fontenoy—, pero debo confesar que mi corazón se detuvo y de pronto empezó a latir sin medida. Pensé que Jim Hawkins había muerto. Haber sido un viejo soldado me sirvió en ese instante, pero aún más mi dedicación a la medicina, pues exige reacciones inmediatas; y esta educación me hizo decidir al instante, y sin pérdida de tiempo corrí hacia la playa y salté a bordo del chinchorro.

Afortunadamente, Hunter era un buen remero y parecía que volábamos sobre las aguas; pronto amarramos al costado de la goleta, y subí a bordo.

Todos estaban allí sobresaltados, lógicamente. El squire, pálido como un papel, aguardaba sentado, imagino que considerándose culpable de habernos arrastrado a aquella situación. En el alcázar uno de los marineros no demostraba mejor humor.

—Fijaos en ese marinero —me dijo el capitán Smollett señalándolo con disimulo—. Es novato. Cuando escuchó ese grito terrible, estuvo a punto de desmayarse. Creo que bastaría orientar su miedo para que se pasara a nuestras filas.

Comuniqué al capitán mi criterio de fortificarnos en la empalizada, y entre los dos convinimos los detalles para llevarlo a cabo. Apostamos entonces al viejo Redruth en el pasillo entre el camarote y el castillo de proa, con tres o cuatro mosquetes cargados y una colchoneta como protección. Hunter situó el chinchorro en la portañuela de popa, y Joyce y yo lo pertrechamos con sacos de pólvora, mosquetes, cajas de galleta, barricas de salazón de cerdo, un tonel de brandy y mi inapreciable botiquín.

Entre tanto, el squire y el capitán permanecían en cubierta; este último llamó al timonel, que obviamente era el jefe de los amotinados a bordo.

—Señor Hands —le dijo, apuntándolo con sus pistolas—, el señor Trelawney y yo estamos decididos a disparar sobre usted. Al menor movimiento por parte de cualquiera de los suyos, es usted hombre muerto.

Los forajidos se quedaron desconcertados, y después de una breve consulta empezaron a bajar uno a uno por la escalera de rancho, seguramente pensando en sorprendernos de alguna manera por la espalda. Pero allí se encontraron con Redruth en el pasadizo, y no tuvieron otra salida que dar la vuelta y regresar a cubierta, donde comenzaron a asomar cautelosamente sus cabezas.

—¡Abajo, perros! —gritó el capitán.

Volvieron a ocultarse, y por el momento ninguno de aquellos marineros, tan poco animosos, continuó inquietándonos.

El chinchorro estaba ya dispuesto, tan cargado como nuestra temeridad permitía, y Joyce y yo subimos a él, desde la portañuela de popa, y remamos hacia la costa tan deprisa como nos permitieron las circunstancias.

Este segundo viaje despertó ya claramente las sospechas de los dos bandidos que vigilaban en la playa. Una vez más dejé de oír sus silbidos, y, antes de perdernos de su vista tras el saliente, pude asegurarme de que uno de ellos saltaba del bote y desaparecía en la maleza. Me dieron ganas de cambiar mi plan y aprovechar para destruir los botes, pero temí que Silver y los otros estuvieran muy cerca, y no podía arriesgar todo por tan poco.

Pronto atracamos en el mismo lugar que la primera vez, y nos dedicamos a aprovisionar el fortín. Trasladamos los pertrechos que pudimos hasta la empalizada, y dejando allí a Joyce de vigilancia —que, aunque fuera sólo un hombre, disponía de media docena de mosquetes—, Hunter y yo volvimos al chinchorro a por más provisiones. No terminó nuestra faena hasta que todo estuvo almacenado, y entonces los dos criados del squire ocuparon posiciones en el fortín y yo regresé, remando con todas mis fuerzas, a la Hispaniola.

Trasladar un segundo cargamento puede parecer más osadía de la que en verdad representaba, porque, si los piratas tenían sin duda la ventaja de su número, nuestras eran las armas. Ninguno de los que permanecían en tierra tenía mosquete y, antes de que pudieran acercársenos a tiro de pistola, ya habríamos dado buena cuenta de media docena, al menos.

El squire me aguardaba en la portañuela, sin demostrar su pasada debilidad. Fijó la amarra y me ayudó a cargar nuevamente el botecillo con la presteza de quien se juega en ello la vida. Más carne de cerdo, más pólvora y galleta, y un mosquete y un machete para cada uno de nosotros, el squire, el capitán, Redruth y yo. El resto de las armas y de la pólvora lo arrojamos al mar, y, dado el poco calado y la claridad de las aguas, podíamos ver en el fondo el brillo del acero sobre la arena.

Empezaba ya a bajar la marea y el barco a derivar suavemente en torno al ancla. Escuchamos voces lejanas en dirección de los dos botes, y aunque ello nos tranquilizó pensando en Joyce y en Hunter, que estaban más hacia el este, también nos advertía que no podíamos perder un minuto en zarpar.

Redruth fue retrocediendo desde su parapeto y se descolgó hasta el chinchorro; dimos entonces una vuelta para recoger al capitán en la escalerilla de babor.

Antes de partir, el capitán Smollett se dirigió a los amotinados, que aún permanecían escondidos en el castillo de proa:

—¡Eh, vosotros! ¿Me oís?

Pero no escuchamos respuesta alguna.

—¡Gray! —llamó el señor Smollett, en un último intento—. Voy a abandonar el barco, y te ordeno que sigas a tu capitán. Sé que en el fondo eres un buen hombre, y hasta diría que ninguno de vosotros está definitivamente perdido. Tengo el reloj en la mano; te doy treinta segundos para que me obedezcas.

Hubo un silencio.

—¡Ven conmigo, muchacho! —insistió el capitán—, rompe amarras. No puedo esperar más, cada segundo que pasa arriesgo mi vida y la de estos caballeros.

Entonces escuchamos un repentino estrépito, como de lucha, y vimos a Abraham Gray surgir como un rayo, con una cuchillada en el rostro, y correr hacia el capitán, junto al que se situó como un perro que acude al silbido de su amo.

—Estoy con usted, señor —dijo.

Inmediatamente el capitán y él embarcaron con nosotros y empezamos a remar.

Habíamos conseguido salir salvos del barco, pero aún teníamos que alcanzar la empalizada.

XVII. El último viaje del chinchorro

El tercer viaje del chinchorro fue totalmente distinto de los anteriores. En primer lugar, la frágil embarcación había sido cargada con exceso. Con cinco hombres —de los cuales, tres, Trelawney, Redruth y el capitán, eran hombres corpulentos— ya hubiera sufrido quizá demasiado peso. Y si a ello añadimos la pólvora, las barricas de salazón y los sacos de galleta, es fácil imaginarse que por la popa el mar estaba a ras de la borda, lo que ocasionó que más de una vez embarcásemos agua y que mi calzón y los faldones de mi casaca estuvieran empapados antes de avanzar ni cien yardas.

El capitán nos distribuyó en diversas formas para equilibrar el bote, y algo logramos, pero teníamos miedo hasta de respirar. Como además la marea ya bajaba con fuerza, formando una corriente que arrastraba hacia el oeste a través de la ensenada y luego hacia el sur, hacia alta mar, iba alejándonos del canal que habíamos utilizado por la mañana. Hasta las más pequeñas olas representaban un peligro para nosotros en aquellas condiciones; pero lo peor era luchar contra la corriente, porque no había manera de conservar el rumbo hacia nuestro punto de atraque protegido por el saliente rocoso. Estábamos derivando peligrosamente hacia el lugar donde precisamente habían amarrado sus botes los piratas, y éstos podían aparecer en cualquier momento.

—No puedo mantener el rumbo, es imposible —le dije al capitán, pues era yo quien gobernaba, mientras Smollett y Redruth, más descansados, se afanaban en los remos—. La marea es fuerte y nos desvía —le expliqué—. Hay que remar con más fuerza.

—No podemos, sin correr el riesgo de inundar el chinchorro —contestó el capitán—. ¡Mantened el rumbo, contra corriente, mantenedlo cuanto sea posible!

Lo intenté, pero mi experiencia me aseguraba que la marea nos arrastraría violentamente, y no pudimos evitar que el botecillo derrotara hacia el este, es decir, casi en ángulo recto con el rumbo que debíamos seguir.

—Así nunca conseguiremos llegar —dije.

—No podemos seguir otro rumbo —contestó el capitán—. Hay que luchar contra la corriente. Fijaos —continuó—, si derivamos a sotavento de nuestro punto de destino, es difícil saber dónde atracaremos, y, además, vamos a quedar expuestos a que los amotinados nos aborden, mientras que con este rumbo llegará un punto en que la marea amaine, y entonces podremos regresar costeando.

—La corriente empieza a ceder, señor —dijo el marinero Gray, que iba encaramado a la proa—. Ya no es preciso retener tanto el timón.

—Bien, muchacho —le dije, y le hablé como si nada hubiera ocurrido, como si desde el principio hubiera sido leal, que era lo que habíamos decidido el capitán y yo.

De pronto, el señor Smollett pareció recordar algo importantísimo, y exclamó con voz alterada:

—¡El cañón!

—Ya había pensado en ello —contesté yo, relacionándolo con un posible bombardeo del fortín—. Pero nunca podrán llevar el cañón a tierra, y si lo hacen, no es fácil arrastrarlo a través de la maleza.

—Mirad a popa —me indicó el capitán.

Nos habíamos olvidado por completo de la pieza larga del nueve; y vi con espanto cómo los cinco facinerosos que quedaban a bordo se afanaban en torno a ella, quitándole la «chaqueta», como llamaban a la lona embreada que la protegía. Y recordé entonces que también habíamos olvidado en la goleta las granadas del cañón y los detonantes, y que bastaría con que dieran con los pertrechos para que los amotinados se hicieran dueños de todo.

—Israel era el artillero de Flint —dijo Gray con voz ronca.

Arriesgándolo entonces todo, enfilamos decididos hacia el desembarcadero. La corriente había amainado lo suficiente como para que pudiéramos gobernar el chinchorro sin demasiados problemas, pero, en la deriva a que nos había arrastrado, navegábamos ahora, además de con cierta lentitud, con un rumbo que nos presentaba de costado la Hispaniola, en lugar de popa, con lo que ofrecíamos mejor blanco que la puerta de un corral.

Desde nuestra posición podía ver y oír a aquel bribón aguardentoso de Israel Hands, que hacía rodar una gruesa granada por cubierta.

—¿Quién es aquí el mejor tirador? —preguntó el capitán.

—El señor Trelawney, sin duda —dije yo.

—Señor Trelawney —dijo entonces el capitán—, ¿tendríais la amabilidad de quitar de en medio a uno de esos perros levantiscos…, a Hands, si os fuera posible?

Trelawney, impávido, frío como el acero, cebó su mosquete.

—Tened cuidado —dijo el capitán— al disparar, no vayamos a zozobrar. Atención todos para asegurar el chinchorro cuando el señor Trelawney apunte.

El squire levantó su arma, cesamos de remar y nos situamos en posición de hacer de contrapeso; he de decir que ni una gota de agua penetró en nuestro bote.

Los amotinados, entre tanto, habían girado la cureña y ahora trataban de apuntar hacia nosotros; Hands, que estaba junto a la boca del cañón con el atacador, era sin duda el mejor expuesto. Pero nos falló la suerte, porque, en el mismo instante de disparar el squire. Hands se agachó y la bala, que rozó su cabeza, alcanzó a otro de sus compinches.

Al caer éste, dio un grito que no sólo puso en movimiento a sus compañeros a bordo, sino que alertó a los que estaban en tierra, y mirando hacia la playa pude ver a los piratas salir en tropel por entre los árboles para ocupar sin pérdida de tiempo sus puestos en los botes.

—Mirad esos botes, señor —le dije al capitán.

—¡Avante! —ordenó él entonces—, olvidad toda precaución. Si nos vamos a pique, tanto peor.

—Sólo veo acercarse uno de los botes —le indiqué—; los otros marineros seguramente estarán tomando posiciones en tierra.

—Buena carrera habrán de darse —repuso el capitán—, y ya sabéis lo que es un Jack en tierra. No me preocupan demasiado. Me alarma más ese cañón. Cómo hemos podido olvidar deshacernos de las granadas. La doncella de mi esposa sería capaz de acertar en el tiro. Señor Trelawney, estad atento y, si veis que encienden la mecha, advertidnos para que aguantemos sobre los remos.

Con todos estos acontecimientos habíamos avanzado un trecho muy considerable, a pesar de ir sobrecargados. No nos faltaba mucho para arribar, con treinta o cuarenta bogadas más atracaríamos; el reflujo había descubierto ya una estrecha restinga bajo los árboles, que se amontonaban en la orilla. Y tampoco sentíamos excesivo temor por el bote que nos perseguía, porque el promontorio nos ocultaba a sus ojos. La corriente que tanto nos había perjudicado, nos compensaba ahora retrasando a nuestros enemigos. Pero el cañón era un peligro del que aún no nos habíamos librado.

—Me entran tentaciones, aunque signifique perder un poco de tiempo, de detenernos y quitar de en medio a otro de esos bandidos —dijo el capitán.

Porque era evidente que éstos no estaban dispuestos a retrasar otra andanada. Ni siquiera habían atendido a su compañero herido, al que veíamos tratando de alejarse a rastras.

—¡Preparados! —gritó el squire.

—¡Aguantad! —ordenó el capitán, presto como un eco.

Y él y Redruth aguantaron los remos con tal esfuerzo, que la popa del chinchorro se hundió bajo las aguas. En ese instante retumbó el cañonazo. Fue —como más tarde supe— el que Jim escuchó, ya que el disparo del squire no llegó a sus oídos. La bala pasó sobre nuestras cabezas, supongo, aunque ninguno puede decirlo, pero el aire que desplazó seguramente contribuyó para que zozobrásemos.

El chinchorro empezó a hundirse por la popa. La profundidad era sólo de tres pies, y, aunque algunos cayeron de cabeza al mar, pronto se levantaron, empapados; el capitán y yo permanecimos de pie, enfrente uno del otro.

No sufrimos grandes daños. Nos habíamos salvado y pudimos vadear hasta la costa sin ningún peligro. Pero todos nuestros pertrechos quedaron inutilizados en el agua, y hasta de los cinco mosquetes sólo dos estaban aún en condiciones de ser utilizados. Agarré el mío antes de caer al mar y lo alcé sobre mi cabeza como por una especie de instinto. El capitán llevaba el suyo colgado al hombro y prudentemente con el cañón hacia arriba. Pero los demás quedaron en el fondo.

Para aumentar nuestra confusión, escuchamos voces que se acercaban por el bosquecillo que bordeaba la ribera; lo que aumentó nuestros temores, no ya tan sólo porque nos cortasen el camino hacia la empalizada, y en la indefensión en que nos hallábamos, sino considerando que Hunter y Joyce, de ser atacados por media docena siquiera, no tuvieran el buen sentido y la decisión suficiente para resistir. Que Hunter era hombre firme, nos constaba; pero Joyce era dudoso, pues, si bien se trataba de alguien de buena disposición como criado, la capacitación de hombre de armas no era la misma que para cepillar la ropa.

Con todas estas cavilaciones por fin logramos alcanzar la costa. Pero atrás quedaba nuestro pobre chinchorro y con él la mitad de nuestras municiones y avituallamiento.

XVIII. Cómo terminó nuestro primer día de lucha

A toda velocidad nos lanzamos a través del bosque tras el cual estaba la empalizada, y a cada paso nos parecía escuchar más cerca aún las voces de los bucaneros. Pronto oímos el crujir de las ramas bajo sus pisadas, lo que indicaba cuán cerca estaban ya de nosotros.

Consideré que nos veríamos obligados a hacerles frente antes de poder llegar al fortín, y cebé mi mosquete.

—Capitán —dije—, Trelawney es el mejor tirador. Déjele su arma, porque la suya no puede utilizarse.

Cambiaron las armas, y Trelawney, silencioso y sereno como lo había estado desde el comienzo de los incidentes, se detuvo para comprobar que el mosquete se hallaba dispuesto. Me di cuenta también de que Gray se encontraba desarmado, y le di mi machete. A todos se nos alegró el corazón al verlo escupir sobre su palma, fruncir el gesto y dar unas cuchilladas al aire. Su aire fiero nos confortó, pues indicaba que nuestro nuevo aliado no era un refuerzo despreciable.

Anduvimos unos cuarenta pasos y salimos del bosque, y allí pudimos contemplar la empalizada delante de nuestros ojos. Nos acercamos al fortín por el lado sur, y casi al mismo instante siete de aquellos forajidos, con Job

Anderson, el contramaestre, a su cabeza, se abalanzaron contra nosotros desde el suroeste con gran algazara.

Se detuvieron al vernos armados, y, aprovechando ese momento de indecisión, el squire y yo disparamos sobre ellos, y a nuestro fuego se unió, desde el fortín, la descarga de Hunter y de Joyce. Los cuatro disparos fueron graneados, pero lograron su efecto: uno de los bandidos cayó allí mismo y los demás, sin detenerse a pensarlo, dieron vuelta y se internaron bajo la protección de los árboles. Cargamos de nuevo las armas y salimos al campo para comprobar la muerte de aquel bribón; no cabía duda: un disparo le había atravesado el corazón. Pero poco duró nuestro regocijo, porque, mientras permanecíamos en aquel descubierto, de pronto sonó un tiro de pistola, sentí pasar la bala junto a mi oído, y el pobre Tom Redruth cayó cuan largo era dando un extraño salto. El squire y yo devolvimos el disparo, pero, como no pudimos apuntar a bulto alguno, no hicimos más que desperdiciar la pólvora. Cargamos otra vez y atendimos al pobre Tom.

El capitán y Gray estaban examinándolo, y bastó una mirada para darnos cuenta de que no tenía remedio.

Me figuro que la presteza con que respondimos al disparo dispersó a los amotinados, porque durante un rato no volvieron a molestarnos, lo que aprovechamos para llevar al malogrado Redruth, que no cesaba de sangrar y dar ayes, tras la empalizada y recostarlo en el interior del fortín de troncos.

Pobre viejo, ni una palabra, ni una queja había salido de sus labios desde que empezaron nuestras desventuras, ni una expresión de temor, ni tampoco de asentimiento. Ahora esperaba su muerte tendido en aquel fortín. Había resistido como un troyano en su puesto tras el colchón en la goleta; había cumplido todas las órdenes en silencio, casi tercamente, y bien. Era el mayor de todos nosotros, lo menos veinte años. Y precisamente fue a aquel hombre, sombrío, viejo y abnegado criado, a quien le tocó morir.

El squire cayó de rodillas junto a él y le besó la mano llorando como un niño.

—¿Me estoy muriendo, doctor? —me preguntó.

—Tom, amigo —le dije—, te vas a donde iremos todos.

—Me hubiera gustado llevarme a uno al menos por delante —murmuró.

—Tom —dijo el squire—, di que me perdonas.

—Eso no sería respetuoso de mi parte, señor —contestó—. Pero si así lo deseáis, que así sea, ¡amén!

Hubo un corto silencio, y después nos pidió que alguien leyera una oración.

—Es la costumbre, señor —dijo, como disculpándose. Y sin añadir palabra expiró.

Mientras tanto el capitán Smollett, al que me había parecido ver singularmente abultado, empezó a sacar de su pecho y bolsillos una gran variedad de objetos: la bandera con los colores de Inglaterra, una Biblia, un largo trozo de cuerda, pluma, tinta, el cuaderno de bitácora y varias libras de tabaco. Aseguró en una esquina del fortín un tronco fino que había encontrado, y con ayuda de Hunter subióse al tejado y con sus propias manos izó y desplegó nuestra bandera.

Esto pareció reconfortarlo enormemente. Volvió a entrar en el fuerte y se puso a inventariar las provisiones, como si aquello fuera lo único que le importaba. Sin embargo no había dejado de seguir con emoción la muerte de Tom; y cuando llegó su fin, se acercó con otra bandera y la extendió sobre su cuerpo, haciendo su gesto de marcial reverencia.

—No os acongojéis, señor —le dijo al squire—. Ha muerto como corresponde a un marino, cumpliendo su deber para con su capitán y armador; ahora está en buenas manos. Como debe ser.

Después de estas palabras, el capitán me llevó aparte.

—Doctor Livesey —me dijo—, ¿en cuántas semanas espera el squire el barco de socorro?

Le dije que era cuestión quizá de meses, más que semanas; que Blandly enviaría a buscarnos en caso de no haber regresado para finales de agosto, pero no antes.

—Eche usted mismo la cuenta —le dije.

—Es el caso —contestó el capitán, rascándose la cabeza— que, aun contando con los inestimables bienes de la Providencia, estamos en un verdadero apuro.

—¿Qué quiere usted decir? —pregunté.

—Que es una lástima que hayamos perdido aquel segundo cargamento; eso quiero decir —replicó el capitán—. Podemos resistir con la munición y la pólvora de que disponemos. Pero las raciones van a ser muy escasas, demasiado escasas, doctor Livesey; tanto, que quizá sea mejor no tener que contar con otra boca.

Y señaló el cuerpo muerto que cubría la bandera.

En aquel momento se produjo una explosión y una bala de cañón silbó sobre el fortín para perderse en la lejanía del bosque.

—¡Y bien! —exclamó el capitán—. ¡Se lucen! ¡Y no tenéis tanta pólvora como para desperdiciarla, bribones!

Un segundo disparo dio prueba de que la puntería mejoraba y el proyectil cayó dentro de la empalizada, levantando una nube de arena, pero sin otros daños.

—Capitán —dijo el squire—, el fortín no es visible desde el barco. Debe ser la bandera la que les indica el objetivo. ¿No deberíamos arriarla?

—¡Arriar mi bandera! —rugió el capitán—. ¡No, señor; no haré tal cosa! —y bastó que pronunciase esas palabras para que todos nos diéramos cuenta de que sentíamos lo mismo que él. Porque aquellos colores no eran solamente el símbolo de la nobleza y recio espíritu propios de un marino, sino que además proclamaban a nuestros enemigos nuestro desprecio por su bombardeo.

A lo largo del atardecer siguieron cañoneándonos. Una bala tras otra se enterraron en la arena, porque debían elevar tanto el ángulo de tiro, que dar en el blanco era casi imposible para ellos, y las andanadas caían o largas o cortas, y tampoco los rebotes significaban un verdadero peligro para nosotros; sólo una bala atravesó el techo, pero no causó daños, y no tardamos en habituarnos a aquella especie de juego salvaje hasta no darle más importancia que a un golpe de cricket.

—Después de todo hay una cosa buena —observó el capitán—; probablemente habrán despejado el bosque, y pienso que la marea debe haber bajado ya lo suficiente para que nuestros pertrechos hayan quedado en superficie. Pido voluntarios para ir a recoger la cecina.

Gray y Hunter se ofrecieron los primeros. Bien armados se deslizaron fuera de la empalizada; pero la expedición no tuvo éxito, porque los sediciosos habían pensado lo mismo, quizá porque confiaban en la puntería de Israel, y cuatro o cinco de ellos estaban ya ocupados en hacerse con nuestras provisiones cargándolas en uno de los botes que se hallaba cerca de la orilla, lo que no era tarea fácil, porque la corriente era fuerte en ese momento. Allí estaba Silver, sentado en popa, dando órdenes; y lo más inquietante: cada uno de los piratas portaba un mosquete que ignorábamos de qué secreta armería procedían.

El capitán se sentó con el cuaderno de bitácora ante él y empezó a escribir:

Alexander Smollett, capitán; David Livesey, médico de a bordo; Abraham Gray, calafate; John Trelawney, armador; John Hunter y Richard Joyce, sirvientes del armador: únicos supervivientes (de los que permanecieron fieles en la dotación del barco), con provisiones para diez días a media ración, han desembarcado en este día e izado la bandera británica en el fortín de la Isla del Tesoro. Thomas Redruth, criado del armador, ha sido muerto por un disparo de los amotinados; James Hawkins, el grumete…

Y precisamente, cuando estaba yo meditando sobre la suerte del pobre Jim Hawkins, escuchamos una voz más allá de la empalizada.

—Alguien nos llama —dijo Hunter, que estaba de guardia.

—¡Doctor! ¡Squire! ¡Capitán! ¿Eh, Hunter, eres tú? —se oyó gritar.

Corrí entonces hacia la puerta, y allí pude ver, sano y salvo, a Jim Hawkins, que trepaba por la empalizada.

Reanuda la narración Jim Hawkins:
XIX. La guarnición de la empalizada

Tan pronto como Ben Gunn vio ondear la bandera, se detuvo en seco y me tomó por el brazo.

—Mira —dijo—, son tus amigos, sin duda son ellos.

—Quizá sean los amotinados —le contesté.

—Nunca —exclamó—. Si así fuera, en un lugar como éste, donde solamente puede haber caballeros de fortuna, Silver hubiera izado la Jolly Roger, no te quepa duda. No, ésos son los tuyos. Y deben haber combatido, y además no creo que hayan llevado la peor parte. Se habrán refugiado en la vieja empalizada de Flint; la levantó hace ya años y años. ¡Ah, Flint sí que era un hombre con cabeza! Quitando el ron, nunca se vio quien pudiera estar a su altura. No temía a nadie, no sabía lo que era el miedo… Sólo a Silver; ya puedes imaginarte cómo es Silver.

—Sí —contesté—, quizá tengas razón; ojalá. Razón de más para darme prisa y unirme a mis amigos.

—No, compañero —replicó Ben—, espera. Tú eres un buen muchacho, no me engaño; pero eres un mozalbete solamente, después de todo. Escucha: Ben Gunn se larga. Ni por ron me metería ahí dentro contigo, no, ni siquiera por ron, antes tengo que ver a tu caballero de nacimiento comprometerse con su palabra de honor. No olvides repetirle mis palabras: «Toda la confianza (debes decirle esto), toda la confianza del mundo»; y entonces le pellizcas, así.

Y me pellizcó por tercera vez con el mismo aire de complicidad.

—Y cuando se necesite a Ben Gunn, tú ya sabes dónde encontrarlo, Jim. En el mismo sitio donde hoy me has encontrado. Y el que venga a buscarme que traiga algo blanco en la mano y que venga solo. ¡Ah! Y debes decirles:

«Ben Gunn», diles eso, «tiene sus razones».

—Bueno —le dije—, creo que te entiendo. Quieres proponer algo y quieres ver al squire o al doctor, y ellos podrán encontrarte en el lugar que yo te encontré. ¿Es eso todo?

—¿Y cuándo?, te preguntarás tú —me dijo—. Pues desde mediodía hasta los seis toques.

—Muy bien —le contesté—. ¿Puedo irme ahora?

—¿No se te olvidará? —me preguntó con ansiedad—. «Toda la confianza del mundo» y «él tiene sus razones», debes decirles eso. Razones propias; ése es el punto crucial: de hombre a hombre. Y bien, ya puedes irte —dijo, aunque seguía reteniéndome por el brazo—. Pero escucha, Jim, si fueras a encontrarte con Silver… ¿no venderías a Ben Gunn? ¿Ni aunque te torturasen en el potro? No, ¿verdad? Y si esos piratas acampan aquí, Jim, ¿qué dirías tú, si hubiera viudas por la mañana?

Sus palabras fueron interrumpidas por una fuerte detonación, y una bala de cañón quemó las copas de los árboles y se hundió en la arena a menos de cien yardas de donde estábamos. Un minuto después cada uno corríamos en distintas direcciones.

Durante más de una hora las detonaciones estremecieron la isla y los cañonazos continuaron arrasando la espesura. Yo fui de un escondrijo a otro, perseguido siempre, o al menos así me lo parecía, por aquellas descargas. Al final creo que hasta llegué a recobrar el ánimo, aunque aún no me atrevía a dirigirme a la empalizada, porque allí los disparos podían alcanzarme más fácilmente. Así que decidí dar un gran rodeo hacia el este y acercarme a la costa por entre el arbolado.

El sol acababa de ponerse y la brisa del mar agitaba los árboles y rizaba la superficie grisácea del fondeadero; la marea había bajado y dejaba al descubierto grandes zonas arenosas; el fresco de la noche, después de un día tan caluroso, penetraba a través de mis ropas.

La Hispaniola seguía fondeada en el mismo punto, pero en la pena de la cangreja ondeaba la Jolly Roger —la negra enseña de la piratería—. De pronto vi que se iluminaba con un rojo fogonazo y la detonación fue contestada por todos los ecos y otra andanada silbó en el aire. Fue la última.

Durante algún tiempo permanecí oculto, observando los movimientos que siguieron al ataque. En la orilla, no lejos de la empalizada, vi cómo empezaban a romper a hachazos el bote pequeño. A lo lejos, junto a la desembocadura del riachuelo, una enorme hoguera brillaba entre los árboles, y desde la playa iba y venía a la goleta uno de los botes con aquellos marineros que yo había visto tan ceñudos a bordo y que ahora remaban cantando al compás de sus bogadas, como chiquillos, aunque en sus voces se percibía la euforia del ron.

Por fin creía que era el momento de intentar alcanzar la empalizada. Estaba a bastante distancia de ella, en la franja arenosa que cierra el fondeadero por el este y que con la bajamar hace camino hacia la Isla del Esqueleto; al ponerme en pie, me pareció ver, en la parte más lejana de la franja de arena, entre unos matorrales, una roca solitaria, lo suficientemente grande y de un raro color blancuzco, que me hizo pensar en la roca blanca de que me hablara Ben Gunn y junto a la que se encontraba el bote que quizá algún día pudiera necesitar.

Fui bordeando el bosque hasta penetrar por la retaguardia de la empalizada, esto es, por el lado de la costa, y no tardé en ser recibido calurosamente por aquellos leales.

Les relaté mi aventura sin perder tiempo, y comencé a hacerme cargo de mi tarea. El fortín había sido construido con troncos de pino sin escuadrar, incluso el piso y el techo, y este último se levantaba a un pie o pie y medio sobre el arenal. Había una especie de porche en la puerta y bajo él brotaba un manantial encauzado por un extraño pilón, que no era sino un gran caldero de barco, desfondado, y hundido en la arena, como dijo el capitán, «hasta la amurada».

Se había cuidado de que todo lo preciso estuviera en el recinto del fortín, y fuera tan sólo se veía una especie de losa, que servía de hogar, y una rejilla de herrumbroso hierro para contener el fuego.

Todo el interior de la empalizada en el declive de la duna había sido rozado para levantar el fortín, y como mudos testigos quedaban las rotas cepas que indicaban la vieja y hermosa arboleda. El suelo había sido erosionado por las aguas o por el aluvión, al perder la protección del bosque, y sólo por donde corría el arroyuelo se veía ahora una capa de musgo, algunos helechos y yedra. Pero ya en los límites de la empalizada, el bosque recobraba su densidad —lo que perjudicaba ciertamente nuestra defensa—, pletórico de abetos en las zonas más interiores, y de encinas, hacia el mar.

La brisa fresca de la noche, que ya antes me hiciera tiritar, penetraba ahora por todos los resquicios de la ruda construcción, y rociaba el suelo como una lluvia de arena finísima. La sentíamos en nuestros ojos, la mascábamos, había arena en nuestras caras, en el manantial, hasta en el fondo del pilón, como gachas en una sartén. La chimenea, un agujero cuadrado en el techo, no tiraba bien, y así el humo llenaba la habitación provocándonos la tos y enrojeciéndonos los ojos. A todo esto hay que añadir la presencia de Gray, que yo desconocía, y al que vi con el rostro vendado a causa de una cuchillada que recibió al escapar de los amotinados, y el pobre Tom Redruth, que aún insepulto yacía junto a una pared, rígido y frío, bajo la enseña de la Unión

Jack.

Si se nos hubiera dejado permanecer quietos y ociosos, el descorazonamiento hubiera terminado por apoderarse de nosotros, pero el capitán Smollett no era hombre para tolerarlo. Nos hizo formar ante él y nos distribuyó en guardias. El doctor, Gray y yo constituimos una, y el squire. Hunter y Joyce, la otra. Aunque estábamos muy fatigados, dos fueron a por leña y otros dos cavaron una fosa para Redruth, el doctor fue nombrado cocinero y a mí me ordenaron montar vigilancia en la puerta; el capitán no cesaba de ir de unos a otros infundiendo ánimos o ayudando allí donde era preciso.

De vez en cuando el doctor asomaba a la puerta para respirar un poco de aire puro y limpiar sus ojos enrojecidos por el humo, y en cada una de esas salidas aprovechaba para conversar conmigo.

—Smollett —me dijo en una de esas ocasiones— vale más que yo. Y cuando yo afirmo esto, Jim, es mucho lo que digo.

En otra permaneció silencioso largo rato. Después echó hacia atrás su cabeza y me preguntó.

—¿Tú crees que Ben Gunn está cuerdo?

—No lo sé, señor —le respondí—. No estoy seguro de que no esté loco.

—Pues, si existe alguna duda, es que seguramente lo está. Un hombre que ha pasado tres años royéndose las uñas en una isla desierta, no puede esperarse, Jim, que esté tan cuerdo como tú o como yo. La naturaleza humana no es tan firme. ¿Me dijiste que te pidió queso?

—Sí, señor: queso —contesté.

—Y bien, Jim —dijo él—, toma buena cuenta de cuánto vale ser uno persona delicada en sus alimentos. ¿Tú has visto mi cajita de rapé? ¿A que jamás me has visto aspirarlo? Y es porque en mi cajita de rapé lo que en realidad llevo es un trozo de queso de Parma… un queso italiano muy nutritivo. ¡Bien, pues se lo regalaré a Ben Gunn!

Antes de cenar enterramos al viejo Tom en la arena y permanecimos unos instantes junto a su tumba rindiéndole honores. Habíamos hecho buen acopio de leña, aunque no tanta como hubiera deseado el capitán, por lo que nos dijo que «a la mañana siguiente reanudásemos la faena, y con más brío». Nos sentamos a comer y, después de dar cuenta de nuestra ración de cerdo y nuestro vaso de aguardiente, los tres jefes se retiraron a deliberar en un rincón.

Parecían muy preocupados por la escasez de provisiones, ya que podía ser causa de grave apuro, tan grave como para considerar la rendición por hambre mucho antes de que pudiera llegarnos socorro alguno. Convinieron en que lo único que podíamos hacer era seguir eliminando piratas hasta que se rindieran, en el mejor de los casos, o escaparan con la Hispaniola. De los diecinueve sólo quedaban ya quince; y dos estaban con seguridad heridos, uno de ellos, por lo menos —el que hirió el squire en la goleta—, de mucha gravedad, si es que no había muerto también. Por lo que debíamos aprovechar e ir reduciéndolos siempre que se pusieran a tiro, y tratar de resguardarnos nosotros con el mayor cuidado. Pensábamos contar, además, con dos excelentes aliados: el ron y el clima.

En cuanto al primero, y aunque los piratas se encontraban a más de media milla de distancia, ya presentíamos su efecto al escuchar las canciones y el alboroto hasta altas horas de la madrugada; y con respecto al segundo, el doctor apostaba su peluca a que, acampando junto a la ciénaga, y sin medicamentos, antes de una semana la mitad de ellos estarían fuera de combate.

—Por eso —nos explicó—, ya se darán por contentos si pueden escapar con la goleta. Es un buen barco, y siempre podrán volver a la piratería, como imagino.

—¡Sería el primer navío que he perdido! —exclamó el capitán Smollett. Yo

estaba muerto de fatiga, como cabe suponer, y cuando logré acostarme, después de tantos acontecimientos, me dormí como un tronco.

Cuando me desperté, los demás ya se habían levantado y hasta almorzado, y la leñera mostraba una pila el doble de alta que el día anterior. Me despertó un gran tumulto y fuertes voces.

—¡Bandera de parlamento! —oí que alguien gritaba; y a continuación, una exclamación de sorpresa—: ¡Es el propio Silver!

Me levanté de un salto y frotándome los ojos corrí hacia una de las aspilleras del fortín.

XX. La embajada de Silver

Dos hombres se acercaban a la empalizada; uno de ellos agitaba una tela blanca y el otro, que avanzaba con toda calma, era en efecto nada menos que el propio Silver.

Creo que fue el amanecer más frío que yo había vivido hasta entonces y al raso. El cielo brillaba sin nubes y las copas de los árboles reflejaban el suave tono rosado del sol naciente. Silver y su ayudante estaban parados en una umbría, como emergiendo de una espesa niebla que les alcanzaba hasta las rodillas y que no era sino la humedad de la ciénaga. Aquella bruma y el frío del alba indicaban la insalubridad de la isla, un lugar propicio a las fiebres.

—Que no salga nadie —dijo el capitán—. Diez contra uno a que se trata de una artimaña.

Entonces gritó al bucanero:

—¿Quién va? ¡Alto o disparo!

—¡Bandera de parlamento! —gritó Silver.

El capitán estaba en el porche, a cubierto de cualquier disparo traicionero. Se volvió hacia nosotros y nos dijo:

—La guardia del doctor que se encargue de la vigilancia. Doctor Livesey, situaos, si gustáis, en el norte; Jim, al este; Gray, al oeste. La guardia que no está de servicio que cargue los mosquetes. ¡Rápido! Y cuidado.

Y volviéndose hacia los amotinados, les gritó:

—¿Qué embajada traéis?

Esta vez fue el acompañante de Silver quien replicó:

—El capitán Silver, señor, que quiere subir a bordo y proponeros un trato.

—¡El capitán Silver! No lo conozco. ¿Quién es tal? —gritó el capitán. Y oí que decía para sí—: Conque capitán… ¡Qué rápidamente ascienden aquí!

Esta vez fue John «el Largo» el que respondió:

—Yo, señor. Estos desgraciados me han nombrado capitán después de vuestra deserción, señor —y puso un énfasis especial en lo de «deserción»—. Estamos dispuestos a someternos, si aceptáis nuestras condiciones, y acabar con esta espinosa situación. Todo lo que yo pido es vuestra palabra, capitán Smollett, de que me dejaréis regresar sano y salvo y darme un minuto para ponerme fuera de tiro antes de disparar.

—No tengo el menor deseo de hablar con usted —dijo el capitán Smollett—. Si quiere parlamentar, puede hacerlo, es todo. Si hay traición, será por vuestra parte, y que el Señor os ayude.

—Con eso me basta, capitán —dijo John «el Largo», animadamente—. Su palabra es suficiente para mí. Yo conozco al verdadero caballero con sólo verlo.

El hombre que portaba la bandera de parlamento intentó detener a Silver, lo que no era sorprendente después de las «caballerosas» palabras del capitán. Pero Silver se rio de él a grandes carcajadas y le dio una fuerte palmada en la espalda, como si imaginar cualquier peligro fuera cosa absurda. Y después empezó a caminar hacia la empalizada, arrojó la muleta por encima y con notable destreza y vigor consiguió sujetarse con una pierna, saltó la cerca y cayó de nuestro lado sin el menor percance.

Confieso que estaba demasiado interesado por todos aquellos acontecimientos para cumplir como es debido mi deber de centinela; abandoné la vigilancia en la aspillera y me acerqué hasta donde estaba el capitán, que se encontraba ahora sentado en el umbral con los codos en las rodillas, su cabeza entre las manos y los ojos fijos en el manantial que borboteaba desde la caldera perdiéndose en la arena. Entre dientes silbaba la canción «Venid, muchachas y muchachos».

A Silver le costó más trabajo subir la duna. Entre lo pronunciado de la cuesta y las muchas cepas de los árboles talados, a lo que añadíase lo mullido del arenal, él y su muleta eran inútiles como un barco en el varadero. Pero era terco, y siguió subiendo en silencio hasta que al fin llegó donde estaba el capitán, al que saludó con toda desenvoltura. Se había engalanado con lo mejor que tenía: una inmensa casaca azul repleta de botones de latón que le colgaba por debajo de las rodillas y un magnífico sombrero con encajes que lucía medio caído.

—Ya está usted aquí —dijo el capitán, levantando su cabeza—. Siéntese si gusta.

—¿No va a dejarme entrar, capitán? —se quejó John «el Largo»—. Hace una mañana muy fría para estar sentados a la intemperie y en la arena.

—Ya ve, Silver —dijo el capitán—, si usted hubiera tenido a bien ser un hombre honrado, ahora estaría tranquilamente en su cocina. Suya es la culpa. ¿Hablo con el cocinero de mi barco? En ese caso le trataré como corresponde. ¿O con el capitán Silver, un vil amotinado y un pirata? ¡Entonces que lo ahorquen!

—Bien, bien, capitán —repuso el cocinero y se sentó en la arena—, pero tendrá usted que darme su mano para levantarme. No están ustedes muy bien acondicionados aquí. ¡Ah, ahí veo a Jim! Muy buenos días, Jim. A sus órdenes, doctor. Bien, veo que todos están juntos como una familia feliz, como suele decirse.

—Si tiene usted algo que explicar, mejor será que lo haga —dijo el capitán.

—Tiene usted mucha razón, capitán Smollett —replicó Silver—. El deber es el deber, no cabe duda. Bien, pues ahora escúcheme usted. Me la jugaron anoche, no niego que fue una buena jugada. Alguno de ustedes manejó con pericia el espeque. Y no voy a negar que consiguieron asustar a muchos de mis camaradas…, quizá a todos, y hasta puede ser que yo me asustara, y hasta que precisamente ahora esté yo aquí por esa razón, para parlamentar. Pero también debe tener en cuenta, capitán, que esa astucia no sirve dos veces, ¡por Satanás! Pondré centinelas y nos ceñiremos una cuarta en el ron. Puede que usted crea que todos estábamos borrachos. Pero le digo que yo no lo estaba; estaba muy cansado, y eso hizo que no me despertara, porque, si me despierto un segundo antes, os pillo con las manos en la masa. Cuando me acerqué aún no estaba muerto, no, señor.

—¿Y bien? —dijo el capitán Smollett dando toda la impresión de serenidad que podía.

Porque todo cuanto Silver estaba contando era para él el mayor de los enigmas, lo que no trascendió en su tono de voz. Yo empezaba a imaginar de qué se trataba. Me acordé de las últimas palabras de Ben Gunn y no dudé que podía haber hecho una visita nocturna a los bucaneros aprovechando que dormían borrachos junto a la hoguera, y, de cualquier forma, eché con alegría la cuenta y resté un enemigo más, quedando ya sólo catorce.

—Esta es mi propuesta —dijo Silver—. Queremos el tesoro, y lo vamos a conseguir. ¡Es nuestro botín! Ustedes, como supongo, desearán salvar sus vidas: y ésa es vuestra parte. Usted guarda un mapa, ¿lo tiene, no?

—Pudiera ser —replicó el capitán.

—Bueno, lo tiene, lo sé —insistió John «el Largo»—. No es necesario que sea usted tan hosco conmigo; no arreglará nada con eso, se lo aseguro. Lo único que me interesa resolver es esto: necesitamos ese mapa. Por lo demás, jamás he pensado en hacerles daño.

—Nada de eso le valdrá conmigo —replicó el capitán—. Sabemos cuáles son vuestras intenciones, y nos tienen sin cuidado, porque ya, como usted muy bien sabe, no pueden llevarlas a cabo.

Y el capitán lo miró con toda parsimonia, mientras cargaba su pipa.

—Si Abraham Gray… —comenzó a decir Silver.

—¡Alto ahí! —exclamó el señor Smollett—. Gray no me ha contado nada ni nada le he preguntado; y lo que es más, antes de hacerlo, por mí pueden él y usted y esta condenada isla saltar por los aires. Sólo le digo a usted lo que pienso sobre este asunto, para que se dé por enterado.

Este desahogo pareció calmar a Silver. También él había perdido un poco su contención y trató de refrenarse y conservar su mesura.

—Es suficiente —dijo—. No soy quien para considerar lo que un caballero pueda tener o no por juego limpio, según cada caso. ¿Puedo, ya que usted lo hace, cargar yo otra pipa?

Y llenó su pipa y la encendió. Los dos hombres siguieron sentados y fumando durante un largo rato, mirándose en silencio, retacando sus pipas, escupiendo y volviendo a fumar, como en la más gustosa de las comedias.

—Así —prosiguió Silver— que ésta es la cuestión. Ustedes nos dan el mapa para encontrar el tesoro y dejan de cazar a mis pobres muchachos y de romperles la cabeza mientras duermen. Y en tal caso yo les ofrezco escoger entre dos caminos: o volver con nosotros una vez que el tesoro esté a bordo, y yo garantizo bajo mi palabra de honor dejarlos sanos y salvos en alguna tierra, o, si no les gusta, porque algunos de mis marineros son bastante groseros y quizá saquen viejas cuentas y no sea muy recomendable para ustedes ese viaje, en ese otro caso pueden quedarse donde ahora están; yo les dejaré la mitad de las provisiones y garantizo por mi honor dar noticias al primer navío que encuentre para que venga a recogerlos. Es un trato excelente, sí, señor. Y espero —y aquí alzó su voz— que todos los que están aquí en este fortín hayan escuchado mis palabras, porque lo que a uno digo lo digo a todos.

El capitán Smollett se levantó y golpeó la pipa con la palma de su mano para sacar las últimas brasas.

—¿Eso es todo? —preguntó.

—¡Mi última palabra, por todos los diablos! —contestó John—. Si rehúsan esa solución, ya no será a mí a quien oigan, sino las balas de los mosquetes.

—Perfectamente —dijo el capitán—. Ahora me va a escuchar usted a mí. Si todos vosotros os presentáis aquí, uno a uno, desarmados, yo os garantizo que os pondré grilletes y os llevaré a Inglaterra para ser juzgados. Y si no lo hacéis así, por mi nombre, que es Alexander Smollett, que he izado los colores de mi Rey y he de veros a todos con Davy Jones. No podéis encontrar el tesoro. No sabéis gobernar el barco, ninguno de vosotros sirve para ello. No podéis vencernos. Gray, él solo, ha podido con cinco de vosotros cuando escapó. Vuestro barco está en el carenero, y usted al socaire, y pronto va a comprobarlo. Yo estoy decidido a todo, y se lo advierto, y estas palabras son las últimas que escuchará de mí, porque le juro por el cielo que la próxima vez que os encuentre pienso meteros una bala en la espalda. Así que, andando, muchachos. Largo de aquí, y sin deteneros; a paso de carga.

El rostro de Silver era como una ilustración; sus ojos se salían de las órbitas. Sacudió su pipa.

—¡Deme una mano para levantarme! —imploró.

—No —respondió el capitán.

—¡Que alguien me dé una mano! —gritó.

Ninguno de nosotros se movió. Rugiendo las más atroces maldiciones, se arrastró por la arena hasta que pudo aferrarse al porche y ponerse en pie con su muleta. Entonces escupió dentro del pilón.

—¡Eso —gritó— es lo que pienso de vosotros! Antes de que pase una hora habré acabado con este viejo fortín como si fuera una pipa de ron. ¡Podéis reíros, por todos los relámpagos, podéis reíros! Antes de una hora veremos quién se ríe mejor. Los muertos estarán contentos por no estar vivos.

Y con un terrible juramento echó a andar dando traspiés y dejando un surco en la arena; tras cuatro o cinco intentos furiosos, logró saltar la estacada con ayuda del hombre que llevaba la bandera de parlamento, y en un abrir y cerrar de ojos desapareció entre los árboles.

XXI. Al ataque

Tan pronto como Silver desapareció, bajo la mirada inescrutable del capitán, regresó éste al fortín; allí se encontró con que ni uno de nosotros había permanecido en su puesto, a excepción de Gray. Fue la primera vez que lo vi encolerizado.

—¡Vayan a sus puestos! —nos gritó.

Cuando nos retirábamos, cabizbajos, escuchamos cómo le decía a Gray:

—Voy a citarlo en el cuaderno de bitácora: ha cumplido con su deber como un marino.

Entonces se dirigió al squire:

—Señor Trelawney, estoy muy sorprendido. Y tampoco esperaba tal comportamiento por parte del doctor. ¡Creí, señor Livesey, que vestía el uniforme del Rey! Si fue así su participación en Fontenoy, mucho mejor, señor, que se hubiera quedado en la cama.

La guardia del doctor volvió a apostarse en las aspilleras; los demás cargaron rápidamente sus mosquetes. Y todos sin duda estábamos avergonzados, «con la pulga tras la oreja», como suele decirse.

El capitán nos miró durante un rato en silencio, y después dijo:

—Le he soltado a Silver una buena andanada. Lo he puesto furioso adrede. No dudo que antes de una hora nos atacarán. No he de repetir que somos menos que ellos, pero vamos a pelear bastante bien resguardados, y pienso, o así lo había imaginado, con la necesaria disciplina. Estad seguros de que podemos vencer.

A continuación inspeccionó nuestras defensas y comprobó, como dijo, que todo estaba en orden.

Las dos fachadas más cortas del fortín, al este y al oeste, tenían dos aspilleras cada una; en la parte sur, donde estaba el porche, había otras dos, y cinco en la fachada norte. Disponíamos de veinte mosquetes para nosotros siete. Apilamos la leña en cuatro pilas, como parapeto, y junto a ellas situamos las municiones y los mosquetes de repuesto ya cargados y los machetes.

—Apagad el fuego —dijo el capitán—, ya no hace frío y el humo no puede hacer más que perjudicar nuestros ojos.

El señor Trelawney sacó la parrilla y arrojó las ascuas en la arena, enterrándolas con un pie.

—Hawkins no ha almorzado —continuó el capitán Smollett—. Sírvete tú mismo, Hawkins, pero come en tu puesto. Y rápido, muchacho, porque puede que no termines tu comida. Hunter —llamó—, sirve a todos una ronda de aguardiente.

Y mientras bebíamos, el capitán fijó nuestro plan de defensa.

—Doctor —ordenó—, os encargo la custodia de la puerta. Observad sin exponeos, no salgáis en ningún caso y disparad a través del porche. Hunter que se sitúe allí, cubriendo la zona este. Joyce, usted defenderá el oeste. Señor Trelawney, vos sois el mejor tirador; vos y Gray defenderéis este lado norte, que, como tiene cinco aspilleras, permite cubrir una zona más amplia, y además posiblemente ahí se produzca el ataque. Es preciso que no lleguen a alcanzar el fortín, porque, si toman las aspilleras, nos pueden liquidar aquí dentro. Hawkins, ni tú ni yo servimos mucho en este trance, así que nuestra misión será cargar los mosquetes y tener dispuesta la munición.

Tal como el capitán había dicho, el calor empezaba a sentirse. El sol ya se había levantado sobre los árboles que nos rodeaban y comenzó a dar de lleno en la explanada, y como de un sorbido secó la humedad. Al poco rato el arenal parecía arder y la resina se derretía en los troncos del fortín. Nos quitamos las casacas, desabotonamos nuestras camisas y las arremangamos hasta los hombros. Y así aguardamos el ataque, cada uno en su puesto, febriles de calor y ansiedad.

Pasó una hora.

—¡Que los ahorquen! —dijo el capitán—. Estamos clavados como en las calmas tropicales. Gray, silba para que corra algún aire.

Y en aquel momento preciso empezaron las señales que indicaban un ataque inminente.

—Discúlpeme, señor —dijo Joyce—, ¿debo tirar si veo a alguno?

—¡Es lo que he ordenado! —gritó el capitán.

—Muchas gracias —repuso Joyce con la misma exquisita urbanidad.

No sucedió nada durante un rato; pero ya estábamos todos alerta aguzando el oído y los ojos. Con los mosquetes bien apoyados, los tiradores estaban tensos. El capitán permanecía en medio del fortín con la boca apretada y el ceño fruncido.

Pasaron unos segundos y, de repente, Joyce apuntó con cuidado y disparó. Aún sonaba en nuestros oídos la detonación, cuando desde el exterior empezaron a tirar sobre nosotros con fuego graneado: como si fuéramos un blanco, de todas partes llegaban disparos que se incrustaban en los troncos, aunque felizmente ninguno nos alcanzó. Cuando el humo se disipó, la empalizada y los bosques cercanos daban la misma impresión de reposo que antes de empezar la escaramuza. Ni el brillo de un cañón, ni una rama que se moviera delataban al enemigo.

—¿Alcanzó usted a su hombre? —preguntó el capitán.

—No, señor —contestó Joyce—, me parece que no, señor.

—Eso es querer decir la verdad —murmuró el capitán Smollett—. Cárgale su mosquete, Hawkins. ¿Cuántos estimáis que habría por vuestra zona, doctor?

—Puedo precisarlo —dijo el doctor Livesey—. Aquí he visto que dispararon tres veces, porque conté los fogonazos; dos casi juntos, y un tercero algo más hacia el oeste.

—Tres —repitió el capitán—. ¿Y cuántos en vuestra parte, señor Trelawney?

Esto no tenía tan fácil respuesta. Muchos habían sido los disparos por el norte: siete, según la cuenta del squire; ocho o nueve conforme a la de Gray. Por el este y el oeste, sólo uno de cada. Todo llevaba pues a pensar que el ataque iba a efectuarse por el norte y que las otras zonas servirían nada más que de dispersión. Con esos datos el capitán Smollett confirmó su defensa y nos hizo comprender que, si los amotinados lograban pasar de la empalizada, podrían tomar las aspilleras y cazarnos como a ratas en nuestra propia madriguera. Aunque tampoco hubo tiempo para meditarlo con cuidado. Porque, de improviso, con terroríficos gritos, un grupo de piratas salió de entre los árboles del lado norte y se lanzó a todo correr hacia la empalizada. Al mismo tiempo se reanudaron los disparos desde otras partes; una bala atravesó la puerta e hizo saltar en astillas el mosquete del doctor.

Los asaltantes trepaban como monos por la empalizada. El squire y Gray dispararon contra ellos sin cesar; y tres forajidos cayeron, uno dentro del recinto y los otros dos por la parte de fuera. Uno de estos dos pareció estar más asustado que herido, pues se incorporó y como alma que lleva el diablo desapareció entre la maleza.

Dos habían mordido, pues, el polvo; otro había huido, y cuatro lograron alcanzar nuestra línea defensiva; siete u ocho más, escondidos en los bosques, y posiblemente con varios mosquetes cada uno, disparaban sin tregua contra el fortín, aunque sus descargas no nos causaban daño.

Los cuatro que habían conseguido penetrar siguieron corriendo hacia el fortín, dando alaridos que eran contestados con otros gritos de ánimo por los que estaban entre los árboles. Se trató inútilmente de cazarlos, pero era tal la precipitación de nuestros tiradores, que, antes de darnos cuenta, los cuatro piratas habían remontado la cuesta y estaban ya sobre nosotros.

La cara de Job Anderson, el contramaestre, apareció en la aspillera central.

—¡A por ellos! ¡A por ellos! —gritaba con voz de trueno.

Otro pirata agarró el mosquete de Hunter por el cañón, se lo quitó de las manos y lo sacó por la aspillera, golpeándolo al mismo tiempo al pobre hombre, que quedó sin sentido. Un tercero dio la vuelta al fortín y consiguió entrar, cayendo sobre el doctor blandiendo su cuchillo.

Nuestra suerte cambiaba. Un momento antes éramos quienes a cubierto disparábamos sobre un enemigo expuesto; ahora éramos nosotros los que ofrecíamos el mejor blanco y sin poder devolver los golpes.

El humo de los disparos hacía irrespirable el aire del fortín, pero esto no era todo desventajoso. Mis oídos estallaban con la confusión de gritos, fogonazos, detonaciones y gemidos de dolor.

—¡Salgamos, muchachos! ¡Fuera todos! —gritó el capitán—. ¡Vamos a luchar a campo abierto! ¡Los machetes!

Cogí un machete del montón, y alguien, al mismo tiempo, tomó otro, dándome un corte en los nudillos que apenas sentí. Corrí precipitadamente hacia la luz del sol. Alguien corría tras de mí, pero no sabía quién era. Frente a mí, el doctor perseguía a su enemigo cuesta abajo, y en el instante de mirarlos vi cómo rompía su guardia y derribaba al bandido de un terrible tajo en la cara.

—¡Dad la vuelta al fortín! ¡Hacia el otro lado! —gritó el capitán, y me pareció percibir un cambio en su voz.

Obedecí sin pensarlo dos veces, y corrí hacia el este con el machete dispuesto a golpear, y de improviso me di de bruces con Anderson. Escuché su rugido infernal y vi levantarse su garfio que brillaba al sol. No sentí miedo siquiera. Y no sé ni qué pasó: vi aquel garfio que caía sobre mí, di un salto y rodé por la duna fuera de su alcance.

Cuando escapaba del fortín, había visto a los amotinados escalar la empalizada, acudiendo en auxilio de los primeros asaltantes. Uno de ellos, con un gorro de dormir rojo y el cuchillo entre los dientes, se había encaramado y estaba a horcajadas en la empalizada. Pues bien, tan corto debió ser el intervalo en que yo me zafé de Anderson, que, cuando volví a ponerme en pie, el hombre del gorro rojo aún estaba en la misma posición; otro asomaba la cabeza por entre los troncos. Y sin embargo en ese instante había presenciado el fin de la batalla y nuestra victoria. Y así sucedió.

Gray, que corría detrás de mí, había batido de un solo tajo al corpulento contramaestre, antes de que éste hubiera podido reaccionar ante mi salto. Otro pirata había recibido un balazo por una aspillera en el momento en que iba a disparar hacia el interior del fortín, y ahora agonizaba con la pistola aún humeante en su mano. Un tercero —el que yo había visto— cayó de un solo golpe del doctor. De los cuatro que habían alcanzado la empalizada, sólo quedaba ya uno, y lo vi correr, tirando su cuchillo, hacia la cerca e intentar subir a ella.

—¡Fuego! ¡Tiradle desde la casa! —gritó el doctor—. Y tú, muchacho, vuelve al refugio.

Pero nadie atendió a sus palabras, nadie disparó, y el último de los atacantes logró escapar y reunirse con los demás en el bosque. Tres segundos habían bastado para que no quedara ninguno de nuestros asaltantes; ninguno vivo, porque cuatro yacían dentro de la empalizada y otro fuera.

El doctor, Gray y yo corrimos a refugiarnos en el fortín. Suponíamos que los piratas volverían al ataque y a recuperar sus armas. El humo que llenaba el interior del fortín empezaba a disiparse, y pudimos ver, a la primera ojeada, el alto precio de aquella victoria: Hunter estaba caído, sin sentido, junto a la aspillera; Joyce, junto a la suya, con un balazo que le había atravesado la cabeza, no volvería a levantarse; y en mitad de la habitación, pálido, el squire sostenía al capitán.

—El capitán está herido —dijo el señor Trelawney.

—¿Han huido? —preguntó el señor Smollett.

—Como liebres —respondió el doctor—, y hay cinco de ellos que ya no correrán nunca más.

—¡Cinco! —exclamó el capitán—. Así es mejor. Cinco de un lado y tres de otro nos dejan en cuatro contra nueve. Es una proporción más ventajosa que al principio. Entonces éramos siete contra diecinueve, o así lo creíamos, lo que era tan desmoralizador como si fuese cierto.

****

PARTE QUINTA: MI AVENTURA EN LA MAR

XXII. Así empezó mi aventura en la mar

Los amotinados ya no volvieron a atacar; ni siquiera dispararon un solo tiro desde el bosque. Habían recibido «suficiente ración para aquel día», como dijo el capitán, y pudimos dedicarnos sin otros temores a reparar el fortín, atender a los heridos y preparar una buena comida. El squire y yo nos ocupamos de esto último, e hicimos fuego en la explanada; estábamos al descubierto, pero ni nos dábamos cuenta, horrorizados por los gemidos que escuchábamos de los heridos que estaban siendo curados por el doctor.

De los ocho que habían caído en el combate, sólo tres respiraban todavía: el pirata que recibió el tiro en la aspillera, Hunter y el capitán Smollett; pero los dos primeros podíamos ya darlos por muertos. El bucanero murió mientras le operaba el doctor, y Hunter, aunque hicimos todo cuanto estaba en nuestras manos, no volvió a recobrar el conocimiento; todavía alentó, respirando estertóreamente, como el viejo capitán en nuestra hostería cuando le dio el ataque, hasta la tarde, pero tenía aplastadas las costillas y se había fracturado el cráneo en su caída, y aquella noche, sin que nos diésemos cuenta, se fue con su Creador.

Las heridas del capitán eran considerables, aunque no fatales. Ningún órgano había sufrido daño irreparable. El disparo de Anderson —porque fue Job el primero que le disparó— había roto su paletilla y tocado el pulmón, pero no de gravedad; la segunda bala había desgarrado algún músculo de su pantorrilla. Su curación era segura, dijo el doctor, pero entretanto, y en algunas semanas, no debería levantarse ni mover el brazo y, de ser posible, ni siquiera hablar.

El corte que yo me había hecho en los nudillos no tenía más importancia que una picadura. El doctor Livesey me puso un emplasto y, de propina, me dio un sopapo cariñoso.

Después de comer, el squire y el doctor se sentaron un rato junto al capitán para celebrar consejo, y después de un rato de conversación, y cuando ya era más del mediodía, el doctor tomó su sombrero y dos pistolas, se ajustó un machete al cinturón y con un mosquete al hombro salió del fortín, cruzó la empalizada por el norte y lo vimos desaparecer apresuradamente por el bosque.

Gray y yo estábamos sentados en una esquina del fortín, lo suficientemente alejados para no escuchar, por discreción, las deliberaciones de nuestros jefes. Al ver al doctor alejarse, Gray, que estaba fumando, dejó caer su pipa asombrado:

—¡Por Davy Jones! ¿Qué sucede? —exclamó—. ¡Se ha vuelto loco el doctor Livesey!

—No lo creo —dije—. En toda esta tripulación no hay hombre de mejor juicio.

—Pues si es así, compañero —dijo Gray—, si él no está loco, entonces el que debe estarlo soy yo.

—Debe tener algún plan —le dije—, no te quepa duda. Y si no me equivoco, creo que va en busca de Ben Gunn.

Y los acontecimientos me darían la razón.

Pero mientras tanto, como en el fortín hacía un calor sofocante y la pequeña explanada arenosa, dentro de la empalizada, ardía bajo el sol del mediodía, y quizá estimulado al imaginar con envidia que el doctor estaría caminando por la fresca umbría de aquellos bosques, con los pájaros revoloteando alrededor suyo y respirando el suave olor de los pinos, mientras yo me achicharraba allí sentado, con las ropas pegadas a la resina derretida y no viendo más que sangre y cadáveres en torno mío, lo que me producía una repulsión más intensa que el miedo que pudiera sentir, un pensamiento, no tan razonable como la misión que yo adjudicaba al doctor, empezó a hurgar en mi cabeza.

Después, mientras baldeaba el fortín y fregaba los cacharros de la cocina, aquella repugnancia y aquel pensamiento fueron creciendo en mi corazón, hasta que, sin pensarlo más, y aprovechando que nadie me veía, cogí de un saco que tenía a mi lado toda la galleta que pude y llené los bolsillos de mi casaca. Era el primer paso de mi aventura.

Pensaréis que me comportaba como un insensato, y con razón, y que mi correría tenía mucho de temeridad; pero estaba decidido a intentar un plan que se perfilaba en mi cabeza, y tampoco dejé de tomar las necesarias precauciones. Mi alimentación estaba asegurada por la galleta que me había procurado… Y también me apoderé de un par de pistolas, y como ya llevaba municiones y un cuerno de pólvora, me juzgué bien pertrechado.

Mi proyecto no era demasiado aventurado. Pensé bajar hasta la restinga que separaba por el este el fondeadero de la mar abierta, buscar la roca blanca que me había parecido localizar la noche anterior y averiguar si verdaderamente allí se encontraba el bote de Ben Gunn, y, en todo caso, la importancia que pudiera tener ese hallazgo justificaba el riesgo. Pero como estaba seguro de que no me habrían permitido abandonar la empalizada, no me quedó otro recurso que despedirme a la francesa y deslizarme fuera escapando a la vigilancia.

Los acontecimientos propiciaron mi ocasión. El squire y Gray estaban ayudando al capitán a arreglar sus vendajes; nadie atendía la vigilancia, y de una carrera gané la empalizada y me escondí en la espesura; antes de que pudieran notar mi ausencia, ya estaba lejos del alcance de mis compañeros.

Esta segunda correría fue una locura mayor que mi primera escapada, pues sólo dejaba a dos hombres útiles para guardar el fortín; pero, como la anterior, condujo a la salvación de todos.

Marché directamente hacia la costa oriental de la isla, porque había resuelto descender a la restinga por el lado del mar, con lo que evitaba todo riesgo de ser descubierto desde el fondeadero. La tarde había caído, aunque aún lucía el sol y el calor era penetrante. Y a medida que seguía mi camino por entre los árboles, podía oír en la lejanía, frente a mí, no sólo el sonido del mar en las rompientes, sino el balanceo de las copas de los árboles que me indicaba que la brisa marina se levantaba con más fuerza que de ordinario. Pronto me llegaron las primeras bocanadas de aire fresco, y en unos pasos salí del bosque y pude contemplar el mar, azulísimo y resplandeciente de sol hasta el horizonte, y el oleaje que batía las playas y las cubría de espuma.

Nunca pude ver aquella mar en calma en torno a la Isla del Tesoro. Aún cuando el sol incendiara los aires sobre nuestras cabezas, aunque el cielo estuviera como suspenso, o aunque la mar fuera una limpia y tersa seda azul, grandes olas seguían batiendo noche y día a lo largo de la costa con formidable estruendo, y no creo que hubiera ni un solo lugar en la isla donde ese ruido no penetrara.

Seguí adelante, bordeando la playa, y lleno de alegría. Cuando consideré que ya había avanzado bastante hacia el sur, me deslicé con cuidado escondiéndome entre unos espesos matorrales, hasta que alcancé el lomo de una gran duna, ya en la franja arenosa.

Detrás de mí estaba el mar, y, enfrente, el fondeadero. La brisa, como si su violencia de aquella noche la hubiera agotado antes, había cesado; y suaves vientecillos se levantaban variables del sur y del sureste, arrastrando grandes bancos de niebla. El fondeadero, al socaire de la Isla del Esqueleto, era una balsa de aceite, como cuando por primera vez fondeamos en él. La Hispaniola se reflejaba nítidamente en la luna de aquel espejo, desde la cofa a la línea de flotación, y la bandera negra ondeaba en la pena de la cangreja.

A un costado amarraba uno de los botes, con Silver en popa —qué fácil me era siempre reconocerlo—, y en la goleta vi dos hombres reclinados sobre la amurada de popa; uno de ellos lucía un gorro rojo, lo que me indicaba que se trataba del mismo forajido que algunas horas antes había yo visto tratando de saltar la empalizada. Al parecer estaban en animada conversación, y reían, aunque a tal distancia —más de una milla— no podía yo entender ni una palabra. De improviso escuché la más espeluznante vocinglería, y, aunque al principio me sobresaltó, pronto reconocí los chillidos del Capitán Flint y hasta me pareció distinguir su brillante plumaje encaramado en el puño de su amo.

Poco después soltó cabos el bote y navegó hacia la costa, y el hombre del gorro rojo y su compañero desaparecieron por la cubierta.

El sol ya se había ocultado detrás del Catalejo, y la niebla empezaba a cubrir rápidamente los contornos, lo que me dio una impresión de súbito anochecer. Vi que no tenía tiempo que perder, si quería encontrar el bote aquella misma noche.

La roca blanca, que se distinguía perfectamente por encima de la maleza, estaba cerca de una milla más abajo, en el arenal, y tardé un buen rato en llegar hasta ella, porque tuve que ir avanzando con todo cuidado, algunas veces a gatas y apartando la vegetación. Ya era casi noche cerrada cuando logré alcanzarla y toqué su áspera superficie. A un lado había una hondonada poco profunda cubierta de matas y oculta por algunas dunas y arbustos de los que por allí abundaban, y en el fondo descubrí una pequeña tienda hecha con piel de cabra, como las que los gitanos llevan en sus viajes por Inglaterra. Descendí a la hondonada y levanté la falda de la tienda, y allí estaba el bote de Ben Gunn... o algo que era un bote, porque en mi vida he visto cosa más rudimentaria: un burdo armazón de palos, cubierto de pieles de cabra con el pelo hacia dentro. Era excesivamente pequeño hasta para mí, y no concibo cómo hubiera podido mantenerse a flote con un hombre hecho y derecho. Tenía una especie de bancada muy tosca, un codaste y un remo de doble pala.

Por aquella época yo aún no había visto jamás un coraclo de los que hicieron famosos los antiguos bretones; pero después he visto alguno y es lo que mejor puede dar una idea sobre el bote de Ben Gunn: parecía el primer y peor coraclo construido nunca por las manos de un hombre. Pero, al menos, poseía la mayor ventaja del coraclo: era sumamente liviano y fácil de transportar.

Cabe pensar que, ya que había encontrado el bote, debía darme por satisfecho de mi aventura; pero una nueva idea me rondaba por la cabeza, y la acariciaba con tanta insistencia, que creo que hubiera sido capaz de realizarla aun ante las propias barbas del capitán Smollett. Se trataba de deslizarme, protegido por la oscuridad de la noche, hasta la Hispaniola, cortar sus amarras y dejarla a la deriva para que encallase donde la mar la llevara. Yo estaba persuadido de que los amotinados, después de su derrota de aquella mañana, no estarían sino deseando levar anclas y hacerse a la mar, y juzgué que impedírselo podía servir a nuestros intereses. Visto que los vigilantes de la goleta no tenían ningún bote, pensé que llevar a cabo mi plan no entrañaba gran riesgo.

Me senté a esperar y aproveché para darme un atracón de galleta. La noche era tan oscura, que de mil no hubiera encontrado otra tan a propósito. La niebla cubría el territorio. Cuando los últimos fulgores de la tarde se apagaron, una total oscuridad cayó sobre la Isla del Tesoro. Y cuando por fin salí de mi escondite con el coraclo a hombros, en aquella negrura sólo se distinguían como dos ojos brillantes que venían del fondeadero.

Uno era la gran hoguera en tierra en torno a la cual los piratas bebían para olvidar su derrota; el otro, más tenue, indicaba la posición del anclaje de la goleta. La Hispaniola había ido girando con la marea —ahora su proa apuntaba hacia donde yo estaba— y las luces de a bordo que yo veía eran tan sólo un reflejo en la niebla de la intensa claridad que alumbraba la portañuela de popa. Había comenzado el reflujo y tuve que atravesar una franja de arena húmeda donde me hundí varias veces hasta las rodillas, hasta que logré alcanzar la orilla; vadeé unos metros y, cuando ya entendí que había suficiente profundidad, puse el coraclo en posición de navegar.

XXIII. A la deriva

El coraclo —y bien lo comprobé antes de acabar mis andanzas— era un bote muy seguro (si conseguía uno caber en él), y también muy marinero, pero al mismo tiempo se trataba del artefacto más indócil para su manejo. No conseguía fijar el rumbo, se desequilibraba, viraba por completo ante cualquier ola, y lo más apropiado quizá sea decir que parecía una peonza. Hasta el propio Ben Gunn me confesó tiempo después que era «un tanto misterioso hasta que uno descubría sus cualidades».

Ciertamente yo no conocía esas cualidades. No sabía gobernarlo; se atravesaba constantemente, y estoy convencido de que jamás hubiera alcanzado la goleta a no ser por el propio reflujo. Por fortuna, remase yo como quisiera, la marea me llevaba mar adentro y en ese camino la Hispaniola era un blanco difícil de no alcanzar. Al principio vi su silueta como una mancha más oscura aún sobre la oscuridad; después empecé a ver el limpio dibujo de sus mástiles y su casco, y antes de darme cuenta (pues cuanto más mar abierta alcanzaba, más rápida era la corriente), me encontré junto a su amarra y me así a ella.

La amarra estaba tan tirante como la cuerda de un arco, porque también el barco era forzado por la corriente que batía contra su casco en la oscuridad con el rumor de un riachuelo en las montañas. Un solo tajo con mi navaja y la Hispaniola sería arrastrada por la marea.

Recordé entonces que una amarra tirante, si es cortada de pronto, puede resultar tan peligrosa como la coz de un caballo. Si hubiera llegado a cometer la torpeza de cortarla, lo más probable hubiera sido que el latigazo nos enviara al coraclo y a mí por los aires.

Tratar de resolver este imprevisto, me detuvo; y al punto comprendí que no tenía solución. Pero la suerte volvió a serme propicia. Los suaves vientos que habían empezado a soplar del sur y del sureste cambiaron después de anochecer, y empecé a sentir la brisa del suroeste. En estas cavilaciones estaba, cuando un golpe de aire empujó la Hispaniola contra la corriente, y con indecible gozo vi que la amarra se aflojaba, y la mano con que la tenía asida se hundió en el mar.

Me decidí en un instante; saqué mi navaja, la abrí con los dientes y corté el trenzado hasta que el barco quedó sujeto sólo con dos hilos. Me detuve, esperando para dar el último tajo a que de nuevo soplara el viento.

Durante toda esta faena yo había estado escuchando voces que venían del camarote; no les había prestado mucha atención, porque mi pensamiento estaba ocupado por completo en mi tarea.

Pero en aquel momento, en el silencio, aguardando, no pude dejar de prestar atención.

Una de las voces era la del timonel, Israel Hands, el que en tiempos fuera artillero de Flint. La otra era, por supuesto, la de mi ya conocido bandido del gorro rojo. Deduje que ambos habían bebido en exceso y que aún seguían emborrachándose; pues mientras yo atendía a sus palabras, uno de ellos, lanzando un grito propio de borracho, abrió la portañuela de popa y arrojó al agua lo que supuse una botella vacía. Pero no sólo estaban embriagados, sino que era evidente que se mostraban furiosos. Escuché una sarta de maldiciones y hasta en algún momento tales expresiones de cólera, que pensé que acabarían riñendo. El altercado pareció aplacarse y las voces empezaron a suavizarse; de nuevo pelearon, y de nuevo volvieron a apaciguar sus ánimos.

Yo veía en la lejanía, en tierra, el resplandor de la gran hoguera que iluminaba por entre los árboles. Alguno cantaba una vieja, apagada y monótona canción marinera, con un quiebro al final de cada verso, y que al parecer era interminable, o al menos dependía tan sólo de la paciencia del cantor. Yo ya la había escuchado muchas veces durante la travesía, y recordaba aquellas palabras:

«… y sólo uno quedó

de setenta y cinco que zarparon».

Pensé que esa canción tan triste era la más apropiada para unos facinerosos que habían sufrido tan crueles pérdidas en el combate de la mañana. Pero el tono tampoco reflejaba otra emoción que la dureza de aquellos bucaneros, tan insensibles como el océano por el que navegaban.

Sentí entonces un golpe de viento; la goleta viró y pareció alejarse hacia la oscuridad; noté que se aflojaba la amarra, y, con un golpe de navaja, corté los últimos hilos.

Fui arrastrado contra la proa de la Hispaniola. La goleta empezó a virar lentamente sobre sí misma, impulsada por la corriente. Me afané como llevado por todos los demonios, pues sabía que en cualquier momento podía irme a pique; vi que no podía evitar que el coraclo chocara contra el casco del barco, y traté de llevarlo hacia popa. Conseguí salvar el choque con mi peligrosa vecina, pero en el mismo instante en que daba el último empujón mis manos tropezaron con un cabo que arrastraba colgando desde la toldilla. Inconscientemente me agarré a él.

No sabría decir por qué lo hice. Fue un acto instintivo; pero una vez que tuve bien cogido aquel cabo, y comprobé que estaba firme, la curiosidad, como siempre, pudo más que cualquier otra consideración, y trepé para echar una mirada por la portañuela de popa.

Fui cobrando el cabo hasta que juzgué que estaba lo suficientemente cerca, y con bastante peligro me balanceé hasta que pude ver el techo y parte del interior del camarote.

En aquel momento la goleta y su pequeña rémora se deslizaban ya velozmente por la mar, hasta el punto de que casi habíamos alcanzado la altura de la hoguera de los piratas. La goleta hablaba, como dicen los marinos, y bien alto, además, cortando las olas con un rumor de espuma; tan fuerte, que fue preciso que yo mirara a través de la portañuela para explicarme cómo los guardianes no se habían alarmado. Pero un vistazo fue más que suficiente, aunque tampoco, en mi peligroso equilibrio, hubiera podido dar más: Hands y su compinche estaban empeñados en una lucha a muerte, cuerpo contra cuerpo, y cada uno de ellos aprisionaba con sus manos el cuello del otro.

Me dejé caer sobre el coraclo y a punto estuve de caer al mar. No había podido ver más que a aquellos dos furiosos contendientes con el rostro de ira, luchando bajo la lámpara humeante; y cerré mis ojos para que se acostumbrasen de nuevo a la oscuridad.

La canción de los piratas había terminado, finalmente, y toda aquella mermada pandilla, alrededor del fuego, entonaba ahora aquella otra que tantas veces yo había oído:

«Quince hombres en el cofre del muerto,

¡Ja! ¡Ja! ¡Ja! ¡Y una botella de ron!

El ron y Satanás se llevaron al resto.

¡Ja! ¡Ja! ¡Ja! ¡Y una botella de ron!».

Cavilaba yo en qué atareados debían andar el ron y Satanás en aquel momento en el camarote de la Hispaniola, cuando me sorprendió un repentino bandear del coraclo. También la goleta escoraba y viró rápidamente, cambiando de rumbo. La velocidad aumentaba de una forma inexplicable.

Abrí los ojos. Por todas partes a mi alrededor rompían olas muy bajas y como fosforescentes, que se abrían con un ruido seco y una crujiente espuma. La misma Hispaniola, cuya estela me arrastraba, parecía vacilar y vi su arboladura meciéndose sobre la oscuridad de la noche; me fijé mejor, comprobé que la goleta derivaba con rumbo sur.

Eché una mirada hacia atrás, y el corazón saltó en mi pecho. Allí estaba el resplandor de la hoguera. La corriente nos había hecho virar casi en ángulo recto, arrastrándonos, goleta y coraclo, cada vez más rápidamente, con un ruido más intenso, cortando aquella proa las olas cada vez con un chasquido más fuerte, y haciendo remolinos, a través del estrecho hasta la mar abierta.

De improviso la goleta viró con violencia desviándose quizá veinte grados y en ese momento se escucharon gritos a bordo; oí ruidos de carreras hacia cubierta y adiviné que los dos borrachos habían sido interrumpidos en su pelea y se habían dado cuenta de lo sucedido.

Me agazapé en el fondo del maltrecho coraclo y encomendé devotamente mi alma a su Creador. Estaba seguro de que, en cuanto navegásemos más allá del canal, no tardaríamos en estrellarnos contra alguna de aquellas furiosas rompientes, lo que daría fin a todas mis desventuras, y, aunque quizá hubiera podido aceptar la muerte con cierta serenidad, no podía sino mirar con espanto aquel final que me aguardaba.

Supongo que permanecí horas y horas arrojado sin cesar de aquí para allá por el oleaje, calado hasta los huesos y aguardando la muerte en cada zambullida. Poco a poco el cansancio me fue rindiendo; el entumecimiento y un pasajero sopor me invadieron, pese a mi certeza de que iba a morir, y el sueño se apoderó de mí; así que, zarandeado por el mar en aquel coraclo, me dormí y soñé con mi lejana patria y con la vieja «Almirante Benbow».

XXIV. La travesía en el coraclo

Ya era pleno día cuando desperté y me encontré a la deriva en el extremo suroeste de la Isla del Tesoro. El sol estaba alto, aunque aún se ocultaba tras la masa del Catalejo, que en aquella parte de la isla bajaba casi hasta el mar como cortado a pico y dando lugar a un asombroso acantilado.

El cabo de la Bolina y el monte Mesana formaban como un recodo; desértico y sombrío el monte; el cabo, cortado por acantilados de cuarenta o cincuenta pies de altura y flanqueado por enormes peñascos caídos. Yo me encontraba a un cuarto de milla mar adentro y mi primera idea fue ir a tierra y desembarcar. Pero no tardé en abandonar este proyecto. Porque las olas rompían con estruendo contra las rocas derrumbadas, levantando grandes penachos de espuma y agua, y en ese fragor incesante me veía a mí mismo, de aventurarme a desafiarlo, destrozado contra las rocas o agotando mis fuerzas para escalar aquellos brutales peñascos.

Y no era eso todo, sino que vi agrupados en las zonas más lisas de las rocas unos monstruos viscosos —como repugnantes babosas de increíble tamaño—, que en grupos de cuatro o cinco docenas aullaban espantosamente o se dejaban caer al mar con atronadoras zambullidas.

Después he sabido que se trataba de leones marinos, es decir, criaturas inofensivas. Pero su aspecto, unido a lo dramático de aquella costa y al ímpetu del oleaje, fue más que suficiente para borrar de mi cabeza toda idea de desembarcar allí. Mejor morir de hambre en la mar, que afrontar tales peligros.

Pero, como mi confianza me decía, aún quedaban otras posibilidades de mejor suerte. Al norte del cabo de la Bolina la costa seguía por un largo trecho en línea recta, y con la marea baja dejaba al descubierto una ancha faja de amarillas arenas. Y aún más al norte, otro cabo —que las cartas señalaban como cabo Boscoso— avanzaba cubierto de altísimos y verdes pinos que llegaban hasta el borde del mar.

Recordé lo que me había indicado Silver acerca de la corriente que bordeaba la Isla del Tesoro, en dirección norte, a lo largo de la costa occidental. Y como comprobé, por mi posición, que me encontraba en aquellos momentos bajo su influencia, preferí dejar atrás el cabo de la Bolina y guardar todas mis fuerzas para intentar desembarcar en el, al parecer, más propicio cabo Boscoso.

El mar estaba suavemente ondulado. El viento soplaba constantemente y sin violencia desde el sur; y como seguía la misma dirección que la corriente, las olas no llegaban a romper.

De no ser así yo me hubiera ido a pique; pero tal como estaba la mar, mi coraclo navegaba con toda seguridad y velozmente, como si cabalgase sobre las olas. Yo iba echado en el fondo y no asomaba más que lo preciso para mirar. Veía grandes olas azules, que parecían venir sobre mí, pero el coraclo las remontaba elásticamente y caía por el otro lado como un vuelo de pájaro.

Comencé a tomar confianza, y hasta llegué a sentarme para tratar de remar. Pero la más mínima alteración en el equilibrio de peso causaba graves perturbaciones en el rumbo del coraclo. Y en uno de estos movimientos míos, insignificante, por otra parte, el bote perdió su estabilidad, se precipitó en la caída de una ola, y de forma tan brusca, que se hundió vertiginosamente contra el flanco de otra ola que seguía a la anterior.

Quedé empapado y preso del miedo, pero rápidamente aseguré mi anterior posición, y el coraclo pareció estabilizarse y volvió a navegar tranquilamente por entre aquellas grandes olas. No dudé que lo mejor era dejarlo navegar a su natural; lo que, por desgracia, me alejaba de tierra.

Tuve miedo, pero no por ello perdí la cabeza. Traté, primero, de achicar el agua que había inundado el coraclo sirviéndome de mi sombrero; después, asomando con cuidado por la borda, empecé a estudiar las características del bote para deslizarse con tanta suavidad sobre las olas.

Observé que cada ola, en lugar de ser esa gran montaña tersa y pulida que se ve desde tierra o desde la cubierta de un navío, era mucho más parecida a una cordillera con sus picos y sus montes y valles. El coraclo, abandonado a la deriva, serpenteaba por entre las olas acomodándose a las zonas más bajas y esquivando las más abruptas y vacilantes cimas.

«Bien», me dije a mí mismo, «está claro que debes continuar tumbado como estás; pero también puedes aprovechar, cuando el bote esquive las olas y navegue entre dos, para dar con el remo una paletada y tratar de enderezar el rumbo hacia tierra». Y así lo hice. Continué tendido en la más incómoda postura, y de cuando en cuando asomaba para dar un ligero golpe de remo que pretendía guiar el coraclo.

Fue un trabajo penosísimo y lento, pero observé que empezaba a ganar distancia, y cuando me acercaba al cabo Boscoso, aunque sabía que no había forma de pasar cerca de él, había ganado unos centenares de yardas hacia levante, y no estaba ya muy lejos. Podía ver las verdes copas de los pinos meciéndose con la brisa, y eso me dio ánimos para tratar de alcanzar, y sabía que lo conseguiría, el siguiente promontorio.

Me urgía, además, lograrlo, porque empezaba a sentir la falta de agua. El sol era abrasador y el resplandor de sus infinitos reflejos en las olas me consumía hasta el punto que mis labios estaban cubiertos por una costra de sal, mi cabeza ardía de dolor y mi garganta era como una quemadura. La visión de aquellos árboles tan próximos aguzaba mi sed y sentí vértigo; pero la corriente me arrastraba lejos del cabo y, cuando pasé a su altura, de nuevo no tuve ante mí sino una vasta extensión de mar. Pero algo allí hizo cambiar por completo el curso de mis pensamientos.

Frente a mí, a menos de media milla, estaba la Hispaniola, navegando con las velas desplegadas. Inmediatamente pensé que iba a caer en manos de aquellos piratas, pero me sentía tan desfallecido, sobre todo por la falta de agua, que ya no sabía si aquello debía alegrarme o no; tampoco pensé más en ello, porque la sorpresa se apoderó hasta tal punto de mí, que no pude hacer más que mirar y maravillarme.

La Hispaniola navegaba con la vela mayor y dos foques al viento, y la bella lona blanca resplandecía al sol como la nieve o la plata. Cuando apareció ante mis ojos, todas sus velas iban tensas por el viento y llevaba rumbo noreste; me figuré que los que habían quedado a bordo se proponían dar la vuelta a la isla para regresar al fondeadero. Pero después empezó a virar más y más hacia el oeste, y no dudé que me habían descubierto y se proponían abordarme. Y de pronto se detuvo en el ojo del viento, con todas sus velas estremeciéndose.

«¡Inútiles!», me dije; «deben estar borrachos como cubas». Y me imaginé con qué severidad les hubiera reprendido el capitán Smollett.

La goleta empezó a virar, volvió a cobrar viento y siguió navegando; durante un minuto cortó las aguas con velocidad, pero después volvió a quedarse inmóvil, otra vez en el ojo del viento. Una y otra vez sucedió lo mismo. Hacia cualquier lado, norte o sur, este y oeste, la Hispaniola repitió sus inexplicables bandazos y a cada escapada volvía a quedar con el velamen distendido. Pensé que el barco navegaba sin gobierno. Pero ¿dónde estaban entonces los dos marineros? Estarían borrachos o habrían desertado. Y planeé subir a bordo y hacerme con el timón con el fin de entregársela al capitán.

La corriente empujaba ahora la goleta y el coraclo hacia el sur velozmente. La Hispaniola navegaba de manera tan vacilante y tan irregular, y en cada detención permanecía tanto tiempo inmóvil, que pensé que, si me decidía a remar, podía ganar ventajosamente la distancia que nos separaba e incluso alcanzarla. El proyecto tenía un sabor peligroso que me seducía, y sobre todo pensar en el tanque de agua a bordo, junto a la escala de proa, duplicaba mi renacido valor.

Me senté al remo, y en ese instante una ola me cubrió. Pero me mantuve firme y empecé a remar con todas mis fuerzas y con precaución, tratando de abordar la Hispaniola. Embarqué un golpe de mar tan violento, que hube de parar y achicar el bote. Pero mi corazón revoloteaba en mi pecho como un pájaro. Poco a poco fui guiando el coraclo entre las olas y ya no tuve más contratiempos que algún golpe de agua por la proa y los naturales remojones. Iba aproximándome rápidamente a la goleta; ya percibía el brillo del latón de su rueda de timón, que giraba loca, pero no veía ni un alma sobre cubierta. Era extraño, pero supuse que la habían abandonado. O que los marineros debían estar borrachos en el camarote, y en ese caso quizá lograra reducirlos y gobernar el barco a mi antojo.

Durante un rato la goleta permaneció detenida, lo que no era ventajoso para mí. Aproaba hacia el sur, pero daba constantes bandazos y, cada vez que cambiaba de rumbo, las velas cobraban viento y la fijaban en una nueva derrota. He dicho que esto era lo menos ventajoso para mí, porque, si bien parecía inmóvil, veía las velas que restallaban como cañones y los motones rodaban por cubierta, y la goleta seguía alejándose de mí tanto por la fuerza de la corriente como por el viento que la impulsaba.

Pero por fin se presentó mi oportunidad. La brisa amainó durante unos segundos, y sólo impulsada por la corriente la Hispaniola empezó a virar lentamente sobre sí misma y acabó por presentarme la popa con la portañuela del camarote todavía abierta de par en par y la lámpara que aún iluminaba desde la mesa, aunque ya era pleno día. La vela mayor pendía como una bandera. La goleta no tenía otro impulso que la corriente.

Aunque en los últimos momentos yo había perdido terreno, comencé denodadamente a remar tratando de alcanzarla.

No distaba ya más de cien yardas cuando el viento volvió de improviso. Soplaba de babor y las velas lo recogieron hinchándose y la goleta empezó a navegar de nuevo ciñendo y cortando las olas como una golondrina.

Mi primer impulso fue de desesperación, pero inmediatamente sentí un profundo gozo. La goleta viró y avanzó de costado hacia mí, cubriendo velozmente la distancia que nos separaba. Yo contemplaba fascinado la blancura del agua cortada por su roda, y me pareció inmensa desde mi pequeño coraclo.

En ese instante me di cuenta del peligro. No tuve tiempo de pensar; apenas pude saltar, y así salvarme. Porque justamente, cuando me hallaba en la cresta de una ola, me abordó la goleta que avanzaba escorada y como el viento. Vi pasar su bauprés sobre mi cabeza. Salté del coraclo y vi a éste hundirse en las aguas. Me agarré al botalón del foque y afirmé un pie entre el estay y la braza. En ese instante, mientras trataba con todas mis fuerzas de asegurarme, un golpe sordo me advirtió que la goleta acababa de abordar, destrozándolo, al coraclo, y que por lo tanto yo ya no tenía otra salvación que la propia Hispaniola.

XXV. Cómo arrié la bandera negra

Apenas había conseguido encaramarme sobre el bauprés, cuando el petifoque dio una sacudida y se tensó con el viento, batiendo con un violento sonido. La goleta se estremeció hasta la quilla con aquel tremendo impulso, pero un instante después, aunque las otras velas aún recogían viento, dio otra sacudida, como un aletazo, y quedó de nuevo caído.

Casi a punto estuve de caer a la mar; así que me apresuré a gatear por el bauprés hasta dar de cabeza en la cubierta.

Vine a caer a sotavento del alcázar, y la vela mayor, que continuaba tensa por el viento, sirvió para ocultarme. No descubrí a los piratas. En la tablazón, que nadie había baldeado desde el motín, podían contarse las huellas de muchos pies; y una botella, vacía y rota por su cuello, rodaba de un lado a otro por cubierta como una cosa viva entre los imbornales.

De repente la Hispaniola orzó y los foques restallaron; el timón dio un giro y toda la goleta se inclinó con una violentísima sacudida. La botavara cobró hacia la otra borda, chirriando su escota en los motones, y toda la banda de barlovento quedó ante mi vista. Allí estaban los dos piratas: el del gorro rojo, caído de espaldas, tieso, con los brazos abiertos en cruz y mostrando sus dientes por la boca entreabierta. Israel Hands estaba sentado y caído contra la amurada, con su barbilla hundida en el pecho, las manos abiertas apoyadas en la cubierta y el rostro, pese a su piel curtida, tan blanco como la cera de una vela.

Durante cierto tiempo, el barco continuó su rumbo a grandes bandazos como un caballo resabiado, a toda vela y sintiéndose crujir su arboladura. Su proa cortaba las aguas embravecidas, y las olas rompían y caían como lluvia de espuma sobre cubierta; cuánto más violentos resultaban estos bandazos en aquel hermoso barco, que en mi pequeño y rudimentario coraclo que ya estaba en el fondo del mar.

A cada bandazo de la goleta el pirata del gorro rojo resbalaba hacia un lado u otro, pero a pesar de tan tremendo zarandeo —lo que producía una macabra impresión— no se modificaba su aspecto ni aquella siniestra mueca que le hacía enseñar los dientes. También Hands a cada oscilación parecía hundirse más y más en sí mismo, escurriéndose sobre cubierta; su cuerpo empezó a inclinarse hacia popa y pronto lo único visible de su rostro fue una oreja y el rizo medio pelado de una patilla.

En torno a ellos observé grandes manchas oscuras en la tablazón, y vi que era sangre, lo que me hizo pensar que ambos habían muerto uno a manos de otro en el extravío de la borrachera.

Estaba yo mirándolos y pensando en todas estas cosas, cuando, en un momento en que el barco se mantenía bastante quieto, Israel Hands se volvió un poco hacia un lado, con un quejido sordo, y se movió lentamente volviendo a colocarse en su anterior postura. El quejido, propio de un terrible dolor o una mortal debilidad, y más que otra cosa aquel gesto de abatimiento con su cabeza hundida en el pecho casi me ablandaron el corazón. Pero me bastó recordar la conversación que había escuchado desde la barrica de manzanas para que toda piedad desapareciera de mí.

Fui a popa hasta acercarme a él, que estaba junto al palo mayor.

—He subido a bordo, señor Hands —dije irónicamente.

Entonces él volvió sus ojos hacia mí casi sin fuerzas; estaba tan desfallecido como para mostrar sorpresa y sólo pudo articular una palabra:

—Brandy.

Pensé que estaba muriéndose, y pasando bajo la botavara, que de nuevo barría la cubierta, bajé a los camarotes de popa.

Ante mis ojos se ofreció el mayor de los desastres. Todos los armarios y cajones habían sido forzados, supongo que en busca del mapa. El piso estaba enfangado, porque seguramente aquellos malvados se habían revolcado allí en sus borracheras y deliberaciones tras regresar de la marisma cercana a nuestro fortín. Los mamparos, que recordaba pintados de blanco con cenefas doradas, estaban ahora manchados con señales de manos. Docenas de botellas vacías chocaban unas contra otras por todos los rincones del camarote. Uno de los libros de medicina del doctor estaba abierto sobre la mesa y la mitad de sus páginas habían sido arrancadas, imagino que para encender sus pipas. Y en medio de aquella visión, una lámpara, todavía encendida, iluminaba con una luz humosa, débil y sombría.

Fui a la bodega: los barriles de vino habían desaparecido y un sorprendente número de botellas había sido ya consumido y luego arrojado fuera.

No cabía duda de que desde que el motín comenzara ni uno solo de aquellos piratas había estado sobrio ni por un instante. Buscando por aquel desorden encontré una botella en la que aún quedaba un poco de brandy para Hands; y también descubrí galleta, frutas en conserva, un gran racimo de pasas y un trozo de queso, lo que aproveché. Volví a cubierta, puse mis provisiones detrás del timón y, evitando las posibles miradas del contramaestre, me dirigí hacia el tanque de agua y bebí un largo y maravilloso trago. Después me acerqué a Hands y le di el brandy.

Se bebió más de medio cuartillo antes de quitarle la botella de los labios.

—¡Ay! —exclamó—, ¡qué demonios! ¡Lo necesitaba!

Yo estaba en mi rincón y empecé a comer.

—¿Se encuentra muy mal? —le pregunté. Dio un gruñido o, para decirlo mejor, aulló.

—Si aquel medicucho estuviera a bordo —dijo—, me pondría en pie de dos pases, pero no tengo suerte, ya ves, y eso es lo peor que me sucede. En cuanto a ese espantapájaros —añadió señalando al del gorro rojo—, está muerto y bien muerto. No era un marinero, ni siquiera un hombre. Y ahora dime, ¿de dónde sales tú?

—Bien —dije—, estoy a bordo para tomar posesión de este barco, señor Hands; y tendrá la amabilidad de considerarme su capitán hasta nuevas órdenes.

Me miró perplejo, pero no dijo nada. El color empezaba a volver a sus mejillas, aunque continuaba bastante pálido y a cada bandazo de la goleta seguía escurriéndose por la cubierta.

—Y a propósito —continué—, no puedo aceptar esa bandera, señor Hands; así que con su permiso la voy a arriar. Mejor no ondear ninguna que ver izada ésa.

Y sorteando de nuevo la botavara, fui hasta donde estaba amarrada la driza y arrié aquella maldita bandera negra y la arrojé a las aguas.

—¡Dios salve al Rey! —grité, haciendo un alarde con mi sombrero—. ¡Este es el final del capitán Silver!

Él me miraba ya con aire de astucia, aunque seguía sin variar su postura.

—Calculo —dijo finalmente—, calculo yo, capitán Hawkins, que bien le gustaría ahora poder tocar puerto. Podríamos charlar de ello.

—Sí —dije—, con todo mi corazón, señor Hands. Diga qué se le pasa por la cabeza —y continué comiendo con un excelente apetito.

—Ese tipejo —empezó, señalando, tembloroso por la debilidad, el cadáver —… O'Brien se llamaba… un apestoso irlandés. Bien, ese hombre y yo largamos velas para volver al fondeadero. Él está ya muerto y más tieso que un pantoque, y no sé quién va a poder gobernar este barco. Si yo no le digo lo que tiene usted que hacer, usted no es hombre que sepa de esto, por lo que a mí se me alcanza. Así que podemos hacer un trato: usted me da de comer y de beber y algún trapo para vendarme la herida, y yo le diré cómo debe gobernar el barco. Así cuadran las cuentas, y cada cual toma lo suyo.

—Voy a decirle una cosa —le contesté—: No voy a regresar al fondeadero del capitán Kidd. Mi idea es llevar la goleta a la Cala del Norte y vararla allí tranquilamente.

—Así tendrá que ser —exclamó—. No soy ningún estúpido marino de agua dulce, después de todo. Tengo ojos en la cara, ¿no? He jugado y perdido, y es usted quien ahora manda. ¿A la Cala del Norte? ¡No me da donde elegir! Pero estoy dispuesto a ayudarlo, aunque me conduzca al Muelle de las Ejecuciones, ¡rayos!, así lo haré.

No me pareció que sus palabras careciesen de cierto buen sentido. Y cerré aquel trato. En tres minutos la Hispaniola ya navegaba apaciblemente con buen viento a lo largo de la costa de la Isla del Tesoro, y esperábamos doblar el cabo septentrional antes del mediodía y alcanzar la Cala del Norte antes de la pleamar, porque ése era el momento en que podríamos embarrancarla sin que sufriera daños, y desde allí, con el reflujo, desembarcar.

Fijé con un cabo la rueda del timón y bajé a buscar mi cofre, del que saqué un pañuelo de seda de mi madre, de gran suavidad. Ayudé a Hands a vendarse la cuchillada, pues aún sangraba, en el muslo, y tras haber comido un poco y con otro par de tragos de brandy, noté que empezaba a revivir, y hasta enderezó su postura y hablaba con más vigor. Era ya otro hombre.

La brisa nos impulsaba favoreciendo nuestros deseos. La goleta cortaba el mar navegando ligera como un pájaro; la costa de la isla pasaba rápidamente ante nosotros y el paisaje cambiaba a cada minuto. Pronto dejamos de ver las tierras altas y empezamos a navegar a la altura de un territorio bajo y arenoso poblado de pinos enanos; y pronto también aquel paisaje quedó atrás, hasta que doblamos el promontorio de la colina rocosa con que la isla termina por el norte.

Yo me sentía eufórico con mi flamante mando y fascinado por la belleza de la luz del sol y los variados matices, y la conciencia, que antes me había amonestado por esta aventura, callaba ahora ante la gran victoria que había representado. Creo que mi alegría hubiera sido completa de no tener presentes los ojos del contramaestre, que me seguían donde me encontrase y con la extraña sonrisa que no se borraba de su cara. Era una sonrisa en la que se mezclaban dolor y desfallecimiento —parecía la macilenta sonrisa de un anciano—, pero con un tinte sombrío de felonía, y ese rictus seguía todos mis movimientos, espiándome, aguardando.

XXVI. Israel Hands

El viento, sirviendo a nuestros deseos, cambió al oeste. Podíamos navegar con más facilidad desde el extremo noreste de la isla hasta la entrada de la Cala del Norte. Pero como no había forma de poder anclar, y yo no me atrevía a varar la goleta hasta que la marea estuviera alta, durante largo tiempo no tuvimos nada que hacer a bordo. El contramaestre me indicó cómo fachear el barco; y, tras muchos intentos, al fin logré hacerlo y los dos nos sentamos silenciosos a comer.

—Capitán —me dijo, con aquella misma inquietante sonrisa—, ¿qué hacemos con mi viejo camarada O'Brien? ¿Por qué no lo coge usted y lo arroja al agua? Yo no soy particularmente melindroso, sí me duele haberlo liquidado, pero no considero que esté bien ahí en cubierta… Feo ornamento, ¿no cree usted?

—Ni tengo fuerzas yo solo ni me apetece la tarea —le contesté—. Por mí, ahí se queda.

—Este es un barco sin suerte, Jim —siguió, haciéndome un guiño de complicidad—. Un puñado de hombres ha caído ya en esta Hispaniola, pobres marineros que se ha tragado el otro mundo desde que embarcamos en Bristol. No, nunca he visto un barco con peor suerte. Mira a este O'Brien… y ahora está muerto, ¿no es verdad? Pues bien, yo no soy hombre de letras y tú eres un mozo que sabe leer y entiende esas cosas de la pluma; y para decirlo sin rodeos, ¿tú crees que, cuando uno se muere, lo hace para siempre o que vuelve otra vez?

—Se puede matar el cuerpo, señor Hands, pero no el espíritu; ya debía saberlo —repliqué—. O'Brien está en el otro mundo, y hasta puede que nos esté mirando.

—¡Oh! —exclamó—. Pues es de lamentar, porque así es como si matar a uno no fuera más que matar el tiempo. De todos modos, los espíritus no cuentan mucho, por lo que yo sé. No me asusta tener que vérmelas con ellos, Jim. Y ahora que estamos hablando con confianza, te agradecería mucho que bajases al camarote y me trajeras un… bueno, un… ¡cómo crujen mis cuadernas!, no doy con el nombre; bien, tú tráeme una botella de vino, Jim, porque este brandy es demasiado fuerte para mi cabeza.

Todo aquello no me parecía natural, y desde luego que prefiriese el vino al aguardiente no podía yo creerlo. Aquello no era más que un pretexto. Quería alejarme de la cubierta, de eso no había duda, pero ignoraba con qué propósito. Su mirada esquivaba la mía; sus ojos miraban de soslayo y hacia todas partes, lo mismo hacia los cielos que, furtivamente, hacia el cadáver de O'Brien. Seguía sonriendo sin cesar y se relamía tan gustosamente, que hasta un niño hubiera podido percatarse de que maquinaba alguna artimaña. Pero yo conocía mi terreno, y con alguien en el fondo tan torpe no me resultaba difícil ocultar mis sospechas; y le dije sin vacilar:

—¿Vino? Estupendo. ¿Lo quieres blanco o tinto?

—Calculo que viene a ser la misma cosa para mí, compañero —replicó—; con tal que sea fuerte y abundante, ¿qué importa lo demás?

—De acuerdo —le contesté—. Voy a traerte Oporto, amigo Hands. Pero me va a costar trabajo dar con la botella.

Y diciendo esto me alejé hacia la escala del camarote, haciendo el mayor ruido posible; y entonces me quité los zapatos, di vuelta por el pasillo, subí por la escala del castillo de proa y asomé la cabeza a ras de la cubierta. Yo sabía que él no podía ni imaginarse que yo apareciera allí, pero de todas formas fui lo más cauteloso posible; y en verdad que mis sospechas quedaron confirmadas.

Hands abandonó su postración, incorporándose dificultosamente; y a pesar de notarse que la pierna le producía un dolor intenso —pues le oí quejarse—, cruzó sin embargo la cubierta rápidamente hasta la banda de babor y de un rollo de maroma sacó un largo cuchillo, o quizás fuera corto, pero estaba hasta la empuñadura tinto en sangre. Lo examinó por unos instantes acercándoselo a los ojos, probó el filo y la punta en la palma de su mano, y después lo escondió apresuradamente en el bolsillo interior de su casaca. Y volvió a arrastrarse hasta el lugar que antes ocupaba apoyado en la amurada.

Yo no precisé saber más. Israel podía moverse, estaba armado, y, si tenía las lógicas intenciones de deshacerse de mí, sin duda que fácilmente yo me convertiría en su víctima. Cómo pensara arreglárselas después, atravesando la isla a rastras desde la Cala del Norte hasta la ciénaga donde estaban sus compañeros, o confiando en que éstos acudirían en su ayuda, no lo podía imaginar.

Pero a pesar de todo tenía la seguridad de que al menos en una cosa podía fiarme de él, puesto que nuestros intereses coincidían, y era en poner a salvo la goleta. Ambos queríamos embarrancarla con el menor daño posible en un lugar seguro, con el fin de que en su momento pudiera ser puesta a flote de nuevo sin demasiado trabajo; y hasta tanto consiguiéramos vararla, mi vida, así lo creía, estaría segura.

Al mismo tiempo que meditaba en todas estas cosas, me deslicé de nuevo hasta el camarote, me calcé mis zapatos y cogí la primera botella de vino que encontré a mano; aparecí con ella en cubierta.

Hands seguía tumbado como un guiñapo donde lo había dejado, y tenía los ojos casi cerrados como si estuviera tan débil que no pudiera resistir la luz del sol. En cuanto me vio, alzó su mirada, tomó la botella, rompió el cuello con la maestría del que está habituado a hacerlo, y dio un largo trago que solemnizó con un brindis.

—¡Suerte!

Después se quedó un rato tranquilo, y luego, sacando un pedazo de tabaco, me pidió que le cortase un trozo.

—Córtame un cacho —me dijo—, porque no tengo navaja ni fuerzas. Ojalá las tuviera. ¡Ay, Jim, Jim, creo que he perdido mis estays! Córtame un cacho, porque me temo que no vas a cortarme muchos más, muchacho; voy a hacer mi último viaje y no hay que engañarse.

—Bien —le dije—, te cortaré el tabaco; pero, si yo estuviera en tu lugar y me creyera tan condenado, me pondría a rezar como un buen cristiano.

—¿Por qué? —me contestó—. Dime por qué.

—¿Por qué? —exclamé—. Hace poco me hablabas de los muertos. Tú has traicionado, has vivido en pecado y has vertido sangre; a tus pies hay ahora mismo un hombre a quien has asesinado. ¡Y me preguntas por qué! ¡Por Dios, Hands, ése es el porqué!

Le dije esto bastante enfurecido, pensando además en el cuchillo que llevaba oculto en su bolsillo y que destinaba, y de sus malos pensamientos no tenía yo dudas, a terminar conmigo. Él, por su parte, bebió un largo trago de vino y me dijo con extraña e inesperada solemnidad:

—Treinta años llevo navegando los mares. Y he visto de todo, bueno y malo, he sufrido los peores temporales y sé lo que es acabarse las provisiones y tener que defenderse a cuchillo, y todo lo que haya que ver. Pero te voy a decir algo: no he visto nunca nada bueno que venga de lo que llamáis virtud. Hay que pegar el primero; los muertos no muerden. Esa es mi opinión, amén. Y ahora escucha esto —añadió, cambiando bruscamente su tono—: ya está bien de niñerías. La marea está subiendo y podemos pasar. Obedece mis órdenes, capitán Hawkins, y embarranquemos el barco y acabemos de una vez.

Sólo teníamos que salvar unas dos millas, pero la navegación era difícil: la entrada a la Cala del Norte era angosta y de poco calado, y además formaba un recodo, de manera que la goleta debía ser gobernada con mucha habilidad para conseguir que llegara a su destino. Yo era un buen subalterno, que cumplía con eficacia las órdenes, y estoy seguro de que Hands era un magnífico piloto; así que fuimos sorteando los bancos sin el menor problema y con tal precisión, que contemplar la maniobra hubiera procurado un inmenso placer.

En cuanto atravesamos los dos pequeños cabos que cerraban la entrada, nos encontramos en el centro de una bahía. Las costas de la Cala del Norte estaban cubiertas por bosques tan espesos como los que yo había visto en el otro fondeadero; pero éste era más estrecho, con forma alargada, que le daba el aspecto de un estuario. Frente a nosotros, en el extremo sur, vimos los restos de un buque hundido, que estaba en su última fase de ruina. Debía haber sido un navío de tres palos, pero llevaba seguramente tantos años expuesto a la injuria del tiempo, que por todas partes estaba cubierto como por inmensas telarañas de algas, que, al bajar la marea, surgían en sus mástiles chorreando agua. Sobre la cubierta ahora visible habían arraigado los mismos matorrales que en la costa veíamos cubiertos de flores. Era un espectáculo triste, pero nos aseguraba que aquel fondeadero era un buen abrigo.

—Ahora —dijo Hands—, ten cuidado; hay un trozo de playa que es perfecto para varar el barco. Arena fina, seguro que nunca hace viento y está rodeado de árboles, y mira las flores que crecen como en un jardín sobre ese viejo barco.

—Cuando embarranquemos —pregunté—, ¿cómo podremos volver a sacarlo a flote?

—Ah —replicó—, tú tomas una maroma y la llevas a tierra, cuando la marea ya esté baja; la fijas en uno de aquellos grandes pinos; la traes a bordo y le das otra vuelta en el cabestrante, y ya no hay más que esperar la pleamar, y sale a flote él solo como la cosa más natural. Y ahora, muchacho, pon atención. Estamos ya sobre el sitio justo y el barco navega demasiado rápido.
¡Un poco a estribor! ¡Ahí! ¡Sostén firme! ¡A estribor!… ¡Ahora un poco a babor! ¡Sostén firme!

Seguía dando órdenes que yo obedecía inmediatamente. De pronto, gritó:

—¡Ahora, muchacho… orza!

Yo fijé el timón, y la Hispaniola viró rápidamente y avanzó de proa hacia la costa baja y frondosa.

La excitación por toda la maniobra me impidió, desde luego, estar pendiente del contramaestre como con anterioridad. Y hasta en aquel momento la seguía yo con tan vivo interés, esperando el instante en que el barco embarrancase, que me olvidé del peligro que me amenazaba y sólo tenía ojos para mirar por la borda cómo la proa cortaba las olas. Y allí hubiera perecido sin siquiera luchar por mi vida, si no hubiera sido porque un presentimiento me sobrecogió y me hizo volver la cabeza. Quizá fue un ruido, o que vi la sombra de Hands con el rabillo del ojo; acaso un instinto como el de los gatos; pero el caso es que, cuando miré hacia atrás, allí estaba Hands ya casi sobre mí con el cuchillo en su mano derecha.

Recuerdo que los dos gritamos cuando nuestros ojos se encontraron; pero, si el mío fue un grito de terror, el suyo era una especie de bufido salvaje, como el de un toro al embestir. Saltó sobre mí al mismo tiempo que daba aquel furioso alarido, y yo salté como pude hacia el castillo de proa. Al precipitarme para esquivar su golpe, solté el timón, y la rueda empezó a girar violentamente a sotavento; creo que eso fue lo que me salvó la vida, porque, al girar, dio a Hands en el pecho con tal violencia, que quedó parado en seco.

Antes de que él se recobrara, ya me había puesto a salvo, escapando de aquel rincón donde podría acorralarme; ahora tenía toda la cubierta libre para esquivar sus ataques. Me protegí tras el palo mayor y saqué mi pistola; él venía directamente hacia mí blandiendo el cuchillo. Apunté con serenidad y apreté el gatillo. Pero no se produjo el disparo; el agua del mar había inutilizado mi arma. Me maldije a mí mismo por ese descuido. ¿Cómo no se me había ocurrido cebar de nuevo la pistola y comprobar su carga? En aquellas circunstancias yo no era más que una oveja esperando a su carnicero.

Aunque Hands estaba herido, era increíble la agilidad con que se movía, y parecía un demonio con el pelo aceitoso cayéndole sobre su rostro y las mejillas encendidas por la agitación o por la furia. Yo no tenía tiempo de probar la otra pistola, ni demasiada confianza en que no estuviera inservible. Una cosa era clara para mí: si continuaba retrocediendo, no tardaría en acorralarme contra la proa, como antes había estado a punto de conseguirlo en popa. Y si lograba cercarme, lo único que yo podía esperar de este lado de la eternidad eran nueve o diez pulgadas de acero ensangrentado dentro de mi cuerpo. Me escondí tras el palo mayor, que era de un respetable grosor, y esperé con todos mis nervios en tensión.

Cuando vio que yo me defendía con aquella especie de juego del esquinazo, se detuvo; y durante unos momentos intentó alcanzarme con rápidos golpes de su cuchillo, a los que yo respondía esquivando a un lado y otro del mástil. Era un juego que a menudo había yo practicado en mi tierra, entre los peñascos del Cerro Negro; pero nunca pensé que tendría que utilizarlo de aquel modo. De otras formas no hice quizá otra cosa que seguirlo imaginando que tenía que vérmelas con un marino viejo y además herido en una pierna. Eso pareció acrecentar mi valor, hasta el punto que incluso aventuré pronósticos sobre el desenlace; pero, si empezaba a considerar la posibilidad de prolongarlo mucho tiempo, no alcanzaba ninguna esperanza sobre su resultado.

Y así estaban las cosas, cuando de repente la Hispaniola embarrancó, escoró con violencia y quedó varada en el arenal con una inclinación de cuarenta y cinco grados a babor; penetró un poco de agua por los imbornales, que hizo pequeños charcos entre la cubierta y la amurada.

Hands y yo fuimos derribados al mismo tiempo y rodamos casi juntos hasta la banda; el cadáver del pirata del gorro rojo, que aún conservaba los brazos en cruz, rodó, rígido, junto a nosotros. Yo di con la cabeza contra un pie del timonel, y sentí el golpe resonar en mi boca. Pese a ello, me levanté inmediatamente, antes que Hands, al que le había caído encima el cadáver. La inclinación del barco no era a propósito para poder correr en cubierta; era preciso que yo buscara un medio de escapar, y lo antes posible, porque mi enemigo estaba a punto de lanzarme el cuchillo. Rápido como el pensamiento, salté a un obenque de mesana, trepé por él todo lo rápido que mis manos me permitían y no respiré hasta verme sentado en la cruceta.

Mi ligereza me salvó; el cuchillo se clavó a menos de medio pie por debajo de mí, cuando empecé a trepar a toda velocidad. Vi a Israel Hands con gesto de perplejidad, su rostro levantado, mirándome con la boca abierta.

Aproveché aquel instante de sosiego para cebar de nuevo mis pistolas, y, cuando ya tuve una dispuesta, preparé la otra convenientemente.

Hands se quedó desconcertado e indeciso; se daba cuenta de que con aquellos dados no ganaría nunca; y después de visibles vacilaciones, trató de encaramarse por el cabo, con el cuchillo entre sus dientes. Pero trepar no era empresa fácil para él; mucho tiempo gastó en ello y cuántos ayes, con aquella pierna colgando herida. Ya tenía yo mis dos pistolas preparadas cuando aún no había él trepado ni una tercera parte del obenque. Entonces, mirándolo, y con una pistola en cada mano le grité:

—¡Un palmo más, señor Hands, y le salto los sesos! Los muertos no muerden, ¿no es eso lo que dijo? —añadí, riendo entre dientes.

Se detuvo. Vi, por su gesto, que trataba de pensar, lo que para él era empresa harto lenta y dificultosa, y yo, crecido por mi superioridad en aquel momento, solté una carcajada. Él tragó saliva varias veces, y trató de hablar, aunque sin perder aquella expresión de perplejidad. Para poder hacerlo se quitó el cuchillo de su boca, pero no hizo ningún otro movimiento.

—Jim —me dijo—, calculo que los dos estamos en un mal paso, y que no tenemos otra salida que firmar un pacto. Si no hubiera sido por el bandazo, te habría atrapado; pero ya te dije que este barco trae mala suerte, sí, señor; y creo que tendré que rendirme, aunque sea duro, ya lo ves, para un buen marinero, siendo tú un grumete, Jim.

Saboreaba yo estas palabras, tan sonriente y ufano como un gallo en su corral, cuando de improviso vi a Hands que echó la mano atrás por encima del hombro. Algo silbó en el aire como una flecha; sentí un golpe y después un agudo dolor, y quedé clavado por mi hombro contra el mástil. Ni lo pensé; el dolor era muy fuerte y no menos mi sorpresa; nunca he sabido si quise disparar o no, pero apreté los dos gatillos. Ambas pistolas cayeron de mis manos, y junto a ellas, con un grito ahogado, el timonel Israel Hands se soltó del obenque y cayó de cabeza al mar.

XXVII. ¡Doblones!

Como el barco estaba tan escorado, los mástiles sobresalían sobre las aguas, y a la altura que yo estaba, en la cruceta, veía bajo mis pies la superficie de la bahía. Hands, que no había alcanzado esa altura, cayó cerca del casco, casi junto a la borda. Vi su cuerpo emerger entre remolinos de espuma sanguinolenta y volver a hundirse para siempre. Cuando la mar estuvo en calma, pude verlo hecho un ovillo en el fondo de limpia y luminosa arena, en la sombra que proyectaba el casco de la goleta. A veces el temblor de una ola provocaba la ilusión de un movimiento, como si intentara levantarse. Pero estaba bien muerto, con dos disparos y, además, ahogado, y ya no era más que comida para los peces, como yo lo hubiera sido.

Empecé a sentirme mareado, desfallecido y sobrecogido por el miedo. Noté cómo la sangre caliente me corría por la espalda y el pecho. El cuchillo que me sujetaba por el hombro al mástil era como un hierro al rojo; sin embargo no me pesaba tanto ese dolor, que me creía capaz de soportar sin una queja, como el terror a caer desde la cruceta en aquellas aguas serenas y verdosas junto al cuerpo del timonel.

Me agarré con todas mis fuerzas a la cruceta, hasta que me dolieron las uñas, y cerré los ojos para no ver aquella escena. Poco a poco fui recobrando el valor, el pulso volvió a latir con un ritmo más tranquilo y comencé a sentirme dueño de mí mismo.

Mi primer pensamiento fue el de arrancarme el cuchillo; pero estaba clavado con tanta fuerza, y los nervios me fallaron, que tuve que desistir con un violento escalofrío. Y como siempre sucede con las cosas más insignificantes, fue ese tiritón el que resolvió mi problema. Porque el cuchillo, que había estado a punto de herirme en algún lado más grave o mortal, lo único que atravesaba era la parte superior del hombro, casi solamente la piel, y aquel escalofrío terminó por desgarrarla. La sangre manó copiosamente, pero me sentía libre y podía moverme y sólo mi casaca y mi camisa me unían al palo, lo que no tardé en resolver dando un fuerte tirón.

Sin perder tiempo me deslicé por el obenque de babor hasta cubierta; ni por todo el oro del mundo lo hubiera hecho por el de estribor, que caía a plomo sobre las aguas donde reposaba Israel Hands.

Bajé al camarote y curé mi herida como pude. El dolor era muy intenso y sangraba abundantemente, pero no era profunda y no la juzgué grave, ni tampoco me impedía demasiado mover el brazo. Después inspeccioné el barco, y, pues ahora estaba bajo mi mando, decidí desembarazarme de su último pasajero, el cadáver de O'Brien.

Yacía arrojado como un fardo contra la amurada, una especie de desfondado espantapájaros de rostro como la cera. Estaba en una postura que facilitaba mis intenciones; y como ya empezaba a estar habituado a estas macabras experiencias, mi antiguo temor ante los muertos había casi desaparecido. Lo agarré por la cintura, como un saco de salvado, y de un buen empujón lo arrojé por la borda. Se hundió con un ruidoso chapuzón, su gorro rojo quedó flotando en las aguas, y, cuando me dejó la espuma producida por su caída, lo vi tendido junto a Israel, moviéndose ambos con la ondulación del mar. O'Brien, aunque joven, era bastante calvo, y allí se destacaba su cráneo mondo apoyado en las rodillas de su asesino, y sobre los dos cuerpos, los peces que empezaban a congregarse.

Ahora estaba yo solo en la goleta. La marea empezaba a cambiar. El sol llegó a su ocaso y ya las sombras de los pinos se alargaban a través del fondeadero y pintaban sobre la cubierta grandes manchas de luz y sombra vacilantes. La brisa del atardecer se levantaba, y aún protegido por la colina de los dos picos, que se levantaba hacia el este, el aparejo empezaba a vibrar con un sordo silbido y las velas a agitarse de un lado para otro.

Entonces caí en la cuenta de que existía peligro para el barco. Pude arriar los foques con cierta facilidad, y los abandoné caídos en cubierta; pero la vela mayor era una tarea mucho más difícil. Cuando la goleta escoró al embarrancar, la botavara había caído del mismo lado, saliendo sobre la borda, y las jimelgas así como parte de la lona cayeron al mar. Pensé que aquello aumentaba el peligro, pero en mi turbación no veía forma de solucionar el problema. Determiné cortar la driza, y así lo hice con mi navaja. El pico de la cangreja quebró de inmediato y una gran panza de lona distendida flotó sobre el mar. Eso fue todo lo que pude hacer, porque no conseguí mover la cargadera, y dejé la Hispaniola a su suerte como yo quedaba a la mía.

Cuando terminé estos trabajos, la oscuridad cubría el fondeadero y recuerdo que las últimas luces del sol entraban a través de un claro de los bosques y brillaban como una joya en las algas y flores que cubrían aquel navío hundido a la entrada de la bahía. Empecé a sentir frío; la bajamar asentaba la goleta más y más sobre su casco y aumentaba su escora.

Traté de encaramarme hacia proa con gran dificultad y miré sobre la borda. No parecía haber mucha profundidad, y sujetándome con cuidado a la driza cortada me dejé caer lentamente al agua. Apenas me llegaba a la cintura, la arena era dura, y notaba las ondulaciones del fondo; feliz y con bastante ánimo vadeé hasta la orilla. La Hispaniola quedó allí varada, con su vela mayor cubriendo la superficie de las aguas. En ese instante el sol se ocultó y la brisa empezó a soplar suavemente por entre los árboles en la oscuridad del crepúsculo.

Por lo menos yo estaba en tierra y no volvía del mar con las manos vacías. La goleta estaba libre de filibusteros y aguardando a nuestra gente para ser tripulada de nuevo y navegar. Yo no tenía otro pensamiento que regresar a la empalizada y gozar del relato de mi aventura. Era posible que me amonestasen por ella, pero el haber capturado la Hispaniola pensaba que podía callar todas las voces y estaba convencido de que hasta el propio capitán Smollett tendría que admitir que yo no había perdido el tiempo.

Con esos pensamientos, y alegre como el que más, tomé camino en dirección al fortín para encontrarme con mis compañeros. Traté de situarme partiendo de que el más oriental de los ríos, que desembocaban en el fondeadero del capitán Kidd, bajaba desde el monte de los dos picos que ahora tenía yo a mi izquierda; y empecé a rodearlo para cruzar cerca de su nacimiento, donde el caudal era escaso. El bosque no parecía demasiado impenetrable, y, siguiéndolo a lo largo de las estribaciones del monte, no tardé en recorrer su ladera y dar con el río, que atravesé con el agua a media pierna. Así llegué a un sitio que reconocí como aquel donde me había encontrado con Ben Gunn, el abandonado; seguí entonces mi camino con más cautela, vigilando hacia todas partes. La noche había caído y, cuando llegué cerca de la depresión entre los dos picachos, advertí como un fulgor vacilante, y pensé que el hombre de la isla estaría cocinando su cena en una hoguera. Me inquietaba imaginarlo tan despreocupado, porque ese mismo fuego que yo veía podía ser descubierto también por Silver desde su campamento en la ciénaga.

Fui acercándome poco a poco, aprovechando la oscuridad de la noche, y mucho me costó no perderme en mi camino; el monte de los dos picos quedaba a mis espaldas y el Catalejo a mi derecha, ambos muy desdibujados por la noche; pocas eran las estrellas y su brillo apagado, y el terreno por donde yo caminaba estaba plagado de matorrales que más de una vez me hicieron caer sobre la arena.

De pronto me encontré en el centro de una tenue claridad. Levanté los ojos; pálidos rayos de bellísima luz se abrían sobre la cima del Catalejo, y, casi inmediatamente, un inmenso disco de plata se levantó sobre las copas de los árboles: era la luna.

Bajo su luz anduve rápidamente los últimos tramos de mi camino; y unas veces corriendo, otras paso a paso, fui acercándome lleno de impaciencia a la empalizada. Cuando alcancé el bosque que la rodeaba, tuve buen cuidado en arrastrarme cautelosamente, porque hubiera sido un triste fin para mis aventuras recibir un tiro por equivocación de mis propios compañeros.

La luna iba levantándose con todo su esplendor; su luz iluminaba grandes zonas del bosque, y de pronto, ante mí, entre los árboles, vi un resplandor de muy distinto color. Un fulgor rojizo que por momentos se apagaba, como si fuera el rescoldo de una hoguera.

No podía ni imaginar de qué podía tratarse.

Me deslicé hasta la orilla del calvero. Hacia el oeste se veía iluminado por la luna; el resto, incluyendo el fortín, estaba aún cubierto por la oscuridad, unas tinieblas salpicadas aquí y allá por plateadas franjas de luz. Detrás del fortín brillaban las ascuas de lo que fue una hoguera, pero aún irradiaba un fuerte resplandor rojizo que contrastaba vivamente con la mórbida blancura de la luna. No se oía ruido alguno ni se sentía otra presencia que el suave sonido de la brisa.

Me detuve muy asombrado, y quizá con cierto temor. Yo sabía que mis compañeros no tenían la costumbre de encender grandes hogueras, antes bien, por orden del capitán, limitábamos las ocasiones de hacer fuego; y comencé a temer que algo malo les hubiera sucedido durante mi ausencia.

Me agazapé y con mil cuidados empecé a arrastrarme hacia el este, encubierto por las sombras, y busqué el lugar donde la empalizada estuviera más protegida por la oscuridad, y allí la crucé.

Continué arrastrándome sin hacer el menor ruido hasta llegar a una de las esquinas del fortín. Conforme me aproximaba mi corazón iba tranquilizándose. Cuántas veces había aborrecido el sonido de los ronquidos de mis compañeros, pero cómo lo esperaba escuchar en aquellos momentos; y cómo se llenó mi corazón de alegría cuando hasta mí llegaron. Hasta aquel grito tan marinero de guardia: «¡Todo bien!», jamás habría sido tan tranquilizador.

Pero, de todas formas, empezó a inquietarme un sexto sentido: la vigilancia en torno a la empalizada era deplorable. Si hubiera sido Silver o alguno de los suyos, en lugar mío, ninguno de mis compañeros hubiera vuelto a ver la luz del día. Pensé que quizá las heridas del capitán le habían impedido organizar mejor los centinelas, y me culpé a mí mismo por haberlos abandonado en aquella situación.

Llegué a la puerta y me puse en pie. Dentro había una absoluta oscuridad y era imposible distinguir a nadie. Se escuchaba el ruido monótono de los ronquidos y me pareció oír un rumor de aletazos o el roce de un pico, que no podía —o no quería— explicarme. Empecé a andar hacia el interior tanteando con los brazos. «Mi lecho estará donde antes» (imaginé regocijado); «y cuando despierte mañana, cómo voy a reírme al ver su estupor».

Mi pie tropezó con algo blando: era una pierna; quien fuese gruñó y dio media vuelta sin llegar a despertarse.

En ese instante, de improviso, una voz estridente rompió a chillar en la oscuridad:

—¡Doblones! ¡Doblones! ¡Doblones! ¡Doblones! ¡Doblones!

Y continuó imparable como el repiqueteo de un pequeño telar. ¡Era el loro verde de Silver, el Capitán Flint! Eso era lo que yo había oído picotear; era él quien, mejor centinela que ningún humano, anunciaba mi llegada con su abrumador estribillo.

No tuve ni tiempo de recobrarme de la sorpresa. A los agudos y metálicos chillidos del loro se despertaron los durmientes y rápidamente se levantaron; y con un tremendo juramento la voz de Silver tronó:

—¿Quién va?

Intenté echar a correr, pero choqué con uno de los piratas y, al retroceder, me precipité en brazos de otro, que me sujetó con fuerza.

—¡Trae una antorcha, Dick! —dijo Silver, cuando se aseguró de mi captura.

Y uno de ellos salió del fortín y volvió rápidamente con una rama encendida.

****

PARTE SEXTA: EL CAPITÁN SILVER

XXVIII. En el campamento enemigo

La luz de aquel fuego que iluminó el interior del fortín no hizo sino que viera realizados mis más sombríos presentimientos. Los amotinados se habían apoderado del recinto y de todas nuestras provisiones; allí estaban el barril de aguardiente, la salazón de cerdo y la galleta, pero lo peor, lo que hizo aumentar mis temores, es que no vi ni rastro de prisioneros. Imaginé que sin duda habían perecido y mi corazón se llenó de dolor por no haber estado con ellos en tan grave momento.

En total eran seis los piratas; todos los que habían quedado vivos. Había cinco en pie, con huellas de cansancio en sus rostros abotargados, de encendidas mejillas, recién despertados del primer sueño de la borrachera. Un sexto bucanero estaba incorporado apoyándose sobre un codo; tenía una palidez mortal y las ensangrentadas vendas liadas en su cabeza indicaban que hacía poco que había sido herido, y, aún menos, curado. Pensé que era el mismo que yo había visto correr hacia el bosque después de recibir un tiro.

El loro estaba quieto, picoteándose el plumaje, en el hombro de John «el Largo». Silver parecía más pálido e intranquilo que de costumbre. Lucía todavía aquel vistoso traje con el que había capitaneado el motín, pero ya se veía deslustroso, lleno de barro y rotos causados por los arbustos.

—Así que —dijo— aquí tenemos a Jim Hawkins. ¡Así revienten las cuadernas!, y caído del cielo, como suele decirse, ¿eh? Bien, acércate, ¿porque vienes como amigo, no?

Y diciendo esto se sentó en el tonel de aguardiente y empezó a cargar su pipa.

—¡Acércame una tea encendida, Dick! —llamó, y cuando la pipa ya tiraba—. Está muy bien muchacho —añadió—; tira la tea por ahí. Vosotros, caballeretes, volved a dormir; no es preciso que sigáis aquí contemplando al señor Hawkins; seguro que él os disculpará. Así pues, Jim —prosiguió retacando su pipa—, has vuelto, ¡qué sorpresa tan agradable para el pobre y viejo John! Ya vi que eras listo la primera vez que te eché un ojo encima, pero la verdad es que no comprendo este regreso tuyo.

Como puede suponerse, yo no contesté a sus palabras.

Me había colocado de espaldas a la pared y allí permanecí, mirando a Silver cara a cara, intentando aparentar una valentía que el desconsuelo de mi corazón hacía muy difícil.

Silver dio un par de chupadas a la pipa, con mucha tranquilidad, y prosiguió:

—Ahora que estás aquí, Jim —me dijo—, voy a confesarte mis pensamientos. Siempre me has parecido un muchacho formidable, sí, señor, con empuje, el propio retrato de mí mismo cuando yo era joven y apuesto. Siempre he querido verte unido a nosotros y que tuvieses tu parte y vivieras como un caballero, y, ahora, gallito, no tienes más remedio que hacerlo. El capitán Smollett es un buen marino, mejor que yo lo seré nunca, pero es demasiado rígido con la disciplina. «El deber es el deber», dice siempre, y lleva razón. Ten cuidado con él. Y con el doctor, que no quiere ni verte; «un bribón desagradecido», es lo que me dijo que pensaba de ti. En resumen: no puedes volver con los tuyos porque no quieren nada contigo; y a menos que tú solo seas una tripulación, lo que resultaría bastante solitario, no tienes otro camino que enrolarte con el capitán Silver.

Al menos me había enterado de que mis compañeros aún vivían, y, aunque no dudaba de las palabras de Silver sobre los sentimientos que hacia mí abrigaban, lo que había oído me dejaba menos entristecido que confortado.

—No es preciso que te repita que estás en nuestras manos —continuó Silver—, porque eso se ve, ¿no? Pero yo soy hombre que gusta de argumentar; siempre he aborrecido las amenazas, que además no sirven para nada. Si te gusta mi ofrecimiento, de acuerdo, únete a nosotros; si no te gusta, Jim, eres libre para decir que no, completamente libre, compañero. No creo que ningún navegante hijo de buena madre pueda hablar más claro, ¡o que me hunda!

—¿Tengo que responder ahora? —contesté con voz trémula. Porque a través de todo aquel irónico parlamento, yo veía una grave amenaza que iba cayendo sobre mí, y sentí un intenso calor en mi rostro y mi corazón latir con violencia.

—Muchacho —dijo Silver—, nadie te aprieta. Echa tus cuentas. Ninguno de nosotros te apremia, compañero; y es agradable pasar el tiempo en tu compañía, tenlo por seguro.

—Bien —dije, tratando de aparentar valor—. Si he de elegir, lo primero que creo es tener derecho a saber qué ha sucedido y por qué estáis vosotros aquí y no mis compañeros. ¿Dónde están?

—¿Qué ha sucedido? —dijo uno de los bucaneros con un ronco gruñido—. ¿Y quién es el listo que lo sabe?

—Cierra tu cuartel hasta que se te hable, amigo —gritó Silver con voz enojada. Y después, ya con un tono más suave, me dijo—: Ayer por la mañana, señor Hawkins, en la tercera guardia, vino a parlamentar el doctor Livesey, y me dijo: «Capitán Silver, está usted perdido. El barco ha zarpado». Bueno, yo no podía decir que no, habíamos estado bebiendo un poco y cantando, eso ayuda a vivir, así que no podía decir que no, porque ninguno de nosotros había estado vigilando la goleta. Entonces fuimos a mirar, y, ¡por todos los temporales!, el maldito barco ya no estaba. En mi vida he visto un rebaño de idiotas más cariacontecidos, y no te quepa duda de que yo era el que tenía la cara más larga. Entonces me dijo el doctor, «vamos a hacer un trato». Y lo hicimos, y por eso aquí estamos nosotros con las provisiones y el aguardiente, bien a cubierto y con toda la leña que tuvisteis la bondad y previsión de cortar, y, ¿cómo diría?, tan a gusto como en el barco. En cuanto a ellos… se largaron; no sé dónde pueden estar.

Volvió a chupar tranquilamente su pipa.

—Pero que no se te ocurra pensar que tú estabas incluido en el trato —prosiguió—. Lo último que dijimos fue: «¿Cuántos son ustedes?», yo se lo pregunté, y él me dijo: «Cuatro, y uno de nosotros está herido. En cuanto a ese maldito chico, ni sé dónde está ni me importa. Estamos hartos de él». Esas fueron sus palabras.

—¿Eso es todo? —pregunté.

—Bueno… eso es todo lo que tienes que saber, hijito —contestó Silver.

—¿Y ahora debo elegir?

—Y ahora debes elegir, tenlo por seguro —repuso Silver.

—Pues bien —le dije—; soy lo bastante listo como para saber lo que me espera. Y poco me importa ni siquiera lo peor. He visto ya morir a demasiados hombres desde que desgraciadamente tropecé con vosotros. Pero hay un par de cosas que he de decirle —y proseguí ya sin ninguna contención—, y la primera es ésta: no es tampoco muy bueno vuestro camino; habéis perdido el barco, habéis perdido el tesoro, y habéis perdido varios hombres; todo el negocio se ha venido abajo; y si quiere usted saber a quién le debe todo esto:
¡es a mí! Yo estaba dentro de la barrica de manzanas la noche que avistamos tierra y les oí a John, a usted, a Dick Johnson y a Hands, que ahora por cierto está en el fondo de los mares, y fui yo quien se lo contó todo al squire. Y en cuanto a la goleta, fui yo quien cortó la amarra y el que maté a los dos que habíais dejado a bordo, y yo el que la he llevado a un lugar donde jamás la volveréis a ver. Yo soy el que se ríe el último; soy yo quien ha gobernado este maldito asunto desde el principio; y os tengo ahora mismo el miedo que podía tenerle a una mosca. Puede usted matarme, si quiere, o dejarme ir. Pero una cosa voy a decirle, y no la repetiré: si me deja libre, lo pasado, pasado, y cuando os juzguen por piratas, trataré de salvar a todos los que pueda. Esa es la única elección, y no a mí a quien corresponde. Matando a uno más no ganaréis nada, pero, si me dejáis con vida, tendréis un testigo a vuestro favor para salvaros del patíbulo.

Me callé, y ya me faltaba el aliento; y con gran sorpresa por mi parte, ninguno de los piratas, que lo habían escuchado todo, se movió; permanecieron recostados mirándome atónitos como carneros. Aproveché su asombro para continuar:

—Y ahora, señor Silver —le dije—, creo que usted vale más que todos éstos, y, si las cosas empeoran para mí, le agradecería que haga saber al doctor cómo me he portado.

—Lo tendré en la memoria —dijo Silver y en tono tan extraño, que no pude precisar si se reía de mi petición o si mi valor lo había llegado a impresionar verdaderamente.

—Voy a cargar otro en mi cuenta —exclamó de pronto el marinero viejo de la cara color caoba, que se llamaba Morgan, y que era el que yo había conocido en la taberna de John «el Largo» en los muelles de Bristol—. Debí hacerlo, cuando reconoció a «Perronegro».

—Sí —dijo Silver—, y te diré algo más, ¡por todos los temporales! También es el muchacho que le robó el mapa a Billy Bones. ¡Desde el principio no hemos hecho otra cosa que estrellarnos contra Jim Hawkins!

—¡Pues aquí se acaba! —dijo Morgan con una maldición. Y saltó, como si tuviera veinte años, con su cuchillo en la mano.

—¡Atrás! —gritó Silver—. ¿Quién te crees que eres, Tom Morgan? ¿Te crees acaso el capitán? ¡Por Satanás, que voy a darte un escarmiento! Arrodíllate ante mí, porque voy a mandarte al mismo sitio al que ya he enviado a otros muchos fanfarrones antes que a ti desde hace treinta años: unos cuelgan de una verga, otros fueron por encima de la borda y todos están ahora dando de comer a los peces. Ningún hombre que me haya mirado entre los ojos ha dejado de arrepentirse por haber nacido. Tom Morgan, puedes asegurarlo.

Morgan se detuvo, pero los demás empezaron a murmurar.

—Tom tiene razón —se oyó una voz.

—Bastantes mangoneos he aguantado ya de ti —añadió otro de los piratas—, y que me ahorquen si vas a seguir haciéndolo, John Silver.

—¿Alguno de vosotros, caballeros, quiere salir a vérselas conmigo? —rugió Silver, levantándose del barril y echándose atrás, pero sin soltar la pipa que aún humeaba en su mano derecha—. Quiero escuchar lo que tengáis que decirme, ¿o sois mudos? Estoy dispuesto a satisfacer al que así lo quiera. ¿O es que he vivido yo todos estos años para que cualquier hijo de una pipa de ron venga ahora a cruzárseme por la proa? Ya conocéis las reglas: todos sois caballeros de fortuna, ¿no es eso lo que decís? Pues bien; estoy listo. El primero que se atreva, que coja un machete, que voy a ver qué color tiene por dentro. Con muleta y todo, y antes de terminarme mi tabaco.

Ninguno de aquellos hombres se movió; ni tampoco hubo respuesta.

—¡Sois de buena calidad! —añadió dando otra chupada a su pipa—. Una gentuza que da gusto ver. No sabéis ni luchar. Lo único que sabéis es entender el inglés del rey George: Me elegisteis como capitán, y me elegisteis porque soy el que más vale, y en eso os llevo más de una milla de ventaja. Y si ahora no queréis pelear como caballeros de fortuna, pues entonces ¡que nos trague la borrasca!, vais a obedecerme, por las buenas o por las malas. Este chico es el mejor muchacho que he visto. Es más hombre que cualquier rata como vosotros, y os digo esto: que vea yo a uno poner su mano en él… No tengo más que decir, pero recordad mis palabras.

Hubo un largo silencio. Yo seguía apoyado contra la pared, con el corazón aún palpitando como un martillo, pero veía un rayo de esperanza. Silver se apoyó también en la pared, junto a mí, con los brazos cruzados y la pipa en la comisura de sus labios, y tan tranquilo como si estuviera en una iglesia; sin embargo, sus ojillos furtivos se movían sin cesar vigilando a sus levantiscos camaradas. Estos, por su parte, fueron poco a poco agrupándose en el otro extremo de la habitación y el sordo murmullo de su conciliábulo llegaba a mis oídos como el sonido del viento. De vez en cuando alguno levantaba su mirada y por un instante la rojiza luz de la antorcha iluminaba su rostro tenso, pero ya no era a mí, sino a Silver, a quien escudriñaban.

—Parece que tenéis muchas cosas que deciros —observó Silver lanzando un salivazo hacia el techo—. Quisiera oírlo yo también. O, si habéis terminado, quisiera veros durmiendo.

—Perdona, señor —dijo uno de ellos—, pero nos parece que no haces mucho caso de algunas reglas; quizás debieras recordar algunas de ellas: esta tripulación está descontenta; a esta tripulación no se le debe intentar maniatar con empalomaduras; esta tripulación tiene sus derechos como cualquier tripulación y me tomo la libertad de decirte que además los derechos de nuestro propio código, y el primero de ellos es que podemos juntarnos para hablar. Perdona, pero, aún reconociéndote como capitán, por el momento, reclamo nuestro derecho de salir afuera para deliberar.

Y con un ceremonioso saludo marinero aquel individuo, que era un tipo larguirucho y horrible, con ojos amarillentos y de unos treinta y cinco años, caminó tranquilamente hacia la puerta y salió del fortín. Los demás forajidos, uno tras otro, siguieron su ejemplo; cada uno hizo el mismo saludo al pasar ante Silver y añadió alguna disculpa: «Es conforme a las reglas», dijo uno.
«Hay consejo en el alcázar», dijo Morgan. Y, con una u otra observación, todos fueron saliendo y nos dejaron solos a Silver y a mí.

El viejo cocinero se quitó rápidamente la pipa de su boca.

—Ahora, Jim Hawkins, fíjate bien —me dijo en voz tan baja, que apenas pude oírlo—, estás a medio tablón de la muerte, y lo que aún es peor, de que te martiricen. Esos quieren quitarme de en medio. Recuerda que yo estoy de tu parte suceda lo que suceda. No era ésa verdaderamente mi intención, desde luego, hasta que te oí hablarme como lo hiciste. Yo estaba loco y desesperado por perder tanto dinero y además con la perspectiva de que me ahorquen. Pero he visto que eres un hombre valiente. Y me he dicho: John, tu sitio está junto a Hawkins, y el de Hawkins, contigo. Tú eres su última carta, y ¡por todos los fuegos del infierno!, John, ¡tú eres la suya! Pase lo que pase, tú debes salvar a tu testigo y él salvará tu cuello.

Empecé a comprender por dónde quería ir.

—¿Quiere usted decir que todo está perdido? —pregunté.

—¡Sí, por todos los cañonazos! —contestó—. El barco perdido, y el pescuezo perdido... ése es el resumen. Cuando miré hacia la bahía, ¡ay, Jim Hawkins!, y no vi la goleta... bien, aunque soy hombre duro de pelar, te juro que me sentí vencido. Escucha: toda esa gente que está ahí fuera tratando de liquidarnos, fíjate lo que te digo, no son listos, son cobardes. Yo salvaré tu vida, si puedo. Pero escucha, Jim: toma y daca, tú salvarás a John «el Largo» de la horca.

Yo estaba confundido; lo que me decía me parecía tan desesperado… y escucharlo de él, el viejo bucanero, el cabecilla de la rebelión…

—Haré lo que pueda —le dije.

—¡Trato hecho! —exclamó—. Hablas con valor, ¡y por todos los temporales!, correremos la suerte.

Caminó renqueando hasta la antorcha y encendió de nuevo su pipa.

—Entiéndeme, Jim —dijo cuando volvió junto a mí—. Tengo cabeza. Y me dice que me ponga del lado del squire. Yo sé que tú has escondido el barco en lugar seguro. ¿Cómo lo has conseguido? No lo sé; pero no dudo de que está seguro. Me figuro que Hands u O'Brien se acobardaron. Nunca he tenido mucha confianza en ellos. Mira. No voy a preguntar nada, ni voy a permitir que otros hagan preguntas. Sé cuándo una jugada está perdida, lo sé; y también sé cuándo un muchacho vale de verdad. Ah, eres joven… ¡tú y yo hubiéramos podido hacer grandes cosas juntos!

Llenó en el barril de aguardiente un vasito de estaño.

—¿Gustas, compañero? —me preguntó; y al ver que yo rehusaba, dijo—: Bueno Jim, yo sí tomaré un trago. Necesito calafatearme, porque habrá jaleo. Y hablando de jaleo, ¿por qué me daría el doctor el mapa, eh, Jim?

Mi rostro debió expresar el mayor asombro, y él entendió que era inútil seguir preguntando.

—Ah, pues me lo dio —dijo—. Y seguramente que hay algo por debajo de todo esto, no lo dudo… seguramente que hay algo oculto, sí; Jim, para bien o para mal.

Y bebió otro trago de aguardiente, y se mesó los cabellos como un hombre que se dispone para un mal trance.

XXIX. La Marca Negra, de nuevo

Durante largo rato los bucaneros mantuvieron su consejo; después uno de ellos entró en el fortín, repitiendo el mismo irónico saludo, que me pareció una burla, y pidió que se le prestase por unos momentos la antorcha. Silver se la entregó secamente, y el enviado volvió a salir, dejándonos a oscuras.

—Comienza la brisa, Jim —dijo Silver, que cada vez iba adoptando un tono más familiar conmigo.

Yo estaba cerca de una de las aspilleras, y miré hacia el exterior. La hoguera se había consumido y sus ascuas eran un débil resplandor; pensé que a causa de ello habían pedido los conspiradores nuestra antorcha. Los vi, formando un corro, hacia la mitad del declive que descendía hasta la empalizada; uno sostenía la antorcha; otro estaba de rodillas en medio, y vi que una navaja brillaba en su mano con siniestros fulgores que reflejaban la luna y las ascuas. Los demás parecían observar las maniobras de éste. Entonces me pareció ver que además de la navaja tenía un libro en la mano; y aún estaba yo preguntándome qué negocio se traería con tan diferentes objetos, cuando vi que se levantaba y todos juntos se dirigieron hacia el fortín.

—Ahí vienen —dije, y me aparté de la arpillera, porque me pareció indigno que me descubriesen espiándolos.

—Bien, que vengan, muchacho, que vengan —dijo Silver con cierto tono jovial—. Aún me queda un tiro.

Entonces aparecieron, atropellándose al decidir quién entrara el primero, y acabaron por empujar a uno de ellos. Avanzó tan pausadamente, que casi resultaba cómico, vacilando con cada pie, y además adoptaba una insólita postura, con un brazo extendido y el puño cerrado.

—Adelante, muchacho —dijo Silver—, no voy a comerte.

Entrégame lo que te han dado para mí. Conozco las reglas, sí, señor. No me opongo a la Hermandad.

El bucanero se adelantó con más ánimo y pasó de la suya algo a la mano de Silver; después se retiró todo lo rápidamente que pudo para unirse a sus compañeros.

El viejo cocinero miró lo que le había entregado.

—¡La Marca Negra! Ya la esperaba —dijo—. ¿De dónde habrán sacado este papel? ¡Pero…! ¡Qué es esto! ¡Mira! ¡Esto trae mala suerte! Han arrancado este papel de una Biblia. ¿Quién ha sido el idiota que ha roto una hoja de la Biblia?

—¿Lo veis? —dijo Morgan a los suyos—. ¿Lo veis? Ya os lo dije yo. Nada bueno puede venir de esto.

—Bien, ya habéis hecho lo que teníais que hacer —dijo Silver—. Creo que acabaréis todos en la horca. ¿Quién era el mamarracho que tenía una Biblia?

—Era Dick —dijo uno.

—Pues que rece. Creo que a Dick se le ha acabado la suerte, no me cabe duda.

Entonces interrumpió el hombre de los ojos amarillentos.

—Deja esa charla, John Silver —dijo—. Esta tripulación te ha señalado con la Marca Negra por acuerdo de todos, como es nuestra ley; ahora lo que tienes que hacer es leer lo que dice ahí escrito. Después podrás hablar.

—Gracias, George —replicó el cocinero—. Qué bien sabes manejar los negocios, te sabes todas las reglas de carrerilla, y a lo que veo, George, con gusto. Bueno… ¿Qué hay aquí? ¡Ah! «DESTITUIDO»… ¿No es eso? Y muy bien escrito, por cierto; como de imprenta… ¿Lo has escrito tú, George? Me parece que te estás encaramando mucho en esta tripulación. No tardarás en hacerte capitán, y no me extrañaría. ¿Quieres darme una tea encendida? Esta pipa no tira bien.

—Vamos, ya está bien —dijo George—; no vas a seguir burlándote de esta tripulación. Te crees muy gracioso, ¿no? Pero ya no eres nadie, así que baja de ese barril y vota.

—Me parece haber oído que conoces bien las reglas —contestó Silver desdeñosamente—. Pero por si no es así, voy a recordártelas. Estoy aquí sentado porque soy vuestro capitán, y recuerda que lo soy hasta que me hagáis todos los cargos y yo pueda contestar; y mientras eso suceda, esa Marca Negra no vale ni una galleta. Después, ya veremos.

—Oh, no te apures por eso —replicó George—, que sabemos lo que hacemos. Primero: has sido tú quien ha hecho picadillo a esta tripulación, y no tendrás el descaro de negarlo. Segundo: has sido tú quien ha dejado escapar a nuestros enemigos, cuando ya los teníamos en el cepo. ¿Por qué? Yo no lo sé; pero eso no servía sino a sus intereses. Tercero: has sido tú quien nos impidió atacarles en la retirada. No, John Silver, te hemos calado; tú estás de acuerdo con el enemigo, y eso es grave. Y, por último: ese muchacho.

—¿Eso es todo? —preguntó Silver con mucha serenidad.

—Y suficiente —replicó George—. Y no tenemos por qué mojarnos con tu zambullida.

—Bien. Y ahora, escuchadme, porque voy a responder a esos cuatro puntos; pienso contestar uno por uno. He hecho trizas este viaje, ¿no es así? Muy bien; pero todos vosotros conocíais lo que yo quería hacer, y sabéis muy bien que, si se hubiera hecho, ahora estaríamos a bordo de la Hispaniola y, además todos, vivos y bien sanos, con la tripa llena de pastel de ciruelas y con el tesoro bien estibado en la bodega. ¡Por todos los temporales! ¿Y quién lo ha impedido? ¿Quién me forzó la mano, cuando yo era el legítimo capitán? ¿Quién me señaló con la Marca Negra, supongo que ya desde el mismo día que desembarcamos? ¿Quién ha empezado este baile? Ah, es un hermoso baile, y en eso estoy de acuerdo con vosotros, y hasta se parece mucho a un zapateado marinero, pero al cabo de una cuerda en el Muelle de las Ejecuciones, sí, mirando a Londres, sí, señor. ¿Y quién tiene la culpa? Pues Anderson, o Hands… ¡O tú, George Merry! Tú que eres el que tiene más que callar, más que todos estos que te han echado a perder. Y ahora tienes la osadía de envalentonarte y tratar de destituirme para nombrarte tú mismo capitán. ¡Tú! ¡Tú, que nos has hundido a todos! ¡Por Satanás que en mi vida he visto cosa parecida!

Silver hizo una pausa y vi en los rostros de George y de todos sus secuaces que aquella arenga había hecho efecto.

—Eso en cuanto a tu primera cuestión —exclamó el acusado enjugándose el sudor de su frente, pues había hablado tan vehementemente, que hasta el fortín parecía temblar—. Y os doy mi palabra de que me repugna hablar con vosotros. No tenéis lealtad ni sentido común, y no sé en qué pensaban vuestras madres cuando dejaron que os enrolaseis. ¡Hacerse a la mar! ¡Caballeros de fortuna! Mejor serviríais para sastres.

—Sigue, John —dijo Morgan—. Contesta a las otras cuestiones.

—Ah, las otras… —repuso John—. Crees que son buenas, ¿no es así? Aseguráis que esta aventura se ha malogrado. Y si de verdad supieseis lo malograda que está, no sé cómo os vería. Porque estamos tan cerca de sentir la soga al cuello, que se me estira sólo de pensar en el patíbulo. Podéis tratar de imaginaros colgados con cadenas y con los pájaros aguardando, y los marineros río abajo señalándoos con el dedo mientras se dicen unos a otros: «¿Quién es aquél?», y el otro: «¿Aquél? ¡Pero si es John Silver! Yo lo conocía». Oigo el ruido de sus cables de boya a boya. Bueno, pues cada hijo de madre está ahora al filo de eso, y todo gracias a Hands, a Anderson y a ti, George, y a todos los idiotas que han sido nuestra perdición. Y para acabar, si queréis saber lo referente a este muchacho, bien… ¡Que revienten mis cuadernas! ¿Es que no sirve de rehén? ¿Es que vamos a desperdiciar un rehén? Nunca. Puede ser nuestra última carta, y no me extrañaría que así fuera.
¿Matarlo? No seré yo, compañeros, el que lo haga. Y… sí, me he dejado tu tercera acusación. Habría mucho que discutir sobre ese punto. Quizá no signifique nada para vosotros el poder disponer de un doctor de verdad, con estudios, que venga a visitaros todos los días; tú, John, con tu cabeza rota, y tú, George, hace seis horas estabas tiritando con la malaria y tus ojos tienen el color de la corteza del limón ahora mismo. Tampoco me parece que sepáis que tiene que venir un barco de socorro. Pero así es, y no falta mucho para que arribe, y entonces sí que os alegrará tener un rehén. Y en cuanto a la segunda, ¿por qué hice el trato?… Pero si vosotros mismos estabais tan asustados, que me pedisteis de rodillas que lo hiciera. Y además, ¿de qué hubiéramos comido? Hubiéramos muerto de hambre. Claro que según vosotros todo eso no es nada. Bien, ¡mirad! ¡Y si dijera que es por esto por lo que lo hice!

Y tiró al suelo un papel que reconocí en seguida: era el mapa amarillento con las tres cruces rojas, el que yo había encontrado en el paquete de hule con el cofre del capitán.

No pude ni imaginar por qué razón se lo habría entregado el doctor.

Pero si eso me resultaba inexplicable, más increíble fue aquel mapa para los amotinados. Saltaron sobre él como un gato sobre un ratón. Se lo pasaron de mano en mano, arrancándoselo los unos a los otros, y por los juramentos y gritos y risotadas que les escuché proferir, se hubiera dicho que ya tenían en sus manos el oro, y más, que ya se habían hecho a la mar con él, seguros de un triunfo.

—¡Sí! —dijo uno—, es de Flint, no hay duda: J. F. y la rúbrica, como una lanzada, así lo hacía siempre.

—Muy bonito —dice George—, ¿pero dónde está el barco para poder zarpar y llevarnos el tesoro?

Silver se levantó violentamente, apoyándose en la pared.

—Te lo aviso, George —gritó—. Si dices una palabra más, tendrás que vértelas conmigo. ¿Dónde está el barco? ¡Y yo qué sé! Tú eres quien debía decir cómo, tú y los demás que habéis perdido mi goleta con vuestra torpeza. Pero no, no sois capaces, no tenéis ni la inteligencia de una cucaracha. Sabías hablar con respeto; vuelve a hacerlo George Merry, vuelve a hacerlo.

—Hazlo —dijo el viejo Morgan—. Verdaderamente Silver es nuestro capitán.

—Así me parece —dijo el cocinero—. Tú perdiste el barco y yo he encontrado el tesoro. ¿Quién merece más reconocimiento por su empresa? Y ya no tengo más que decir; sólo una cosa: ¡por el infierno!, renuncio a mi mando. Elegid a quien os dé la gana, yo ya no quiero ser vuestro capitán.

—¡Silver! —gritaron—. ¡Barbecue siempre! ¡Barbecue para capitán!

—¿Con que esa canción tenemos ahora? —exclamó el cocinero—. Me parece, George, que tendrás que esperar otra oportunidad; y da gracias a que no soy hombre vengativo. Pero nunca he tenido esa tendencia. Y ahora, camaradas, ¿qué hago con la Marca Negra? Ya no vale para mucho, ¿verdad? Lo siento por Dick, que se ha echado encima la maldición, y por la Biblia.

—¿No se remediaría besando el libro? —preguntó Dick, que indudablemente se sentía muy intranquilo por la maldición que pensaba haber atraído.

—¡Una Biblia con una hoja rota! —dijo Silver burlándose—. No, ya no vale así. Jurar ahora sobre ella sería como jurar sobre un libro de baladas.

—¿De verdad que ese juramento ya no obligaría? —dijo entonces Dick con cierta alegría—. Pues entonces me parece que vale la pena guardarla.

—Toma, Jim —me dijo Silver entregándome la Marca Negra—: Ahí tienes una curiosidad.

Era un redondel pequeño del tamaño de una moneda de una corona. Uno de los lados estaba en blanco, porque era de la última hoja; en el otro había uno o dos versículos del Apocalipsis, y recuerdo algunas palabras que me impresionaron profundamente: «Fuera perros hechiceros, fornicarios, homicidas…». La cara impresa estaba ennegrecida con carbón, el cual empezaba ya a desprenderse y me manchó los dedos; la otra, limpia, llevaba escrita una sola palabra, también con un tizón: «DESTITUIDO». Todavía conservo ese curioso recuerdo, pero el tiempo ha borrado esa palabra y no queda más que un débil arañazo, como el que pudiera hacer una uña.

Después de aquellos acontecimientos la noche transcurrió tranquila. Bebimos una ronda de aguardiente y nos echamos todos a dormir; Silver, para vengarse de George Merry, lo puso de centinela y lo amenazó de muerte, si abandonaba su puesto.

Tardé mucho en poder cerrar los ojos, y Dios sabe que tenía bastante sobre lo que meditar: había matado a un hombre aquella tarde, mi situación era muy peligrosa, y el asombroso juego en que ahora me metía Silver, tratando de mantener en un puño a los amotinados y agarrándose con la otra mano a todos los medios posibles, y hasta imposibles, de pactar por su lado y salvar su miserable vida. A él todo eso no le impidió dormir plácidamente y roncar con estrépito; era mi corazón el que sufría por Silver, a pesar de ser un malvado, y pensé en los peligros que lo cercaban y en el infamante patíbulo que ya estaba esperándolo.

XXX. Bajo palabra

Me despertó —para decir verdad, nos despertamos todos, hasta el centinela que se había dormido en su puesto— una voz jovial, campechana, que nos llamaba desde los lindes del bosque.

—¡Eh del fortín! —gritaba—. ¡Soy el doctor!

Él era, en efecto. Y a pesar de la alegría que me causó oírle, la sombra de una preocupación me rondaba. Porque sabía que mi conducta indisciplinada, mis correrías, y, sobre todo, junto a quiénes me habían llevado, a qué peligros, me impedía presentarme ante él y mirarlo a la cara.

Era muy temprano; debía haberse levantado aún de noche. Empezaba a clarear débilmente. Yo fui corriendo a mirar desde una de las aspilleras, y lo vi, como había visto a Silver, pareciendo surgir de la niebla.

—¡Doctor! Os deseo muy buenos días, señor —exclamó Silver muy cordialmente, aunque la bondad de su voz no ocultaba un tenso estado de alerta—. Veo que, como siempre, sois hombre madrugador y animoso. Como dice el refrán, es el pájaro temprano el que se lleva el grano. George —ordenó—, muévete y ayuda al doctor Livesey a trepar a cubierta. Supongo que todos sus pacientes están bien… de salud y espíritu.

Y siguió así de dicharachero, mientras aguardaba en lo alto de la duna apoyado en su muleta y con la otra mano sobre la pared: reconocí en él al viejo John de los primeros tiempos tanto por su expresión como por sus modales.

—Tengo una sorpresa, señor —continuó—. Hay aquí cierto forastero. ¿Eh? ¿Eh? Un nuevo huésped, señor, y tan educado y compuesto como un músico. Ha dormido como un sobrecargo, sí, señor, sin despegarse de mí, como dos barcos juntos, toda la noche.

El doctor Livesey había saltado ya la empalizada y se acercaba al cocinero; noté una alteración en su voz, al decir:

—¿No será Jim?

—El mismísimo Jim en persona —dijo Silver.

El doctor pareció quedarse perplejo; se detuvo sin decir nada, y pasaron unos segundos antes de que recobrase el ánimo suficientemente para seguir su camino.

—Bien —dijo al fin—, bien; atendamos primero nuestro deber, ya habrá tiempo para nuestros particulares regocijos, ¿no dice usted eso siempre, Silver? Vamos a visitar a sus pacientes.

Entró en el fortín y con una severa inclinación de su cabeza me saludó, dedicándose a examinar a los enfermos. Aunque debía saber que su vida no estaba segura entre aquellos malvados traidores, no aparentaba el menor temor y departía con los pacientes como si estuviera realizando su habitual visita en cualquier apacible hogar de Inglaterra. Creo que sus maneras produjeron en aquellos hombres una actitud respetuosa hacia él, pues lo trataban como si aún fuera el médico del barco y ellos una leal tripulación.

—Mejorarás pronto —le dijo al de la cabeza vendada—, y si alguien ha escapado alguna vez por milagro, puedes considerarte tú el elegido; debes tener la mollera dura como el hierro. Bien, George, ¿qué tal te encuentras? Ciertamente tienes un color que no indica nada bueno; ese hígado tuyo marcha como quiere. ¿Has tomado la medicina? ¿La ha tomado, muchachos? —

preguntó.

—Sí, sí, señor, la tomó, seguro —contestó Morgan.

—Porque quiero que sepáis que, desde que me he convertido en médico de amotinados, o, mejor, en médico de prisión —dijo el doctor con un tono pretendidamente cortés—, he tomado como cuestión de honor no perder ni a uno de vosotros y conservaros para el rey George, que Dios guarde, y para la horca.

Los rufianes se miraron entre ellos, aunque sin responder.

—¿No es así? —replicó el doctor—. Ven, Dick, enséñame la lengua. ¡Sería sorprendente que te encontrases bien! Este hombre tiene una lengua capaz de asustar a los franceses. Será tifus.

—¡Ahí tienes —dijo Morgan— el castigo por romper la Biblia!

—Quizá sea mejor decir —añadió el doctor— que es la consecuencia de vuestra absoluta ignorancia y no tener ni el sentido común preciso para diferenciar un aire sano de uno envenenado, y la tierra seca de una pestilente ciénaga cargada de infecciones. Lo más probable, y por supuesto sólo es mi opinión, es que muchos de vosotros pagaréis con la vida antes de lograr libraros de la malaria. ¡Acampando en los pantanos! Me sorprende usted, Silver. Aunque parece menos tonto que los demás, no creo que tenga ni la más ligera idea de las reglas para conservar la salud… Bien —añadió, una vez que medicinó a todos y que ellos tomaron aquellos preparados con la humildad de un huerfanito en el asilo, lo que no dejaba de ser cómico en tan sanguinarios y levantiscos piratas—; bien. Hemos acabado por hoy. Ahora quisiera hablar con ese joven.

Y señaló con la cabeza hacia mí, sin darle importancia.

George Merry estaba apoyado en la puerta, escupiendo y carraspeando a causa del medicamento. Cuando escuchó las palabras del doctor, se volvió furioso y gritó:

—¡No! —con un tremendo juramento.

Silver golpeó en el barril con la palma de su mano.

—¡Si-len-cio! —rugió, y miró entorno suyo con la fiereza de un león—. Doctor —dijo ya con tono más calmado—, estoy pensando en ello, porque conozco la debilidad que sentís por este briboncillo. Y como todos estamos muy agradecidos por vuestros cuidados, y, como podéis ver, tenemos fe en vuestros conocimientos y nos tomamos estos bebedizos como si fueran aguardiente, creo haber encontrado un medio que puede satisfacernos a todos.
¿Me das tu palabra, Hawkins, palabra de joven caballero —pues lo eres, aunque de humilde cuna—, tu palabra de honor de no cortar la amarra?

Le prometí, aunque con cierto disgusto, cumplir esa palabra.

—Entonces, doctor —dijo Silver—, tened la bondad de alejaros hasta salir de la empalizada, y cuando estéis allí, yo llevaré al muchacho, y os permitiré hablar a través de los troncos. Buenos días, doctor; nuestros respetos al squire y al capitán Smollett.

Pero cuando el doctor salió del fortín, la explosión de furia, que sólo las amenazadoras miradas de Silver habían contenido, rompió el dique, y no dudaron en acusar al viejo cocinero de jugar con dos barajas, de procurar una paz por separado que lo salvara a él solo, de sacrificar los intereses de la tripulación y, en una palabra, de todo aquello que, realmente, era lo que estaba haciendo. A mí me parecía un juego tan evidente, que no podía ni imaginar cómo aplacaría aquel motín. Pero Silver era capaz de imponerse a todo. Los insultó de forma irrepetible; les dijo que era necesario que yo hablase con el doctor; les hizo casi tragarse el plano de la isla, y entonces les preguntó si había alguno capaz de estropear el pacto precisamente en el instante en que casi había conseguido el tesoro.

—¡No, por todos los temporales! —chillaba—. Romperemos el pacto en su momento. Y hasta entonces yo sé cómo tratar con ese doctor, aunque tuviera que limpiarle sus botas con aguardiente.

Y les ordenó que encendiesen fuego. Después puso su mano sobre mi hombro y salimos renqueando por su muleta. Los demás se quedaron en silencio, no creo que estuvieran convencidos.

—Despacio, muchacho, despacio —me dijo—. Pueden caer sobre nosotros, si se dan cuenta de que huimos.

Con gran compostura, pues, avanzamos por el arenal hacia donde nos aguardaba el doctor, y, al llegar a una distancia de la empalizada desde la que aquél podía oírnos, nos detuvimos.

—Os ruego que consideréis lo que voy a deciros, doctor —empezó Silver—. El muchacho os podrá confirmar mis palabras. Le he salvado la vida y me jugué con ese acto la mía. Pensad que, cuando un hombre navega tan ceñido al viento como yo —cuando se juega a cara o cruz el último aliento del cuerpo—, tiene derecho a ser oído y a alguna palabra de esperanza. Considerad que no se trata ahora sólo de mi vida, sino que está también la de este muchacho; y debéis hablarme con toda franqueza, doctor, debéis darme aunque sea una pizca de esperanza, por misericordia.

Yo notaba un cambio en Silver desde que habíamos abandonado el fortín; parecía que el rostro se le había afilado y su voz era temblorosa. Nunca he visto a nadie con tanta sincera ansiedad.

—¿No será, John, que tiene miedo? —preguntó Livesey.

—Yo no soy cobarde, doctor; no, ¡no! Ni siquiera esto —y chasqueó los dedos—. Pero he de confesaros con toda franqueza que pensar en el patíbulo me da escalofríos. Sois un hombre bueno y leal, ¡nunca he visto uno mejor! Y no podéis olvidar que también he hecho cosas buenas, al menos recordadlas como recordáis las malas. Ahora voy a retirarme, voy a dejaros solo con Jim, y recordad también este gesto, que me valga en mi cuenta, porque os aseguro que es todo lo más que da la cuerda.

Y diciendo esto se apartó un poco y, sentándose en las grandes raíces de un árbol cercano, empezó a silbar. De vez en cuando lo veíamos moverse en su postura, quizá para no perdernos de vista al doctor y a mí o, más probablemente, a sus compinches, que caminaban inquietos de un lado a otro del arenal desde la hoguera, que trataban de prender, al fortín, de donde sacaban la salazón y la galleta para la comida que preparaban.

—De modo, Jim —me dijo el doctor con cierta tristeza—, que aquí te encuentro. Estás recogiendo lo que has sembrado, hijo. Bien sabe Dios que no está en mi ánimo reprenderte, pero sí he de decirte algo, por duro que sea: bien que permaneciste en tu puesto mientras el capitán Smollett estaba sano, pero, en cuanto no pudo controlarte por estar herido, escapaste, y eso, ¡por el rey George!, fue una cobardía.

Yo me eché a llorar.

—Doctor —le dije—, no necesitáis reprenderme. Bastante me he culpado yo a mí mismo. Sé que mi vida está amenazada por todos lados, y ya estaría muerto, si Silver no lo hubiera impedido. Creedme, puedo morir, doctor, y quizá sea lo que merezco, pero lo que temo es a que me den tormento. Si me torturasen…

—Jim —dijo el doctor, interrumpiéndome cambiando de tono—, Jim, no hables. Salta la empalizada y huyamos.

—Doctor —dije—, he empeñado mi palabra.

—Lo sé, lo sé —exclamó—. Eso ya no puedes remediarlo, Jim. Yo echaré sobre mí, holus bolus, la culpa y el deshonor; pero, muchacho, no puedo dejarte ahí. ¡Salta! Un salto y escaparemos corriendo como si fuésemos antílopes.

—No —repuse—; ya sabéis que, en mi lugar, vos no lo haríais; ni vos ni el squire ni el capitán. Tampoco lo haré yo. Silver se ha fiado de mi palabra y volveré con él. Pero dejadme acabar. Si llegan a torturarme, seguramente terminaré por confesar dónde está el barco, porque fui yo el que lo solté, tuve suerte, me arriesgué y tuve suerte. Ahora está en la Cala del Norte, en la playa sur, más abajo de la marca de pleamar. Con media marea estará varado.

—¡El barco! —exclamó el doctor.

En síntesis le describí mi aventura y él me escuchó en silencio.

—Hay como una fatalidad en todo esto —observó, cuando yo hube acabado de narrar mis correrías—. Siempre eres tú el que nos sacas de apuros. ¿Crees que, aunque sólo fuera por eso, consentiríamos por nada del mundo en dejarte perecer? Poco agradecidos seríamos, hijo mío. Tú descubriste el complot de los amotinados; tú encontraste a Ben Gunn que es lo mejor que has hecho o que puedas hacer en tu vida, aunque llegues a los noventa años… Ah, ¡y por Júpiter, hablando de Ben Gunn!, esto es lo peor de todo. ¡Silver! —gritó entonces—, ¡Silver! Voy a darle un consejo.

El cocinero se acercó.

—Procure usted retrasar la busca del tesoro.

—Señor —dijo Silver—, no puedo hacer algo que es imposible. Sólo puedo salvar la vida de este muchacho, y la mía, si precisamente doy la orden de buscar el tesoro, tenedlo por seguro.

—Bien, Silver —replicó el doctor—, pero le diré algo: esté usted preparado para una buena borrasca, cuando den con el sitio.

—Señor —dijo Silver—, entre nosotros he de deciros que esas palabras pueden significar mucho o nada. ¿Qué os traéis entre manos? ¿Por qué abandonasteis el fortín? ¿Por qué me habéis dado el mapa? Ah, no sé… Hasta ahora os he obedecido y sin recibir una palabra de aliento. Pero esto es demasiado. Si no me decís lo que significan vuestras palabras, y con claridad, abandono el timón.

—No —dijo el doctor en voz baja—, no tengo derecho a decir más. Pero voy a ir todo lo lejos que puedo, y quizá más allá, aunque el capitán me pele mi peluca, lo que me temo. Voy a darle un atisbo de esperanza, Silver: si salimos de esta trampa, haré todo lo que esté en mis manos, menos jurar en falso, para salvarle el cuello.

La faz de Silver expresó una profunda alegría.

—No podríais verdaderamente decir más, no, señor, ni aunque fueseis mi madre —exclamó.

—Bien. Y ésa es la primera advertencia —añadió el doctor—. La segunda es un consejo: Tenga usted siempre al muchacho al lado; y si necesitáis socorro, dad un grito. Voy a regresar con los míos y a preparar ese socorro. Creo que pruebo no hablar por hablar. Adiós, Jim.

Y el doctor Livesey me estrechó la mano por entre los troncos, saludó a

Silver con una inclinación de cabeza y se perdió a buen paso entre los árboles.

XXXI. La busca del tesoro: la señal de Flint

—Jim —dijo Silver, cuando nos quedamos solos—, yo he salvado tu vida y tú la mía, eso no lo olvidaré. He visto cómo el doctor te rogaba que escaparas con él y te he visto a ti decir que no, tan claro como si lo hubiera oído, Jim, y eso es algo que apunto en tu favor. Es el primer rayo de esperanza que tengo desde que falló el ataque, y a ti te lo debo. Y ahora, Jim, que vamos a dedicarnos a buscar el tesoro, y quién sabe lo que podrá pasar, y eso no me gusta, tú y yo vamos a estar juntos, hombro con hombro, como se dice, y vamos a salvar nuestro pellejo contra viento y marea.

Uno de los piratas nos gritó desde la fogata que la comida ya estaba preparada, y en seguida volvimos con ellos y nos sentamos en la arena, dando buena cuenta de la cecina y la galleta. Habían encendido una hoguera tan grande como para asar un buey, lo que producía un calor insoportable, y las llamas eran tan altas, que sólo podía uno acercarse a favor del viento. Con el mismo espíritu de despilfarro habían cocinado tres veces más de lo que podíamos consumir, y uno de los piratas, riéndose estúpidamente, echó las sobras al fuego, que chisporroteó y pareció crecer. Aquellos hombres no se cuidaban para nada del mañana; de la mano a la boca, ésa era la única norma de su vida; y aquella imprevisión en cuanto a los víveres, y el sueño pesado de los centinelas, me hizo comprender que, aunque valientes para un abordaje y para jugárselo todo a una carta, eran absolutamente incapaces de algo que se pareciera a una campaña prolongada.

Hasta el mismo Silver, que con el Capitán Flint subido en un hombro estaba sentado comiendo junto a ellos, no parecía censurar aquella disipación. Lo que no dejó de sorprenderme, conociendo su astucia, de la que por cierto últimamente había visto las mejores muestras.

—Ay, compañeros —dijo—, podéis dar gracias a que Barbecue esté aquí. Esta cabeza piensa por vosotros. He conseguido lo que planeaba, sí. Ellos tienen el barco, ya lo sé. Pero aún no sé dónde lo esconden; en cuanto demos con el tesoro habrá que empezar a buscarlo. Y entonces, compañeros, como nosotros tenemos los botes, la victoria será nuestra.

Continuó su plática con la boca llena de tocino. Pareció establecer la confianza y la seguridad de los suyos y, lo que me parece más acertado, la suya propia.

—En cuanto a los rehenes —prosiguió—, de eso han hablado el doctor y este muchacho. Algo he conseguido pescar, y a él le debo estas noticias, pero eso es cuestión aparte. Cuando vayamos a buscar el tesoro, pienso llevarlo conmigo bien atado con una cuerda, porque hay que conservarlo como si fuera polvo de oro, por si ocurre algún percance. Pero entendedlo bien, sólo hasta que estemos a salvo. Cuando tengamos el barco y el tesoro, y nos hagamos a la mar como una buena familia, entonces ya hablaremos del señor Hawkins, sí, y le daremos todo lo que haya que darle, sin escatimar, como pago de sus muchas mercedes.

Los piratas, como es lógico, estaban del mejor talante. No así yo, que empezaba a sentirme roído por un atroz descorazonamiento. Si el plan que les acababa de explicar hubiera sido factible, Silver, que ya era traidor por partida doble, no vacilaría en seguirlo. Aún tenía un pie en cada campo y yo no dudaba de que siempre preferiría las riquezas y la libertad de los piratas a un dudoso escapar de la horca, que al fin y al cabo era todo lo que podía esperar con nosotros.

Sí, y aunque los acontecimientos se desarrollaran de forma que obligaran a su lealtad para con el doctor Livesey, a pesar de ello, ¡qué peligros nos aguardaban! Porque si sus compinches descubrían que sus sospechas eran ciertas, y él y yo hubiéramos tenido que luchar por nuestras vidas —él; un inválido, y yo, un muchacho—, ¡cómo enfrentarnos a cinco marineros vigorosos sin piedad!

A estas cavilaciones mías se añadían las dudas sobre el comportamiento de mis compañeros, su misterioso abandono del fortín y su inexplicable entrega del mapa; ¿y aquellas oscuras palabras del doctor a Silver: «Esté usted preparado para una buena borrasca, cuando den con el sitio»? Es comprensible que mi comida pareciera poco gustosa, y la intranquilidad con que seguí a mis carceleros en su busca del tesoro.

Debíamos ser un curioso espectáculo para cualquiera: todos vestidos con ropas de marinero, y todos, menos yo, armados hasta los dientes. Silver llevaba dos mosquetones en bandolera, cruzados en pecho y espalda, un enorme machete en el cinturón y una pistola en cada bolsillo de su casaca. Para rematar aquella insólita figura, el Capitán Flint iba subido en su hombro chillando todo su vocabulario de cubierta. Yo iba detrás, atado por la cintura con una cuerda, y el cocinero tiraba del extremo unas veces con sus manos y otras con sus dientes. Supongo que yo debía parecer un oso bailarín.

Los demás iban cargados con picos y palas, que habían traído a tierra desde la Hispaniola, y sacos con tocino y galleta, sin olvidar el aguardiente. Todos los víveres procedían, como pude comprobar, de nuestras reservas, lo que me aseguraba que algo extraño había pactado entre Silver y el doctor, como se desprendía de las palabras de Silver aquella noche, ya que de no existir tal pacto él y sus cómplices, sin el barco, se hubieran visto forzados a vivir de agua de los arroyos y de lo que pudieran cazar; y el agua no hubiera estado muy limpia, creo, y dudo de la cacería, dada la puntería de los marineros, aparte de considerar bastante reducida su provisión de pólvora.

Equipados de esta guisa, nos pusimos en marcha; venía hasta el herido en la cabeza, que mejor hubiera estado a la sombra del fortín. Caminamos en fila hacia la playa, donde nos esperaban dos botes. También los botes habían sufrido las consecuencias de la embriaguez general de aquella tripulación, pues uno tenía rota la bancada y los dos estaban llenos de barro y agua. Pensaban llevar los dos botes como medida de seguridad, y se repartieron en ambos y empezamos a remar a través del embarcadero.

Según navegábamos comenzaron las discusiones sobre el mapa. La cruz roja era demasiado grande para señalar con exactitud el lugar, y los términos escritos al dorso, un tanto ambiguos. El lector recordará que decían:

Árbol alto, lomo del Catalejo, demorando una cuarta al N. del N.N.E.

Isla del Esqueleto E.S.E. y una cuarta al E.

Diez pies.

El árbol alto era, pues, la señal más importante. Ahora bien: frente a nosotros el fondeadero estaba cerrado por una meseta de doscientos a trescientos pies de altura, que se unían por el norte a las estribaciones meridionales del Catalejo, volviéndose a elevar hacia el sur en aquel abrupto promontorio que cortaban los acantilados, el monte Mesana. La meseta estaba cubierta de pinos de muy diferente talla. Varios elevaban cuarenta o cincuenta pies su limpio color sobre el resto del bosque, ¿pero cuál de ellos era el «árbol alto» del capitán Flint? No había brújula para guiarnos.

Pese a ello, todos los piratas habían ya elegido su árbol favorito antes de llegar a la mitad del camino, y sólo John «el Largo» se encogía de hombros y les decía que aguardasen.

Remábamos despacio, como había ordenado Silver, para no cansar a los hombres antes de tiempo, y después de una larga travesía desembarcamos en las cercanías del segundo río, el que desciende por uno de los barrancos del Catalejo. Desde allí, torciendo a la izquierda, empezamos a ascender hacia la meseta. Al principio el terreno, pesado y fangoso, con una casi impenetrable vegetación, retrasó mucho nuestra marcha; pero poco apoco la pendiente fue haciéndose más dura y pedregosa y los matorrales clareando. Aquélla era ciertamente una parte de la isla de las más agradables. Una aromática retama y numerosos arbustos con flores sustituían la hierba. Bosquecillos de verdes árboles de nuez moscada alternaban con las rojizas columnetas y las largas sombras de los pinos, y el olor de las especies de los unos se mezclaba al aroma de los otros. El aire fresco y vigorizante, lo que, bajo los ardientes rayos del sol, refrescaba nuestros sentidos.

Todos los piratas empezaron a corretear, gritando con gran contento. Se esparcieron como un abanico, y en el centro, tras ellos, Silver y yo caminábamos, yo atado a mi cuerda y él renqueando y fatigado, con mil tropezones. Alguna vez tuve que ayudarlo o hubiera caído rodando cuesta abajo.

Llevábamos más de media milla en nuestra subida y ya estábamos alcanzando el borde de la meseta, cuando uno que iba destacado hacia la izquierda empezó a llamar a gritos, como sobrecogido por el terror. Todos empezaron a correr en aquella dirección.

—No puede ser que haya encontrado el tesoro —dijo el viejo Morgan pasando ante nosotros—; el tesoro debe estar más arriba. Lo que en realidad sucedía era cosa bien distinta, como pudimos comprobar, cuando llegamos a aquel sitio. Al pie de un pino bastante alto, y como trenzado en una planta trepadora, que había distorsionado algún huesecillo, yacía un esqueleto humano del que aún pendía algún jirón de ropa. Creo que todos, por un instante, sentimos que nos recorría un escalofrío.

—Era un marinero —dijo George Merry, quien, más osado que los demás, se había acercado y examinaba la tela—. Buen paño marinero.

—Sí, sí —dijo Silver—, es muy probable. Tampoco esperaríais encontrar aquí a un obispo, creo yo. Pero ¿no os dais cuenta de que los huesos no están en forma natural? ¿Por qué?

Y era cierto: mirando con cuidado, resultaba evidente que el esqueleto tenía una postura que no era natural. Aparte de cierto desorden (producido acaso por los pájaros que lo devoraban o por el lento crecer de la trepadora que lo envolvía), el hombre estaba demasiado recto: los pies apuntaban en una dirección, pero las manos, levantadas y unidas sobre el cráneo, como las de quien se tira al agua, apuntaban en la dirección opuesta.

—Se me ha metido una idea en mi vieja cabeza —dijo Silver—. Veamos la brújula. Aquélla es la cima de la Isla del Esqueleto, que sobresale como un diente. Vamos a tomar el rumbo siguiendo la línea de los huesos.

Así se hizo. El esqueleto apuntaba directamente en dirección a la isla, y la brújula indicaba, en efecto, E.S.E. y una cuarta al E.

—Me lo figuraba —exclamó el cocinero—. Es un indicador. Allí está el rumbo que lleva a la estrella polar y a nuestros buenos dineros. Pero, ¡por todos los temporales!, frío me da de pensar que ésta es una de las bromas de Flint, no me cabe duda. El y los otros seis estuvieron aquí, solos, y él los mató uno por uno, y a éste lo trajo aquí, y lo orientó según la brújula. ¡Que reviente mis cuadernas! Los huesos son grandes y el pelo parece que fue rubio. Ah… éste debía ser Allardyce. ¿Recuerdas a Allardyce, Morgan?

—Ay, sí —repuso Morgan—, me acuerdo; me debía dinero, me lo debía y encima se llevó mi cuchillo cuando vino a tierra.

—Hablando de cuchillos —dijo otro—, ¿por qué no buscamos el de éste? Flint no era hombre que registrara los bolsillos de un marinero, y no creo que los pájaros se lleven nada de peso.

—¡Por todos los diablos que llevas razón! —exclamó Silver.

—Aquí no hay nada —dijo Merry palpando por entre los huesos y los jirones de tela—: ni una moneda de cobre ni una caja de tabaco. Esto no me parece tampoco muy normal.

—No, ¡por todos los cañonazos! —dijo Silver—, no lo es. Ni tampoco creo que sea bueno, puedes asegurarlo. ¡Por el fuego de San Telmo, compañeros, que no quisiera encontrarme con Flint! Seis eran y de los seis sólo quedan huesos. Seis somos nosotros.

—Yo lo vi muerto con estos ojos —dijo Morgan—. Billy me hizo entrar con él. Allí estaba con dos monedas de un penique sobre sus ojos.

—Muerto, sí… seguro que estaba muerto, y en los infiernos —dijo el de la cabeza vendada—; si hay un espíritu que pueda volver, ése es Flint. ¡Qué gran corazón y qué mala suerte tuvo!

—Eso es verdad —observó otro—: recuerdo cómo se enfurecía, y luego gritaba pidiendo más ron, o se ponía a cantar «Quince hombres»; sólo cantaba esa canción, compañeros, y os digo que desde entonces no me gusta mucho cuando la oigo. Hacía más calor que en un horno y la ventana estaba abierta, y yo escuchaba esa canción una y otra vez… Y a Flint se lo llevaba la muerte.

—Vamos, vamos —dijo Silver—, no hablemos más de eso. Muerto está y se sabe que los muertos no andan; al menos, supongo que no andan de día, eso es seguro. Tanto pensar mató al gato. Vamos a buscar los doblones.

Nos pusimos en marcha; pero a pesar del calor del sol y de aquella luz deslumbrante, los piratas no se mostraban ya tan alegres, sino que caminaban juntos y hablando en voz baja. El terror del pirata muerto había sobrecogido sus espíritus.

XXXII. La busca del tesoro: la voz entre los árboles

En cuanto alcanzamos la meseta, todos, en parte por lo abatidos que estaban, en parte porque Silver y los enfermos descansaran, decidieron sentarse un rato.

Desde donde estábamos se dominaba un vasto paisaje gracias al declive hacia poniente de la meseta. Ante nosotros, por encima de las copas de los árboles, veíamos el cabo Boscoso batido por el oleaje; detrás no solamente podíamos divisar el fondeadero y la Isla del Esqueleto, sino hasta la franja de arena y el terreno más bajo de la parte oeste, y más allá, la inmensa extensión del océano. El Catalejo se alzaba poderoso ante nosotros, con algunos pinos aislados y sus formidables precipicios. No se escuchaba otro ruido que el de las lejanas rompientes, que parecía subir de toda la costa hacia la cima del monte, y el zumbido de los infinitos insectos de aquellos matorrales. No se descubría presencia humana alguna; ni una vela en la mar; la grandeza del paisaje aumentaba la sensación de soledad.

Silver, mientras descansaba, midió ciertas orientaciones con la brújula.

—Hacia esa parte veo tres «árboles altos» —dijo—, casi en la línea de la Isla del Esqueleto. «Lomo del Catalejo»... supongo que quiere indicar aquella punta más baja. Creo que ahora es un juego de niños el hacernos con el dinero. Casi me dan ganas de que comamos antes de ir a buscarlo.

—Yo no tengo hambre —gruñó Morgan—. De pensar en Flint se me ha quitado.

—Ah, bueno, camarada, puedes dar gracias a tu estrella porque esté muerto —dijo Silver.

—Era un demonio —gritó un tercer pirata, estremeciéndose—, ¡y con aquella cara azulada!

—Como se la había dejado el ron —añadió Merry—. ¡Azulada, sí! Recuerdo que era como ceniza. Azulosa es la palabra.

Desde que habíamos topado con el esqueleto y habían empezado a dar vueltas en sus cabezas a esos recuerdos, sus voces iban haciéndose un sombrío susurro, de forma que el rumor de las conversaciones apenas rompía el silencio del bosque. Y de pronto, saliendo de entre los árboles que se levantaban ante nosotros, una voz aguda, temblorosa y rota entonó la vieja canción:

«Quince hombres en el cofre del muerto.

¡Ja! ¡Ja! ¡Ja! ¡Y una botella de ron!».

No he visto jamás hombres tan espantados y despavoridos como aquellos filibusteros. El color desapareció como por ensalmo de los seis rostros; algunos se pusieron en pie aterrados y otros se cogieron entre sí; Morgan se arrastraba por el suelo.

—¡Es Flint, por todos los…! —chilló Merry.

La canción terminó tan repentinamente como había empezado; cortada a mitad de una nota como si alguien hubiera tapado la boca del cantor. Como venía a través del aire limpio y luminoso, y como de muy lejos, me pareció que tenía algo de dulce balada, y eso hacía aún más extraño su efecto sobre aquellos hombres.

—Vamos —dijo Silver, a quien parecían no salir las palabras de sus labios violáceos—, ¡no hagáis caso! ¡Listos para la maniobra! Es una buena señal, es la voz de alguien que está de broma… alguien de carne y con sangre en las venas, no os quepa duda.

Conforme hablaba, Silver parecía ir recobrando el valor y también parte del color perdido. Los demás empezaron a ir dominándose y a tratar de razonar, cuando de pronto volvió a escucharse la misma voz, pero esta vez no cantaba, sino que era como una llamada débil y lejana, cuyo eco vibraba en los peñascos del Catalejo.

—¡Darby M'Graw! —repetía el lamento, pues eso es lo, que en realidad parecía—. ¡Darby M'Graw! ¡Darby M'Graw! —una vez y otra, y después, elevándose, profirió un juramento que afrenta repetir—: ¡Dame el ron por popa, Darby!

Los bucaneros se quedaron clavados en su sitio con los ojos fuera de las órbitas. La voz se había extinguido hacía ya mucho y aún continuaban mirando fijamente delante de ellos, mudos de terror.

—¡Ya no hay duda! —dijo uno—. ¡Huyamos!

—¡Esas fueron sus últimas palabras! —exclamó Morgan—, ¡sus últimas palabras a bordo de este mundo!

Dick había sacado la Biblia y rezaba apresuradamente. Sin duda, antes de hacerse a la mar y entrar en tan malas compañías, Dick había recibido una buena crianza.

Pero, a pesar de todo, Silver no se rendía. Oí cómo sus dientes castañeteaban, pero no estaba dispuesto a rendirse.

—Nadie en esta isla ha oído hablar de Darby —murmuró—, nadie aparte de los que estamos aquí. —Y después, haciendo un gran esfuerzo, dijo—: Yo he venido para apoderarme de ese dinero, y nadie, ni hombre ni demonio, compañeros, me hará desistir. No le tuve miedo a Flint en vida y, ¡por Satanás!, que estoy dispuesto a hacerle cara muerto. Ahí, a menos de un cuarto de milla, hay setecientas mil libras. ¿Cuándo se ha visto que un caballero de fortuna vuelva la espalda a un tesoro así por un viejo marino borracho con la nariz violeta… y, además, muerto?

Pero sus compinches no dieron la menor muestra de recuperar su valor; al contrario, cada vez parecían más aterrados, sobre todo ante los juramentos de Silver, que tomaban como provocaciones al espíritu de Flint.

—¡Cuidado, John! —dijo Merry—. No irrites su alma.

Todos los demás estaban demasiado aterrorizados como para hablar. Y hubieran escapado cada uno por un lado si no hubiera sido por el propio miedo, que los paralizaba; se apiñaron con John, como si aquella audacia los protegiera. Él, por su parte, era ya muy dueño de sí mismo.

—¿Su alma? Bien, acaso sea su alma —dijo—. Pero no lo veo tan claro. Se oía también un eco. Yo no sé de un espíritu que haga sombra; ¿y por qué, entonces, va a hacer eco? Me parece muy extraño, ¿no es así?

Su argumento me pareció que no se mantenía, pero nadie es capaz de predecir qué pueda influir en los temerosos, y, con gran sorpresa por mi parte, George Merry se tranquilizó bastante.

—Sí, eso es verdad —dijo—. Hay pocas cabezas como la tuya, John, eso no hay quien lo pueda negar. ¡A las velas, compañeros! Esta tripulación está dando una bordada en falso. Y hay una cosa… si os fijáis era como la voz de Flint, pero no tenía aquella fuerza suya, de mandar, aquel poder… Se parecía a… otra voz… sí, era como la voz…

—¡Por todos los temporales! —rugió Silver—. ¡Ben Gunn!

—¡Sí, ésa era la voz! —gritó Morgan, levantándose del suelo—. ¡Era la voz de Ben Gunn!

—Pero viene a ser lo mismo —dijo Dick—, porque Ben Gunn también se fue, como Flint.

Pero a los más veteranos aquellas últimas palabras parecieron tranquilizarlos.

—¿Y qué importa Ben Gunn? —dijo Merry—; vivo o muerto, no cuenta para nada.

Cómo habían ido recobrando el valor resultaba extraordinario para mí; el color volvía a sus caras, y no tardaron en reanudar una conversación animada. De vez en cuando se callaban para escuchar, pero, al no oír nada, decidieron seguir su camino y volvieron a echarse al hombro las herramientas y los víveres. Merry abrió la marcha, llevando la brújula de Silver, y seguimos directamente hacia la Isla del Esqueleto. Realmente, vivo o muerto, a nadie le importaba Ben Gunn.

Dick era el único que seguía aferrado a su Biblia, y, mientras caminaba, miraba frecuentemente a su alrededor; pero ninguno trató de consolarlo y hasta Silver se burlaba de todas sus inquietudes.

—Ya te lo dije —le repetía—; esa Biblia no sirve. Y si no se puede jurar sobre ella, ¿tú crees que va a parar a algún espíritu? ¡Ni esto! —y hacía chasquear sus dedos enormes mientras se paraba sobre su muleta.

Pero Dick no admitía bromas y pronto fue visible que empezaba a sentirse enfermo. Quizá favorecida por el calor, la fatiga y aquella profunda impresión, la fiebre que el doctor Livesey anunciara iba apoderándose de él.

El camino no era difícil a través de la meseta; empezábamos a ir cuesta abajo, pues, como ya he dicho, la altiplanicie descendía hacia el oeste. Pinos de todos los tamaños crecían, aunque muy clareados, y hasta en los bosquecillos de azaleas y árboles de nuez moscada grandes calveros aparecían abrasados por el sol. Íbamos avanzando hacia el noroeste, a través de la isla, y nos acercábamos a las laderas del Catalejo; ante nosotros se abría el paisaje de la bahía occidental, donde yo había estado ya una vez en mi viejo y zarandeado coraclo.

Por fin alcanzamos el primero de los altos árboles, pero por la brújula comprobamos que no era el que buscábamos. Lo mismo ocurrió con el segundo. El tercero se alzaba lo menos doscientos pies sobre un espeso matorral: era un verdadero gigante, con un tronco rojizo, cuyo diámetro podía ser el de una cabaña, y que producía una sombra tan inmensa, que bien podría haber maniobrado en ella una compañía. Era visible desde muy lejos en el mar, desde cualquier posición, y servía perfectamente para ser reseñado en las cartas como marca de navegación.

Pero no era su tamaño lo que emocionaba a mis compañeros, sino la idea de que a su sombra dormían setecientas mil libras. La avaricia iba disipando en ellos sus anteriores temores. Los ojos les brillaban y sus pies se volvían ligeros, veloces; toda su alma estaba ahora pendiente de aquella fortuna, de la vida regalada y de los placeres que les iba a permitir a cada uno desde entonces.

Silver, gruñendo, avanzaba renqueando con su muleta; las aletas de su nariz vibraban; gritaba mil juramentos contra las moscas que se posaban en su rostro sudoroso y ardiente, y daba furiosos tirones a la cuerda con que me arrastraba, y de cuando en cuando se volvía dirigiéndome una mirada asesina. No se tomaba ya ningún trabajo en disimular sus pensamientos y yo podía leerlos como si estuvieran impresos. Ante la inminencia del tesoro todo lo demás había dejado de existir: sus promesas, la advertencia del doctor; y yo no tenía dudas de que, en cuanto lograra apoderarse del oro, buscaría la Hispaniola y, aprovechando la noche, degollaría a toda persona honrada que quedase en la isla, y luego largaría velas, como había pensado en un principio, cargado de crímenes y de riquezas.

Tan preocupado como yo estaba con estos pensamientos, no me era fácil seguir el paso de aquellos buscadores de tesoros. De cuando en cuando daba un tropezón; y entonces Silver tiraba violentamente de la soga y era cuando me dirigía sus miradas asesinas. Dick, que iba rezagado, seguía la comitiva hablando entre dientes, no sé si plegarias o maldiciones, conforme la fiebre le subía. Y a todo esto se añadía en mi cabeza la imagen de la tragedia que aquellas tierras habían contemplado un día, cuando el desalmado pirata del rostro ceniciento, el que había muerto en Savannah cantando y pidiendo más ron a voces, había sacrificado allí mismo y por su propia mano a seis compañeros. Aquel bosquecillo, tan apacible ahora, debió haber escuchado los alaridos y los gritos, y aún, en mi pensamiento, creía oírlos vibrar en el aire sereno.

Llegamos al borde del bosque.

—¡Victoria, compañeros! ¡Corramos todos! —gritó Merry. Y los que iban en vanguardia echaron a correr.

Y de repente, no habían avanzado ni diez yardas, cuando los vi detenerse. Escuché un grito ahogado. Silver intentó ir más deprisa empujando frenéticamente su muleta; y un instante después también él y yo nos paramos en seco.

Ante nosotros vimos un profundo hoyo, no muy reciente, pues los taludes se habían desmoronado en parte y la hierba crecía en el fondo; y allí clavado se veía el astil de un pico que estaba partido por su mitad y, esparcidas, las tablas de varias cajas. En una de ellas vi, marcado con un hierro candente, la palabra Walrus: el nombre del barco de Flint.

Aquello lo aclaraba todo: el tesoro había sido descubierto y saqueado; ¡las setecientas mil libras habían desaparecido!

XXXIII. La caída de un jefe

Jamás se vio revés semejante en este mundo. Cada uno de los seis hombres se quedó como si lo hubiera fulminado un rayo. Pero Silver reaccionó casi en el acto. Todos sus pensamientos habían estado dirigidos, como un caballo de carreras, hacia aquel dinero; pero se contuvo en un segundo y conservó la cabeza, trató de recuperar su humor y cambió sus planes antes de que los otros fueran presa del desengaño.

—Jim —me susurró—, toma esto. Y pon atención, porque en un momento estallará la tormenta.

Y deslizó en mi mano un pistolón de dos cañones.

Empezó al mismo tiempo a deslizarse cautelosamente y sin perder la calma, hacia el norte, y con unos pocos pasos puso la excavación entre nosotros y los cinco piratas. Entonces me miró y movió su cabeza como diciéndome: «Estamos en un callejón sin salida», que era lo que yo también pensaba de aquella situación. Su mirada se había transformado y ahora era completamente amistosa; pero yo sentía ya tal repugnancia ante aquellos cambios constantes de actitud, que no pude evitar decirle:

—Ahora cambiará usted otra vez de casaca.

Pero no tuvo tiempo de responderme. Los bucaneros, con terribles maldiciones, empezaron a saltar al fondo del hoyo y a escarbar con sus dedos, tirando las tablas fuera. Morgan encontró una moneda de oro. La levantó por encima de su cabeza gritando una sarta de maldiciones horribles. Era una moneda de dos guineas, y empezó a pasar de mano en mano.

—¡Dos guineas! —gritó Merry mostrándole a Silver la pieza—. Estas son las setecientas mil libras, ¿no es así? Ahí tenemos al hombre de los pactos. Tú eres el que nunca estropea un negocio, ¿verdad?, ¡tú, estúpido marino de agua dulce!

—Seguid escarbando, muchachos —dijo Silver con el más insolente descaro—; seguramente encontraréis alguna criadilla.

—¡Criadillas! —respondió Merry dando un chillido—. ¿Habéis oído eso, compañeros? Tú lo sabías todo, John «el Largo». Miradlo. Se le nota en la cara.

—Ah, Merry —dijo Silver—, ¿otra vez con pretensiones de capitán? Verdaderamente eres un tipo de empuje.

Pero todos los piratas parecían pensar como Merry. Empezaron a salir de la excavación con furiosas miradas. Y observé algo que podía significar lo peor para nosotros: que todos subían y se situaban en la parte opuesta a Silver.

Y así nos quedamos: dos en un bando, cinco en el otro, el hoyo entre los dos grupos y nadie con el valor suficiente para dar el primer golpe. Silver no se movió: los observaba muy firme sobre su muleta y me pareció más decidido y sereno que nunca. No me cabe duda de que era un hombre valiente.

Merry seguramente pensó que una arenga podía decidir a sus compinches.

—Camaradas —dijo—, ahí delante tenemos a esos dos, solos; uno es un viejo inválido, que nos ha metido en esto, y suya es la culpa de estar como estamos; el otro es un cachorrillo, a quien yo mismo he de arrancar el corazón.

¡Vamos, compañeros!

Levantó su brazo al mismo tiempo que su voz, ordenando el ataque. Pero en aquel instante —¡zum!, ¡zum!, ¡zum!— tres disparos de mosquete relampaguearon en la espesura. Merry cayó de cabeza en el hoyo; el hombre de la cabeza vendada giró sobre sí mismo como un espantapájaros y cayó de costado, herido de muerte, aunque aún se retorcía; los demás volvieron la espalda y echaron a correr con toda su alma. Y antes de respirar siquiera, John «el Largo» descargó sus dos tiros sobre Merry, que, intentaba levantarse; volvió a caer y alzó sus ojos en el último estertor.

—George —le dijo Silver—, cuenta saldada.

En ese instante el doctor, Gray y Ben Gunn salieron del bosque de árboles de nuez moscada y se unieron a nosotros con los mosquetes aún humeantes.

—¡Corramos! —gritó el doctor—. ¡Corramos, muchachos! ¡Hay que impedir que lleguen a los botes!

Y nos lanzamos tras ellos, hundiéndonos a veces hasta el pecho en aquellos matorrales.

Silver no quería que lo dejásemos atrás. El esfuerzo que aquel hombre realizó, saltando con su muleta hasta que los músculos del pecho parecían estar a punto de reventar, no lo he visto nunca igualar por nadie; y lo mismo considera el doctor. Pero no pudo alcanzarnos, y corría rezagado unas treinta yardas, cuando llegamos a la meseta.

—¡Doctor! —gritó—, ¡mire allí! ¡No hay prisa!

Y verdaderamente no la había. En la zona más despejada de aquella altiplanicie pudimos ver a los tres piratas supervivientes, que corrían en una dirección equivocada, hacia el monte Mesana; así pues estábamos entre ellos y los botes. Nos sentamos a descansar los cuatro, mientras John Silver, enjugándose el sudor de la cara, casi se arrastraba hacia nosotros.

—Muchas gracias, doctor —dijo—. Habéis llegado en el momento preciso para Hawkins y para mí. ¡De modo que eras tú, Ben Gunn! —añadió—. Buena pieza estás hecho.

—Soy Ben Gunn; ése soy —contestó el abandonado, casi temblando como un anguila en su azoramiento—. Y —siguió después de una larga pausa—, ¿cómo está usted, señor Silver? Muy bien, muchas gracias, debe decir usted.

—Ben Gunn —murmuró Silver—, ¡y pensar que tú me la has jugado!

El doctor envió a Gray a buscar uno de los picos que los amotinados habían olvidado en su fuga; y conforme regresamos, caminando ya con toda tranquilidad cuesta abajo hasta donde estaban fondeados los botes, me contó en pocas palabras lo que había sucedido. La historia interesaba mucho a Silver, y en ella Ben Gunn, aquel abandonado medio idiotizado, era el héroe.

Resulta que Ben, en sus largas y solitarias caminatas por la isla, había encontrado el esqueleto, y había sido él quien lo despojara de todo; había localizado el tesoro y lo había desenterrado (suyo era el pico cuyo astil partido vimos en la excavación) y había ido transportándolo a cuestas, en larguísimas y fatigosas jornadas, desde aquel gigantesco pino hasta una cueva que había encontrado en el monte de los dos picos, en la zona noreste de la isla, y allí lo había almacenado a buen recaudo dos meses antes de que nosotros arribásemos con la Hispaniola.

Cuando el doctor logró hacerle confesar este secreto, la misma tarde del ataque, y después de descubrir, a la mañana siguiente, que el fondeadero estaba desierto, fue a parlamentar con Silver, le entregó entonces el mapa, puesto que ya no servía para nada, y no tuvo reparo en entregarle las provisiones, porque en la cueva de Ben Gunn había bastante carne de cabra, que él mismo había conservado; así le entregó todo, y más que hubiera tenido, con tal de poder salir de la empalizada y esconderse en el monte de los pinos, donde estaba a salvo de las fiebres y cerca del dinero.

—En cuanto a ti, Jim —me dijo—, me dolió mucho, pero hice lo que creí mejor para los otros, que habían cumplido con su deber; y si tú no eras uno de ellos, la culpa era sólo tuya.

Pero aquella mañana, al comprender que yo me vería complicado en la siniestra broma que les había reservado a los amotinados, había ido corriendo hasta la cueva, y dejando al capitán al cuidado del squire, acompañado por Gray y el abandonado, había atravesado la isla en diagonal con el fin de estar pronto a auxiliarnos, como fue preciso, en la excavación junto al pino. Y al darse cuenta de que era bastante improbable alcanzarnos, dada la delantera que llevábamos, envió por delante a Ben Gunn, que era hombre veloz en su carrera, para que hiciese lo necesario mientras ellos llegaban. Fue entonces cuando a Ben se le ocurrió retrasarnos con la treta de Flint, que sabía asustaría a sus antiguos compañeros; y le salió tan bien, que permitió que Gray y el doctor llegaran a tiempo y pudieran emboscarse antes de la aparición de los piratas.

—Ah —dijo Silver—, tener a Hawkins ha sido mi mejor fortuna. Porque habríais dejado que hiciesen trizas al viejo John sin la menor consideración, ¿no es así, doctor?

—Ni por un instante —replicó el doctor Livesey jovialmente.

Llegamos al fin donde estaban los botes. El doctor, con un zapapico abrió vías de agua en uno de ellos, y rápidamente embarcamos todos en el otro y nos hicimos a la mar para ir costeando hasta la Cala del Norte.

Navegamos ocho o nueve millas. Silver parecía muy fatigado, y a pesar de ello se sentó a los remos, como el resto de nosotros, y así fuimos saliendo a mar abierta por una superficie serena y misteriosa. Poco después atravesamos el canal y doblamos el extremo sureste de la isla, a cuya altura, cuatro días antes, habíamos remolcado la Hispaniola.

Al pasar frente al monte de los dos picos, pudimos ver la oscura boca de la cueva de Ben Gunn, y junto a ella la figura erguida de un hombre vigilando con un mosquete: era el squire, y lo saludamos agitando un gran pañuelo y con tres hurras, en los cuales debo decir que Silver tomó parte con tanto entusiasmo como el que más. Tres millas más allá entramos en la embocadura de la Cala del Norte, y cuál no sería nuestra sorpresa al ver la Hispaniola navegando sola. La pleamar la había puesto a flote y, si hubiera soplado un viento fuerte o una corriente tan poderosa como la del fondeadero sur, posiblemente nunca más la hubiéramos recobrado o la hubiésemos hallado encallada y destrozada contra cualquier roca. Pero por suerte no había percance alguno que lamentar, salvo que la vela mayor estaba destrozada. Dispusimos otro ancla y la fondeamos en braza y media de agua. Entonces regresamos remando hasta la rada del Ron, donde estaba el tesoro; y desde allí Gray regresó solo con el bote a la Hispaniola para pasar la noche de guardia.

Una suave cuestecilla conducía desde la playa a la boca de la cueva. Allí arriba nos encontramos con el squire, que me recibió muy cordial y bondadosamente, sin mencionar mis correrías, ni para elogiarme ni como censura. Sólo vi en él cierto desagrado ante el saludo de Silver.

—John Silver —le dijo—, es usted un bribón prodigioso y un impostor..., un monstruo impostor. Me han indicado estos caballeros que no le conduzca hasta los jueces, y no pienso hacerlo. Pero deseo que los muertos que ha causado pesen sobre su alma como ruedas de molino colgadas al cuello.

—Gracias por sus bondades, señor —replicó John «el Largo», haciendo otra reverencia.

—¡Y se atreve a darme las gracias! —exclamó el squire—. Es una grave omisión de mis deberes. Retírese usted.

Después de este recibimiento entramos en la cueva. Era espaciosa y bien ventilada y un pequeño manantial corría hasta una charca de agua cristalina rodeada de helechos. El suelo era de arena. Delante de un gran fuego estaba el capitán Smollett, y en un rincón del fondo, iluminado por los suaves reflejos de las llamas, vi un enorme montón de monedas y pilas de lingotes de oro. Era el tesoro de Flint que habíamos venido a buscar desde tan lejos y que había costado la vida de diecisiete hombres de la Hispaniola. Cuántas más habría costado juntarlo, cuánta sangre y cuántos pesares, cuántos hermosos navíos yacían en el fondo de los mares, cuántos valientes habrían pasado el tablón con los ojos vendados, cuántos cañonazos, cuánto deshonor, cuántas mentiras, cuánta crueldad, nadie quizá podría decirlo. Sin embargo, aún había tres hombres en aquella isla —Silver, el viejo Morgan y Ben Gunn— que habían tenido parte en esos crímenes y que ahora esperaban tenerla en el botín.

—Entra, Jim —dijo el capitán—. Eres un buen muchacho, claro que en tu camino, Jim; pero pienso que no volveremos nunca a hacernos juntos a la mar. Eres demasiado caprichoso para mi gusto. Ah, y también está usted, John Silver. ¿Qué le trae por aquí?

—Señor, he vuelto a mi deber —contestó Silver.

—¡Ah! —dijo el capitán; y fue todo lo que dijo.

Aquella noche gocé de una magnífica cena junto a los míos, y qué sabrosa me pareció la cabra de Ben Gunn, y las golosinas, y una botella de viejo vino que habían traído desde la Hispaniola. Creo que nadie fue nunca tan feliz como lo éramos nosotros. Y allí estaba Silver, sentado lejos del resplandor del fuego, comiendo con buen apetito y pendiente de si precisábamos algo para traerlo, y hasta participando con cierta discreción de nuestras risas; ah, el mismo suave, cortés y servicial marinero de nuestra anterior travesía.

XXXIV. El fin de todo

Al día siguiente, muy de mañana, empezamos a acarrear aquella inmensa fortuna hasta la playa, que distaba cerca de una milla, y desde allí, otras tres millas mar adentro hasta la Hispaniola. La tarea fue muy pesada para tan corto número como éramos. Los tres forajidos que aún erraban por la isla no nos preocupaban; uno de nosotros vigilando en la cima de la colina bastaba para protegernos de cualquier repentina agresión; y además, no dudábamos de que estarían más que hartos de cualquier querella.

Hicimos nuestro trabajo con entusiasmo. Gray y Ben Gunn fueron los encargados de tripular el bote, y los demás, en su ausencia, íbamos apilando el oro en la playa. Dos de los lingotes, atados con un cabo, eran ya de por sí carga más que suficiente para un hombre fornido; tan pesada, que exigía un lento transporte. En cuanto a mí, como no servía por mi fortaleza para estos trabajos, me destinaron a ir envasando las monedas de oro en los sacos de galleta, y pasé el día en la cueva.

Aquélla era una extraña colección de monedas, como la que había encontrado en el cofre de Billy Bones, por la diversidad de cuños, y tan fascinante, que jamás he gozado tanto como al ir clasificándolas. Había piezas inglesas, francesas, españolas, portuguesas, georges y luises, doblones y guineas de oro, moidores, cequíes, y en fin, toda la galería de retratos de los reyes de Europa en los últimos cien años junto a monedas orientales de raro diseño, acuñadas con dibujos que parecían retazos de telas de araña, monedas cuadradas en lugar de redondas y taladradas algunas en su centro como para poder colgarlas de un collar.

Formaban el más variado museo del dinero, y, en cuanto a su cantidad, creo que eran más que las hojas en el otoño, o que lo digan mis riñones, que con dificultad soportaban aquel trabajo, y mis dedos, que no daban abasto a ir clasificándolas.

Ese trabajo duró varias jornadas, y cada atardecer una fortuna iba siento estibada junto a otra en nuestro barco y otra aún mayor quedaba aguardando su traslado para el siguiente día. Durante todo ese tiempo no vimos ni señales de los tres amotinados que habían huido.

Sólo una vez —creo que fue a la tercera noche—, cuando el doctor y yo paseábamos por la colina contemplando desde allí todas las tierras bajas de la isla, la densa oscuridad nos trajo en el viento un rumor de risas y gritos. Sólo un instante. Y de nuevo se hundió en el silencio.

—¡Que los cielos se apiaden de ellos! —dijo el doctor—. ¡Son los amotinados!

—Y borrachos, señor —oímos la voz de Silver detrás de nosotros.

Porque debo decir que Silver estaba en completa libertad, y que, a pesar de los constantes desaires a que era sometido, poco a poco parecía ir recobrando sus antiguos privilegios. Verdaderamente resultaba admirable cómo encajaba todas las humillaciones y con qué incansable cortesía y afabilidad no cesaba de intentar congraciarse con todos. Sin embargo, no conseguía que se le tratara mejor que a un perro, salvo por parte de Ben Gunn, que parecía conservar ante su antiguo cabo el mismo pavor de siempre. Y también por lo que a mí se refiere, que realmente me sentía agradecido con él, aunque no me faltasen razones para dudar de su conducta, pues hasta en el último momento, en la meseta, le había visto planear una nueva traición. Por eso el doctor le respondió desabridamente:

—Borrachos o delirando.

—Lleváis razón, señor —replicó Silver—; lo que para vos o para mí viene a importar lo mismo.

—Supongo que no pretenderá que a estas alturas le considere un hombre compasivo —le dijo el doctor irónicamente—, y si mis emociones le resultan ciertamente incomprensibles, señor Silver, he de decirle que, si estuviera convencido de que sus compinches están delirando, lo que no me extrañaría, porque uno de ellos al menos debe ser pasto de las fiebres, saldría ahora mismo de aquí y, aunque me jugase la piel, no dudaría en prestarles los auxilios de mi profesión.

—Perdonadme, señor, pero creo que haríais muy mal —respondió Silver—. Podríamos perder vuestra vida, que es preciosa, no os quepa duda. Yo estoy ahora metido hasta el cuello en vuestro partido, y no me gustaría verlo disminuido, y menos aún tratándose de vos, a quien tanto debo. Esos que aúllan ahí abajo no son hombres de palabra, no, ni siquiera aunque lo pretendieran; y lo que es más, no entenderían la vuestra.

—No —dijo el doctor—. En cuanto a palabra, ya sé que sólo usted es capaz de mantenerla, ¿no es verdad?

No volvimos a saber de los tres piratas. En una ocasión escuchamos el estampido de un mosquete en la lejanía, y nos figuramos que estaban cazando. Entonces celebramos un consejo y se decidió abandonar la isla, lo que provocó la alegría de Ben Gunn y la más rotunda aprobación por parte de Gray. Dejamos allí, para que pudiera ser aprovechado por los piratas, una buena provisión de pólvora y municiones, gran cantidad de salazón de cabra y algunas medicinas, así como herramientas y ropa y una vela y un par de brazas de cuerda, y, por especial indicación del doctor, un espléndido regalo de tabaco.

Eso fue lo último que hicimos en la isla. El tesoro estaba embarcado y habíamos hecho acopio de agua y cecina. Y así, en una mañana de limpio aire, levamos anclas y zarpamos de la Cala del Norte enarbolando el mismo pabellón que nuestro capitán izara orgulloso en la empalizada.

Los tres forajidos debían estar espiándonos con más atención de la que nosotros suponíamos, pues, al navegar por la bocana de la bahía, lo que nos obligó a acercarnos a la punta sur, los vimos en el arenal, juntos y arrodillados implorando con sus brazos en alto. Creo que lograron que nuestros corazones se apiadaran de su miserable suerte, pero no podíamos correr el riesgo de otro motín; y conducirlos a la patria, donde serían ajusticiados, también hubiera sido un acto cruel en su humanitarismo. El doctor les dijo a gritos que les habíamos dejado suficientes provisiones y útiles y dónde podían encontrarlos. Pero ellos siguieron llamándonos, y por nuestros nombres, y suplicándonos por Dios que tuviéramos compasión y no los abandonásemos en aquellos parajes. Cuando se convencieron de que el barco no se detendría y que no tardaríamos en estar fuera de su alcance, uno de ellos —no sé quien— se levantó, se echó el mosquete a la cara y disparó contra nosotros; la bala silbó sobre la cabeza de Silver y atravesó la vela mayor.

Nos protegimos tras la borda y, cuando volví a mirar, ya no estaban en la franja de arena, y hasta la misma restinga casi no se percibía en la distancia. Habíamos acabado con ellos, y, antes de que el sol estuviera en su cenit, pude ver, con la más inmensa alegría, cómo la cima de la Isla del Tesoro se hundía tras la curva azulísima del horizonte marino.

Sufríamos tal escasez de marineros, que todos a bordo tuvimos que hacernos a la maniobra, menos el capitán, que ordenaba desde su lecho, una colchoneta situada en popa, pues, aunque ya estaba bastante repuesto, todavía precisaba esa quietud. Pusimos proa hacia el puerto más cercano de la América española, porque no podíamos arriesgarnos a emprender el regreso a la patria sin enrolar una nueva tripulación; sufrimos un par de temporales y tuvimos vientos contrarios antes de llegar a nuestro primer destino, al que arribamos con muchas dificultades.

Un atardecer anclamos en un bellísimo golfo bastante bien abrigado, y en seguida nos vimos rodeados de canoas tripuladas por negros, indios mexicanos y mestizos, que nos ofrecían frutas y verduras y que estaban dispuestos a bucear para recoger las monedas con que pagásemos aquellos presentes. La visión de aquellos rostros risueños (sobre todo los de los negros), aquellos frutos tropicales exquisitos, y la contemplación de las luces del poblado que empezaban a encenderse hacía un contraste encantador con nuestra trágica y sangrienta aventura en la isla; y el doctor y el squire, llevándome con ellos, fueron a tierra para pasar allí la velada. En el poblado encontraron a un capitán de la Marina Real inglesa con el que departieron largamente y que nos llevó a su navío; y, en resumen, lo pasamos tan agradablemente, que regresamos a la Hispaniola con las primeras luces del alba.

Encontramos a Ben Gunn solo en cubierta, y en cuanto nos vio a bordo empezó con grandes aspavientos a contarnos lo sucedido en nuestra ausencia. Silver se había escapado. Gunn confesó que había sido cómplice en su fuga, y que ya hacía unas horas que había partido en un bote, pero nos juraba que lo había hecho por salvar nuestras vidas, que estaba seguro hubieran peligrado si «aquel cojo permanecía a bordo». Y eso no era todo: el cocinero no nos había abandonado con las manos vacías. Había perforado un mamparo robando uno de los sacos de oro, que podía contener trescientas o cuatrocientas guineas, que bien habrían de venirle en su vida errabunda.

Creo que todos nos alegramos de habernos quitado ese peso y al más bajo precio.

Añadiré, para no alargar demasiado esta ya larga historia, que enrolamos algunos marineros, que nuestra travesía hasta Inglaterra fue feliz y que la Hispaniola arribó a Bristol cuando el señor Blandly estaba disponiendo un barco de socorro. Con ella regresábamos cinco de los que nos habíamos lanzado en aquella aventura. «La bebida y el diablo se llevaron el resto», y con ensañamiento; de cualquier forma, tuvimos más suerte que aquel otro barco del que cantaban:

«Y sólo uno quedó

de setenta y cinco que zarparon».

Cada uno de nosotros recibió su muy considerable parte de aquel tesoro, y usamos de ella con prudencia o despilfarrándola, según la naturaleza de cada cual. El capitán Smollett se ha retirado de la mar. Gray no sólo supo conservar su dinero, sino que, habiéndole acuciado un súbito deseo de prosperar, se dedicó con afán a su profesión y hoy es piloto y copropietario de un hermoso barco, ha contraído matrimonio y es padre de familia.

En cuanto a Ben Gunn, se le dieron mil libras, que gastó o perdió en tres semanas, o para decir mejor, en diecinueve días, pues el que hacía veinte ya vino a nosotros mendigando. Entonces se le encomendó, para garantizarle su vida, un puesto de guardián en una hacienda, que era lo que tanto había temido él, en la isla; y ahí continúa sus días, siendo muy querido y popular entre los hijos de los campesinos y un notable solista en el coro de la iglesia los domingos y fiestas de guardar.

De Silver no hemos vuelto a saber. Aquel formidable navegante con una sola pierna ha desaparecido de mi vida; supongo que se reuniría con su vieja negra y que vivirá todavía, satisfecho, junto a ella y al Capitán Flint. Y ojalá así sea, porque sus posibilidades de gozo en el otro mundo son harto escasas.

Los lingotes de plata y las armas aún están, que yo sepa, donde Flint las enterró; y por lo que a mí concierne, allí van a seguir. Yuntas de bueyes y jarcias que me arrastraran no conseguirían hacerme volver a aquella isla maldita; pero aún en las pesadillas que a veces perturban mi sueño oigo la marejada rompiendo contra aquellas costas, o me incorporo sobresaltado oyendo la voz del Capitán Flint que chilla en mis oídos: «¡Doblones! ¡Doblones!».

FIN